Liebe mit Ausblick

Lily Winter

Liebe mit Ausblick

Liebesroman

Impressum

Bibliografische Information der Deutschen Nationalbibliothek:
Die Deutsche Nationalbibliothek verzeichnet diese Publikation in der Deutschen
Nationalbibliografie; detaillierte bibliografische Daten sind im Internet über
http://dnb.dnb.de abrufbar.

Coverdesign und Umschlaggestaltung: Florin Sayer-Gabor -
www.100covers4you.com
Unter Verwendung von Grafiken von Adobe Stock: Kristina, Vector Tradition,
Svetlana, ursulamea.
Bei einigen verwendeten Grafiken wurde Künstliche Intelligenz als Hilfsmittel
eingesetzt. Diese KI-Grafiken wurden für das Coverdesign weiter verändert und
bearbeitet. Das Cover ist KEIN reines Erzeugnis Künstlicher Intelligenz.

Verlag: BoD · Books on Demand GmbH, In de Tarpen 42,
22848 Norderstedt, bod@bod.de
Druck: Libri Plureos GmbH, Friedensallee 273, 22763 Hamburg

ISBN: 978-3-7597-9492-5

EINS

Lustvoll nahm sie ihn in sich auf, wand sich und schrie wie in Ekstase. Die letzten Wochen waren äußerst qualvoll für sie beide gewesen, doch endlich

Verdammt, klingt das hohl!

Seufzend lese ich mir noch einmal durch, was ich in der letzten Stunde geschrieben habe.

Dann lösche ich alles und starre auf die wenigen beschriebenen Seiten auf meinem PC, die noch übrig sind. Mindestens 500 Seiten habe ich dieses Jahr schreiben wollen, doch gerade mal 100 kann ich bis jetzt vorweisen.

Seit einem Jahr geht mir das bereits so. Weil mich einfach nichts mehr von dem, was ich schreibe, überzeugt oder berührt. Die Ekstase, die ich noch bei meinem letzten Roman empfunden habe, hat bei meinem aktuellen Buch leider nie eingesetzt.

Ich vermisse dieses Gefühl. Dieses wahnsinnig tolle Gefühl, das mich eigentlich immer durchflutet hat, wenn ich so richtig in einer Geschichte drin war. Doch Fehlanzeige.

Und heute ist bereits der letzte Tag des Jahres!

Damit steht es offiziell fest: Ich bin eine absolute Versagerin, die ihr Ziel für dieses Jahr wohl nicht mehr erreichen wird: Einen erotischen Thriller schreiben und damit endlich wieder ein erfolgreiches Buch zu veröffentlichen!

Wie sehr habe ich mir gewünscht, es allen mit einem neuen, wirklich guten Roman zu zeigen, nachdem der Letzte so dermaßen zerrissen worden ist. Meine ersten beiden Romane waren sogar auf den Bestsellerlisten vertreten. Auch die nachfolgenden Romane waren nicht schlecht und wurden noch relativ gut verkauft. Doch der letzte Roman war ein absoluter Fehlschlag. Das Schlimmste daran ist, dass ich seitdem nichts mehr schreiben kann, ohne es zu hinterfragen und um es dann meistens direkt wieder zu löschen, weil mir nichts mehr gut genug erscheint.

Mutlos lasse ich meine knapp fünfunddreißigjährigen Schultern fallen. Ich bin mir sicher, dass auch meine rabenschwarzen schulterlangen Locken völlig durchhängen. Mein Gesicht tut bereits weh vom vielen Stirnrunzeln und meine dunkelblauen Augen schmerzen vor Frustration und Übermüdung. Vielleicht würden mir Zuspruch und Anerkennung helfen, doch niemand ist da, um sie mir zu geben. Und Grund dazu gibt es ja auch offensichtlich keinen!

Und da sitze ich nun an meinem weißen vintage Schreibtisch in meinem Schlafzimmer. Durch die Fensterscheiben sehe ich auf eine sehr hässliche, regennasse Straße in Pinneberg, die das eigentlich so nah entfernte Hamburger Flair leider überhaupt nicht reflektiert. Trotzdem kann ich in meinem Schlafzimmer eigentlich immer am besten schreiben. Vielleicht, weil ich mir hier die Liebesszenen besser vorstellen kann. Allerdings wurde über meinen letzten Roman ziemlich häufig geschrieben, dass die romantischen Szenen seicht bis völlig unerotisch seien, ja sogar als frigide bin ich auf manchen Blogs bezeichnet worden.

Vielleicht haben sie auch recht damit. Schließlich habe ich bis jetzt beinah alles nur theoretisch erlebt, was ich in meinen Liebesromanen beschrieben habe. Sehr zu meinem persönlichen Bedauern, übrigens.

Mein riesengroßes, dunkellilafarbenes Boxspringbett, das ich mir von den Einnahmen meines allerersten erotischen Liebesromans damals vor fünf Jahren gekauft habe, ist für solche Dinge leider noch nie zum Einsatz gekommen. Mein Schlafzimmer habe ich mit dazu passenden schweren, dunkellilafarbenen Vorhängen versucht, leicht verrucht einzurichten. Allerdings habe ich weiße vintage Möbel dazugestellt, weil mir das Zimmer dann doch zu düster wurde. Viele heiße Szenen habe ich mir in diesem Bett überlegt. Und wegen dieses gewissen Flairs in meinem Schlafzimmer, macht das „nur darüber Schreiben" durchaus sehr viel Spaß. Trotzdem wäre so ein reales „Ah" und „Oh" Gestöhne auch mal wieder sehr schön.

An und für sich sind eigentlich alle meine Bücher bis jetzt recht erfolgreich gewesen. Auch das letzte Buch hat sich eigentlich ganz gut verkauft. Vielleicht auch, weil ich mich nicht davor scheue, es so richtig zur Sache gehen zu lassen. Ja, an erotischen Romanen kann man ganz gut verdienen, habe ich festgestellt. Weil diese

Art von Literatur ja durchaus gerne und von vielen Menschen offiziell oder auch einfach still und heimlich gelesen wird. Dank e-Buch Reader sieht ja niemand mehr, was man da so gerade liest.

Das Klingeln meines Handys schreckt mich aus meinen trübsinnigen Gedanken.

„Hi Darieee!", trällert meine beste Freundin Marie in den Hörer.

Sie betont meinen Namen immer so schön. Ich fühle mich dann immer ganz toll, wenn sie das macht. Dazu sind Freundinnen schließlich da, pflegt sie dann immer zu sagen. Vollständig heiße ich übrigens Darie Schnitt und ganz ehrlich: Eigentlich liebe ich diesen Namen, also zumindest den vorderen Teil davon. Gut, mein Nachname reißt es da beinah wieder raus, im negativen Sinne. Aber zumindest mit meinem Vornamen hat meine Mutter mal etwas Nettes für mich gemacht.

Da ich als Lehrerin arbeite, habe ich mich natürlich für ein Pseudonym entschieden. Auf allen meinen Büchern prangt der Name Daria Stern. Das ist besser, denn ich möchte mir nicht ausmalen, was passiert, wenn meine Schüler herausfinden, dass ich erotische Liebesromane schreibe!

„Hi Marieee!", quietsche ich halbherzig zurück.

Trotzdem stimme ich spontan in Maries Lachen mit ein. Bestimmt klingt es noch genauso albern, wie damals als wir vier waren. Das haben uns zumindest unsere Mütter erzählt, die übrigens ebenfalls beste Freundinnen gewesen sind.

Gewesen sind, leider. Denn Maries Mutter hat einen sehr viel drastischeren Schritt unternommen als meine Mutter, um ihre Familie zu verlassen. Meiner Mutter hat es zum Glück ausgereicht, uns, als ich 16 war, rein physisch zu verlassen, also meinen Vater und mich. Maries Mutter hingegen hat sich vor einen Zug geworfen. Das war, kurz bevor meine Mutter beschlossen hat, dass wir ihr nicht mehr genügen. Nach dem Selbstmord haben Marie und ich unseren Lieblingsfilm „Anna Karenina" nie wieder gucken können. Die DVD liegt seitdem ganz unten bei meinen alten Schulsachen auf dem Speicher meines Vaters.

Obwohl es Maries Mutter war, war ich ebenfalls völlig erschüttert. Denn je mehr sich meine Mutter und ich uns voneinander entfernt haben, was ungefähr anfing, als ich neun Jahre alt war, desto mehr gewann Maries Mutter an Bedeutung für mich. Sie hatte wirklich alles, was man sich von einer Mutter nur wünschen konnte: Sie war herzlich, lobend und verständnisvoll. Ich habe wirklich keine Ahnung, was sie zu ihrem Selbstmord bewogen hat. Marie wusste es auch nicht oder sie hat einfach nicht mit mir darüber sprechen wollen. Dabei habe ich eigentlich immer geglaubt, dass wir über alles reden können.

„Uff. Erde an Darie! Bist du noch dran? Oder schreibst du gerade?", kommt es genervt vom anderen Ende der Leitung.

„Nein", sage ich zitternd und stehe plötzlich kurz davor, loszuheulen.

„Oh Darie", sagt Marie mitfühlend. „Im neuen Jahr wird alles anders. Aber jetzt ist erstmal Silvester!", brüllt sie mir ins Ohr. Uff, ich werde die erste Woche des neuen Jahres taub sein, so viel steht schonmal fest!

„Hast du mit deiner Agentin gesprochen?", fragt sie jetzt wieder in normaler Hörerlautstärke. Ich räuspere mich verlegen.

„Ach, Mirabell hat mich wahrscheinlich längst abgeschrieben. Unser letztes Gespräch war im Oktober. Leider musste ich ihr mitteilen, dass ich gerade mal 100 Seiten habe, die nicht einmal zusammenhängend sind. Ich bin total frustriert."

Man, klingt das schon wieder weinerlich. Wenn es doch nur eine Pille gegen Selbstmitleid gäbe!

„Das geht jetzt schon seit Monaten so, Darie. Liegt es immer noch an diesen fiesen Rezensionen über deinen letzten Roman?", fragt Marie erstaunt. Ich schlucke.

„Ehrlich gestanden, weiß ich das gar nicht so genau. Ja, vielleicht. Seitdem mein letztes Buch so zerrissen worden ist, hinterfrage ich ständig jedes Wort, das ich schreibe. Und dann lösche ich alles wieder, weil irgendwie alles so blöd klingt. Heute habe ich eine halbe Seite geschrieben und nichts davon hat mich überzeugt. Vielleicht sollte ich es einfach lassen, das mit dem Schreiben." Schweigen.

Also diese Stille am anderen Ende irritiert mich dann doch. Anscheinend stimmt mir Marie in meinem Vorhaben zu. Das habe ich jetzt so nicht erwartet!

„Darie", sagt sie hörbar vorsichtig und mein Magen krampft sich zusammen. „Zum Glück bist du doch keine Berufsautorin, die vom Schreiben leben muss. Es ist der letzte Tag des Jahres. Sag deiner Agentin einfach, du meldest dich wieder, aber im Augenblick hast du andere Prioritäten. Du kommst doch heute Abend zu meiner Party? Dann lassen wir es so richtig krachen!", ruft sie.

Trotz meines Frusts muss ich jetzt schmunzeln. Jedes Jahr fragt mich Marie, ob ich zu ihrer Party komme, obwohl ich selbstverständlich immer zu ihrer Silvesterparty gehe. Wohin denn auch sonst? Alle unsere Freunde sind doch ohnehin bei Marie eingeladen.

„Natürlich komme ich. Wann geht es denn los?", frage ich, wie jedes Jahr, jedoch sehr viel weniger enthusiastisch als sonst.

„Ach, komm einfach vorbei. Wie jedes Jahr!", lacht sie.

Ich stimme in ihr Lachen mit ein. Der Witz zwischen uns beiden nutzt sich einfach nicht ab. Und natürlich schauen wir uns alle immer diesen lustigen Film um Mitternacht an: Der mit dem Butler, der alten Dame und dem Tigerkopf.

Frustriert ziehe ich mich an meinen Schreibtisch zurück. Ursprünglich wollte der Verlag das Buch im April kommenden Jahres herausbringen, also in ungefähr vier Monaten. Mir wird leicht übel, wenn ich daran denke, dass er seine Option auf das Buch zurückfordern wird, wovon ich einen großen Teil in ein neues Sofa und die Reparaturen meines uralten Autos gesteckt habe.

Doch dann schiebe ich diesen Gedanken beiseite. Schließlich muss ich mich jetzt in Schale schmeißen! Kaum öffne ich jedoch die Türen meines Kleiderschranks, klingelt mein Handy. Schon wieder?

Ich blicke auf das Display: Meine Agentin ruft mich Silvester an?!

Widerwillig gehe ich ran, obwohl es bereits halb sieben Uhr abends ist.

„Schnitt, Guten Tag?"

Ich bin immer etwas außer Atem, wenn mich meine Agentin anruft. Ich kann das einfach nicht ablegen, obwohl wir uns bereits seit fünf Jahren kennen.

„Hallo Darie. Hast du einen Augenblick Zeit!"

Wie üblich beinhaltet ihre Stimme keine Frage, sondern eine Aufforderung. Gestochen scharf kommen ihre Worte rüber, ohne die Duldung eines Widerspruchs. Genauso stelle ich mir Offiziere beim Militär vor.

„Selbstverständlich, Mirabell", piepse ich sofort zurück.

Meine Agentin lässt sich von allen duzen, weil man sich im englischen Sprachraum ja auch beim Vornamen nennt, wie sie zu sagen pflegt. Das heißt aber selbstverständlich nicht, dass man auf derselben Stufe steht!

„Wie läuft es mit deinem aktuellen Roman? Der Verlag drängt auf eine Veröffentlichung, Darie." Ich hole tief Luft, bevor ich antworte.

„Leider gar nicht. Es tut mir leid, Mirabell, aber ich bin nicht fertig. Ich kann einfach nicht mehr schreiben!", seufze ich.

Meine Augen brennen. Frustration macht sich in mir breit und ich schlucke an meinem Tränenkloss.

„Das habe ich mir bereits gedacht, Darie", sagt Mirabell ungewöhnlich sanft.

Aber ich fühle mich dadurch noch schlechter, denn eine mitleidige Mirabell ist sehr viel frustrierender als eine wütende Mirabell. Wütend wird Mirabell, um einen anzustacheln. Ihr Mitleid zeigt mir doch nur, wie wenig sie wahrscheinlich noch an mich glaubt.

„Ich werde dem Verlag schreiben, dass du unter gesundheitlichen Problemen leidest. Vielleicht kannst du die Option in Raten abstottern oder sie gewähren dir einen zeitlichen Aufschub. Weswegen ich dich aber eigentlich anrufe, ist, dass mich ein anderer Verlag gefragt hat, ob dein nächster Roman nicht zu Weihnachten spielen könnte. Diesmal allerdings keine Erotik, sondern trautes Familienglück. Eher keusch und niedlich, um deine Zielgruppe zu erweitern. Und vielleicht bringt dich das auf andere Gedanken", schließt Mirabell, doch ich habe nichts davon verstanden.

„Wieso?", frage ich dumm, wobei ich beides meine, das Thema und das auf die anderen Gedanken kommen. Ich weiß jetzt nicht, was Weihnachten mit meinen Romanen zu tun haben soll. Und wieso ich so etwas hinbekommen soll, wenn mir doch mein aktueller Roman bereits Kopfschmerzen bereitet.

„Das ist doch offensichtlich!", stöhnt sie. Einer ihrer Lieblingssätze. Doch leider weiß ich so gut wie nie, was für sie so offensichtlich ist.

„Tut mir leid. Wieso ist Weihnachten so wichtig für einen Roman?", frage ich vorsichtig nach.

„Das ist doch jetzt der neue Trend! Urlaubsromane als Urlaubslektüre am Meer und zu Weihnachten eben ein Roman, der zu Weihnachten spielt, am besten mit Schnee und Herzschmerz. Sie haben dabei an dich gedacht, weil du bereits eine große Leserschaft hast. Dein Instagram Account zeigt deutlich, dass du sehr beliebt bist bei den Leserinnen ab 18 bis ungefähr 30 Jahre, auch wenn sich dein letzter Roman nicht mehr ganz so gut verkauft hat. Wenn du jetzt einen herzerweichenden Weihnachtsroman schreibst, kriegst du vielleicht auch die älteren 40 plus Leserinnen bzw. diejenigen, die eben keine Erotik in ihren Büchern haben wollen, sondern einfach nur den Herzschmerz." Zu meiner Frustration gesellt sich jetzt auch noch Stress.

„Äh ok. Sicher, das kann ich versuchen", willige ich nervös ein, aber so wirklich überzeugt bin ich nicht davon. Was soll das denn? Als ob den Lesern so etwas wichtig ist. Wann habe ich eigentlich einen Roman zu Weihnachten gelesen, der auch noch an Weihnachten spielt? Keine Ahnung, ich habe da nicht drauf geachtet. Es war mir wohl nicht so wichtig.

„Bis wann brauchst du die Idee, Mirabell?", frage ich vorsichtig nach.

Natürlich freue ich mich über die Chance, die mir Mirabell verschafft hat. Doch mehr denn je fühle ich mich dadurch unter Druck gesetzt. Wie soll ich das schaffen, wenn mir doch absolut nichts mehr einfällt? Und sich alles, was ich schreibe, wie ein Grundschulaufsatz liest!

„Ach, das hat keine Eile, Darie. Aber es wäre schon gut, wenn ich zeitnah ein fertiges Exposé von dir bekäme. Sollte es dem Verlag gefallen, muss die Rohfassung natürlich im kommenden Sommer fertig sein, logischerweise", setzt sie hinzu. „Melde dich einfach, wenn du etwas hast, Darie. Guten Rutsch!", verabschiedet sie sich und legt auf.

Sicher, natürlich. Selbst mir ist klar, dass ein Weihnachtsroman lange vor Weihnachten fertig sein sollte. Nur habe ich leider noch gar keine Idee, wie ich das bewerkstelligen soll. Wie erstarrt blicke ich auf den tutenden Hörer. Immerhin scheint Mirabell noch an mich zu glauben.

Das Gespräch beschäftigt mich immer noch, während ich mich endlich für die Party fertig mache: Zartes Makeup und ein super enges schwarzes Kleid, das ich als Lehrerin natürlich niemals in der Schule anziehen würde.

Es ist bereits halb neun, als ich mit Aufbrezeln fertig bin, doch mein Weg zu Marie ist glücklicherweise nicht weit. Es sind nur wenige Treppen runter.

Marie und ich wohnen nämlich im selben Haus!

Sie wohnt im Erdgeschoss und ich unter dem Dach, wortwörtlich. Manchmal wird es allerdings so heiß hier oben, dass ich bei ihr übernachten muss. Ein Umstand, den sie gerne in Kauf nimmt, behauptet sie zumindest immer. Ihre Dreizimmerwohnung ist ganz klassisch aufgebaut: Küche, drei Zimmer, ein zu kleines Bad. Meine Dachstube dagegen ist einfach total individuell geschnitten. Man kommt direkt rein in ein riesiges Wohnzimmer, rechts davon befindet sich eine Miniküche und links geht es zu einem beinah so großen Schlafzimmer wie das Wohnzimmer. Um das modern ausgestattete, riesige Bad, mit schimmernden weißen Kacheln, beneidet mich Marie sogar, während sie den übrigen „Unschnitt", wie sie meine Wohnung zu nennen pflegt, doch eher unpraktisch findet. Der Sohn des Vermieters hat sich damals den ehemaligen Dachboden nach seinen Wünschen ausbauen lassen. Dann ist sein Vater gestorben, hat ihm einen Batzen Geld vererbt und er hat sich ein eigenes Haus gekauft und ich hatte das Glück, die Wohnung zu finden. Mir gehört zwar der größte Teil der obersten Etage, aber durch die vielen Schrägen gibt es nur wenige Wände, die man zustellen kann. Deshalb ist meine

Wohnung auch ähnlich günstig wie die von Marie, obwohl es doppelt so viele Quadratmeter sind.

Während ich die Treppen zu Marie heruntersteige, lasse ich den Stress des gesamten Jahres von mir herabfallen. Jetzt feiere ich erstmal, dass dieses Jahr endlich zu Ende geht!

ZWEI

„Also dieser Film wird einfach nie langweilig!", quietscht Marie selig, als wir die letzten Sachen wegräumen.

Es ist bereits vier Uhr morgens. Die letzten Gäste sind gerade gegangen und haben uns das allgemeine Chaos zurückgelassen. Eben wie jedes Jahr. Und gemeinsam räumen wir dann immer Maries Wohnung auf.

„Sauberer als vorher", pflegt sie dann jedes Mal zu sagen, wenn wir fertig sind. Danach schnappen wir uns immer eine frische Flasche Sekt und prosten uns zu.

„Auf uns und das neue Jahr!", rufen wir und schmatzen uns ab, etwas, was wir auch wirklich nur ein einziges Mal im Jahr machen, weil wir nur dann betrunken genug dafür sind.

„Nachdem ich meiner Agentin gebeichtet habe, dass ich meinen Roman immer noch nicht fertig habe, hat sie mich gebeten, einen romantischen Weihnachtsroman zu schreiben", stöhne ich, als wir es uns gemeinsam auf Maries beigefarbenem Sofa gemütlich machen.

„Und dann treiben sie es unter dem Weihnachtsbaum?", kichert sie.

Eigentlich liest Marie Fantasy und auch bitte nur Fantasy, ganz ohne Romantik, wie sie immer betont. Aber selbstverständlich hat sie jedes handsignierte Buch von mir gelesen. Das sei ja schließlich Ehrensache, hat sie gemeint, als ich ihr meinen ersten Roman überreicht habe.

„Es soll nichts mit Erotik sein, sondern was fürs Herz", seufze ich.

Darüber zu sprechen, klingt bereits merkwürdig für mich.

„Wieso wollen sie denn jetzt einen unerotischen Liebesroman von dir?", fragt sie und kippt den Rest ihres Sekts runter. Ich tue es ihr gleich.

„Mirabell meinte, dass man meine Leserschaft damit noch besser ausbauen könnte, wenn ich die Erotik weglasse. Viele Leserinnen mögen zwar Liebesromane, wollen aber keine expliziten Szenen", versuche ich wiederzugeben, was ich bei Mirabell bereits nicht verstanden habe.

„Na ja, ob das so stimmt? Im Zeitalter der e-Bücher verkaufen sich doch gerade solche Romane wahnsinnig gut", erwidert Marie und spricht damit genau meine Skepsis zu dem Ganzen aus.

„Ich habe auch keine Ahnung, wie der Verlag da ausgerechnet auf mich kommt. Und eine Idee habe ich auch noch nicht."

Wieso habe ich mich überhaupt darauf eingelassen? Ich habe keine Ahnung!

„Das muss ja auch nicht mehr heute sein. Ist ja eh spät bzw. früh. Und nächste Woche hast du doch noch frei und überlegst dir etwas. Bestimmt bringt das neue Thema dich wieder in Schwung!", sagt Marie und klingt so herrlich enthusiastisch, dass ich es beinah selbst glaube.

Und genau das mag ich so an Marie. Sie hat immer positive Worte für mich und kritisiert mich nur ganz selten. Und auch wirklich nur, wenn es absolut berechtigt ist. So wie damals, als ich mir meine schwarzen Locken habe blond bleichen lassen. Ich sah aus wie ein Albino mit meiner blassen Haut. Wir sind uns völlig einig darüber, dass das eine sehr große Fehlentscheidung von mir war. Marie war gerade auf einer Konferenz, so dass sie mir diese Schnapsidee nicht ausreden konnte, leider. Sie hat sich echt schuldig gefühlt deswegen.

„Aber eigentlich auch gar nicht so schlecht", sagt sie auf einmal und ich sehe förmlich, wie es in ihrem Hirn rattert.

Marie hat immer und überall Bestnoten gehabt. Nicht verwunderlich, dass sie mit ihrem Abschluss in Biotechnologie eine steile Karriere bei einem Pharmakonzern hingelegt hat und jetzt bereits Abteilungsleiterin mit einem protzigem Dienstwagen ist.

„Was meinst du?", frage ich interessiert, denn meistens sind Maries Ideen ganz brauchbar.

„Na ja, vielleicht hilft es dir ja, deine Blockade zu überwinden. Du könntest dich auf die tiefen Gefühle der Charaktere konzentrieren, wenn du nicht über Erotik schreiben musst." Gut, meistens brauchbar, leider nicht immer.

„Du findest meine Bücher oberflächlich?", frage ich entrüstet.

Sicherlich habe ich auch das in zahlreichen Rezensionen gelesen, es aber aus Maries Mund zu hören, trifft mich hart.

„Ach was, aber sie beschäftigen sich halt mehr mit der Libido als mit tief empfundener Liebe." Na gut, vielleicht hat sie recht?

„Also sollte ich mir diesmal bodenständigere Eigenschaften für die Charakterprofile ausdenken?", frage ich nach. Bodenständig, wie auch immer das aussehen mag. Marie nickt.

„Genau. Und die Geschichte selbst könnte doch darüber handeln, dass jemand an Weihnachten nach Hause kommt. Wo er schon lange nicht mehr war", überlegt sie.

„Das klingt super. Sei doch einfach mein Ghostwriter, ich bringe doch ohnehin nichts mehr zustande", schlage ich ihr vor.

Das ist bestimmt keine schlechte Idee, denn Marie steht ja nicht auf erotische Szenen. Wahrscheinlich kann sie so etwas viel besser schreiben als ich. Was bleibt mir bitte noch, wenn ich diese ganzen erotischen Phrasen streichen soll? Und nicht einmal die habe ich die letzten Monate zu Papier bringen können, weil alles so frigide klang.

„Ach was, das schaffst du schon. Bis wann soll der Roman denn fertig sein? Weihnachten ist ja noch ein bisschen hin", meint sie.

„Im Sommer will sie spätestens die Rohfassung haben, das Exposé natürlich weitaus früher." Erstaunt blickt mich Marie an.

„Echt? Dauert das so lange, bis der Roman dann druckfertig ist? Du bist doch schon ein Profi", sagt sie treuherzig.

Ihre Worte schmeicheln mir auch prompt und meine Wangen fühlen sich warm an, was allerdings auch an dem vielen Sekt liegen könnte.

„Teilweise muss man nach dem Lektorat noch ganze Szenen umschreiben. Und wenn ich bis März nichts schreibe, muss ich mir einen zweiten Job suchen, um die Option zurückzuzahlen", seufze ich. Marie zuckt zusammen.

„Verstehe. Oder du haust sie mit deiner neuen Idee um. Wie gehst du denn sonst für deine Romane so vor?", fragt sie interessiert.

„Eigentlich schreibe ich gerne darauf los", überlege ich. „Wenn ich dann das Gerüst habe, arbeite ich die Charaktere aus, dann kann ich die Dialoge besser an den Charakter anpassen", sage ich schulterzuckend.

„Vielleicht fängst du diesmal mit den Charakteren an?", schlägt Marie vor.

„Ein Mann und eine Frau", beginne ich zögernd. „Der Mann hat einen Laden, in dem die Frau immer einkaufen geht. Sie ist total in ihn verknallt und…" Marie winkt ab.

„Ts, du sollst doch nichts Erotisches schreiben. Wer ist diese Frau überhaupt? Was für Vorlieben hat sie? Wieso geht sie immer dort einkaufen? Weil es auf dem Weg liegt? Von mir aus auch wegen des Typen, aber welche Geschichte hat sie? Und welche hat er?", zählt sie auf.

Ich muss förmlich schlucken bei diesen Anmerkungen. Meine Bücher haben sich ja durchaus gut verkauft, aber ich hatte keine Ahnung, dass Marie meine Charaktere so flach findet.

„Danke, vielleicht hast du Recht. Mit meinem aktuellen Roman komme ich ohnehin nicht weiter. Vielleicht muss ich es diesmal mit einem Konzept versuchen und mit den Charakterprofilen beginnen", sage ich mutlos, denn ich glaube nicht, dass mir das weiterhilft.

„Du schaffst das. Vielleicht brauchst du wirklich etwas Neues, über das du schreiben kannst. Bis jetzt hatten deine Romane eben erotische Schwerpunkte. Und selbstverständlich sind sie gut, schließlich haben Tausende von Leuten sie bereits gelesen!", erinnert mich Marie und augenblicklich fühle ich mich etwas besser.

Anscheinend bin ich wohl sehr davon abhängig, was andere über mich sagen. Kaum sagt Marie etwas Positives, fühle ich mich besser und umgekehrt. Was sagt das über mich und mein Selbstbewusstsein aus? Nicht gerade ausgeprägt, befürchte ich.

„Kann ja nichts schaden, mal etwas Neues auszuprobieren", murmele ich. Allerdings sind nach wie vor Zweifel in mir. Ich bin nicht gerade der spontane Typ, der gerne neue Dinge ausprobiert. Schon gar nicht, nachdem ich offensichtlich an meinem letzten Buchprojekt offiziell gescheitert bin.

Romane zu schreiben ist eigentlich nichts, was ich für mich jemals geplant habe. Aber irgendwann kam mir die Idee über ein erotisches Techtelmechtel in einem Park, als ich draußen spazieren gegangen bin. Plötzlich war sie da, meine erste Romanidee und nur ein halbes Jahr später hatte ich bereits 550 Seiten geschrieben! Die Wörter sind einfach aus mir herausgepurzelt. Marie hat lange auf mich einreden müssen, bis ich es bei Literaturagenten eingereicht habe. Gemeinsam haben wir mein erstes Exposé aufgesetzt und an verschiedene Leute verschickt. Dann kam erstmal lange nichts, dann zwei Absagen und dann hatte mir plötzlich Mirabell geschrieben, dass sie sofort zu den ersten drei Kapiteln das gesamte Manuskript von mir haben möchte. Ihre schonungslos ehrliche Art ist etwas, wovor ich gleichzeitig Angst und Respekt habe.

„Wenn du magst, zeig es mir ruhig", grinst Marie.

„Klar, sobald ich etwas habe", erwidere ich. Wann immer das auch sein mag!

„Einen Vorteil hätte es vielleicht auch, wenn du es schaffst, einen bekannten Weihnachtsroman ohne Erotik zu schreiben", meint Marie und grinst mich auf einmal schelmisch an.

„Sicher. Ich blicke über meinen Tellerrand…", fange ich genervt an.

„Quatsch, das meine ich gar nicht. Vielleicht kannst du deiner Mutter dann endlich mal von deiner erfolgreichen Autorenkarriere erzählen. Dann hat sie noch ein weiteres berühmtes Kind, auf das sie stolz sein kann." Entgeistert blicke ich Marie an.

„Ich glaube, das wird sie auch nicht von mir überzeugen", sage ich ernst.

Ja, selbst, wenn meine Mutter früher so etwas gelesen haben sollte, hat sie, nachdem sie damals bei uns ausgezogen ist und nur ein Jahr später ihre Familie 2.0 gegründet hat, ganz bestimmt damit aufgehört. Denn diese Familie ist eben in allem besser als ihre Pilot-Familie: Zu dem gutverdienenden Ehemann (Er ist Chefarzt!), kommen auch noch zwei wohlgeratene Kinder, ein Junge und ein Mädchen, die selbstverständlich Medizin studieren, weil sie ihr Abitur an einer Privatschule mit Bestnoten abgeschlossen haben. Und die heißen nicht einfach Schnitt, wie mein Vater und ich, sondern von Waldenstein, was meine Mutter immer sehr lobend betont. Dabei kann ja eigentlich niemand etwas aktiv für seinen Nachnamen.

„Wieso? Was für Bücher liest sie denn?", fragt Marie. Wieso reden wir jetzt auf einmal von meiner Mutter?

„Welche von Nobelpreisträgern oder die Biografien von berühmten Leuten und so", zähle ich auf.

So genau weiß ich das allerdings gar nicht, muss ich zugeben. Weil ich mich eigentlich nie tiefergehend mit ihr über Bücher unterhalten habe. Ich habe nur die Buchregale bei meinen wenigen Besuchen bei ihr und ihrer Familie in Hannover gesehen und schon die Buchrücken wirkten langweilig auf mich.

„Na ja, aber vielleicht wird dein Roman auch automatisch ernsthafter, wenn er keine Erotik enthält. Du könntest über dich schreiben", schlägt Marie vor. Über mich?

„Das würde dann doch ein zu ernster und vor allen Dingen sehr kurzer Roman werden, befürchte ich. Mein Leben ist alles andere als romantauglich und zu wem soll ich schon zu Weihnachten nach Hause kommen? Da ist doch nur mein Vater und für den gelte ich eigentlich nicht als verschollen", sage ich unwirsch. Wieso klinge ich eigentlich so zickig, Marie versucht mir doch nur zu helfen.

„Stimmt auch wieder. Am besten, du fokussierst dich erstmal auf andere Dinge, wie persönliche Interessen und Erfahrungen deiner Charaktere. Vielleicht hat die Frau jemanden verlassen, der ihr viel bedeutet hat?"

„Ich glaube nicht, dass wir meiner Mutter viel bedeutet haben", sage ich und spüre wieder diesen Kloß in mir, wenn ich an sie denke. Dabei ist das beinah 20 Jahre her. Marie nickt.

„Ich wüsste auch gerne, warum sie euch verlassen hat. Und immerhin kannst du sie noch danach fragen. Bei meiner Mutter wird das deutlich schwieriger."

Ihre leuchtend grauen Augen blicken mich auf einmal traurig an. Die Jahreswechselmelancholie hat uns mal wieder fest im Griff.

„Lass uns schlafen gehen, Marie. Das Jahr hat erst angefangen. Kein Grund zur Eile", wiederhole ich Maries Worte von gerade eben.

Und damit mache ich es mir auf der Couch gemütlich und Marie huscht in ihr Bett.

D*REI*

Nach einem ausgiebigen Frühstück bei Marie mit Speck und Rührei und literweise Kaffee, mache ich am ersten Tag des Jahres einfach mal gar nichts. Nein, auch meinen Schreibtisch meide ich und da es fürs Spazierengehen zu nass draußen ist, gucke ich mir den ganzen Tag eine Serie auf DVD an und gehe früh schlafen.

Tatsächlich wache ich erst 12 Stunden später wieder auf. Da Marie heute wieder arbeitet, weiß ich erst gar nichts mit mir anzufangen. Ich habe glücklicherweise noch die ganze übrige Woche Weihnachtsferien und meine Stundenvorbereitung für meine Fächer Erdkunde und Deutsch mache ich nicht vor Samstag.

Also könnte ich doch einfach mal loslegen.

Doch um fünf Uhr nachmittags hocke ich frustriert am Schreibtisch. Nachdem ich es nicht geschafft habe, mir wirklich eine Person auszudenken, habe ich angefangen, drauf loszuschreiben.

~~Alisha betritt den Laden, in den sie jeden Tag zum Einkaufen geht. Dabei sieht sie den gutgebauten gutaussehenden Ladenbesitzer, dessen braune Augen immer so lustvoll wundervoll schimmern aufleuchten, wenn er sie sieht. Sie zieht ihren engen MiniRock zurecht, räuspert sich, grüßt ihn freundlich und schwebt zu den Dosen.~~

Argh! Furchtbar! Wieso um Himmels willen sollte sie denn zu den Dosen „schweben"?!

Entnervt drücke ich auf Löschen und starre wieder auf die weiße Fläche meines Desktops. Wer ist diese Alisha und wieso habe ich an diesen Namen gedacht? Ich weiß es nicht!

Wo soll der Roman überhaupt spielen?

Vielleicht in Süddeutschland, denn Schnee sollte doch auch herumliegen, und zwar eine Menge. Nicht so wie hier, bei uns, im grauen Norden. Trübsinnig blicke ich aus meinem Schlafzimmerfenster und schaue mir den Regen an, der schon seit Tagen herunterprasselt und alles grau einfärbt.

Was habe ich mir nur gedacht! Ich wechsele das Genre und meine Schreibblockade löst sich einfach auf? Wohl kaum!

Wie ist meine Agentin überhaupt darauf gekommen, dass ich einen unerotischen Weihnachtsroman schreiben könnte? Nachdem sich mein letzter Roman nicht mehr so gut verkauft hatte, hatte Mirabell angeregt, auch mal Thrillerelemente in die nächste Geschichte einzubauen und das ganze ordentlich damit zu strecken. Vergleichbare amerikanische Romane zeichnen sich vor allem durch ihre Länge aus und damit hätten die Leserinnen dann etwas Vergleichbares von einer deutschen Autorin. Manchmal ist die Länge halt doch entscheidend, hatte sie Augenzwinkernd gemeint. Doch ich habe sie enttäuscht. Nicht einmal meine üblichen 500 Seiten, habe ich geschafft zu schreiben.

Mit dem darauf los Schreiben komme ich auch nicht weiter. Was ja auch zu erwarten war. Hilflos fange ich an, im Internet zu recherchieren und finde jede Menge Vorlagen zu Charakterbeschreibungen. Und blöderweise auch ganz viele negative Rezensionen über meine Bücher. Ich schlucke, als ich wieder und wieder lesen muss, dass meine Geschichten unrealistisch sind. Das ist schon merkwürdig, denn schließlich sind meine Geschichten doch rein fiktiv. Und mich persönlich hat tatsächlich noch niemand in einer Eishalle verführt. Das heißt doch aber nicht, dass das nicht passieren könnte! Es klingelt an der Tür.

„Hi Marie!", rufe ich ihr direkt an der Haustür entgegen und halte inne. Ich kenne diesen Geruch! Grinsend hält sie eine riesige Tüte hoch.

„Chinesisches Essen! Damit schafft man alles!", verkündet sie und ich strahle sie einfach nur an, denn bei chinesischem Essen kann ich nicht anders.

„Du bist unglaublich", schmatze ich, als ich in die kochend heiße Frühlingsrolle reinbeiße und mich prompt verbrenne. „Woher wusstest du, dass ich einen riesigen Hunger habe?"

„Darie, ich kenne dich seitdem du ein Baby warst und wahrscheinlich haben wir das Glutamat bereits über die Muttermilch aufgesaugt und sind daher süchtig nach diesem Essen", antwortet Marie mit vollem Mund.

„Wahrscheinlich hast du recht", grinse ich, denn auch unsere Mütter haben sicherlich haufenweise chinesisches Essen gefuttert, als sie damals zusammen in Bonn studiert haben.

„Meine Mutter meinte immer, dass sie nie wieder so gutes chinesisches Essen wie während ihrer Studienzeit gegessen hat", nuschele ich mit vollem Mund.

„Ja", nickt Marie, den Mund voll mit Hühnchen Süßsauer, ihr absolutes Lieblingsgericht. „Das hat meine Mutter auch immer gesagt. Und ich nehme mir andauernd vor, mal in Bonn chinesisch essen zu gehen, aber ich habe es noch nie geschafft."

„Ich wusste gar nicht, dass du das willst. Ich könnte mitkommen", biete ich an. Ein Schatten fällt auf ihr Gesicht, Düsternis macht sich breit und ich fühle mich unwohl, diese Tür geöffnet zu haben.

„Ich wollte einfach mal sehen, wo meine Mutter gelebt hat. Sie hat so viel von ihrer Zeit an der Uni erzählt und immer so glücklich dabei gewirkt", seufzt Marie.

„Ich würde das gerne mit dir zusammen machen, Marie", sage ich leise.

„Danke, Darie", sagt sie. „Wie weit bist du eigentlich mit deinen Charakteren? Hast du schon einen Namen?", wechselt sie das Thema, dass mir leicht schwindelig wird. Denn das ist eben auch Marie, die von jetzt auf gleich wieder umspringen kann; von einer trauernden Tochter zu einer lebenslustigen Freundin. Was immer etwas unheimlich ist, wenn ich es beobachten muss. Ich räuspere mich, um die Situation von gerade eben abzuschütteln, denn offensichtlich will Marie nicht weiter darüber sprechen.

„Ich habe an Alisha gedacht. Kastanienbraune, schulterlange Haare, enge Röcke", zähle ich auf. Marie verdreht die Augen.

„Äh, ist das so wichtig, was sie anhat?", wirft sie ein.

„Eigentlich schon. Dann kann ich sie mir besser vorstellen", sage ich achselzuckend. Dann stehe ich auf und hole meinen Laptop.

„Hier, ich habe mich an einer Vorlage aus dem Internet für Charakterprofile orientiert. Aber immer noch habe ich Schwierigkeiten damit, sie vor meinem inneren Auge zu sehen", sage ich unsicher.

Aufmerksam studiert Marie meine Beschreibung, dabei stopft sie sich gedankenverloren eine Minifrühlingsrolle nach der anderen rein. Ich habe nie verstanden, wieso ich auf jedes Gramm achten muss, während Marie gertenschlank ist, dabei aber doppelt so viel isst wie ich. Aber Maries Job ist bestimmt Workout genug: Höchstwahrscheinlich flitzt sie ständig hin und her, während sie die Leute antreibt.

„Das gefällt mir", sagt sie plötzlich und schmunzelt. „Du schreibst hier, dass ihr Hobby Nähen ist und dass sie das von ihrer Großmutter gelernt hat. Und hier schreibst du, dass sie eine Freundin aus Kindertagen hat. Könnte es sein, dass Alisha vielleicht diese Freundin zu Weihnachten besucht? Wo soll denn der Roman überhaupt spielen?" Ich spare mir zu erwähnen, dass ich eigentlich schreiben will, dass sich eben diese Freundin umbringt. Das braucht Marie jetzt noch nicht zu wissen.

„Ich dachte an Süddeutschland, Schwarzwald zum Beispiel. Bei einem Weihnachtsroman sollte es doch auch darum gehen, Weihnachten zu feiern, finde ich. Zwar feiert man auch woanders Weihnachten, aber darüber weiß ich zu wenig", überlege ich. Marie nickt.

„Ist vielleicht wirklich besser. Süddeutschland oder auch die Schweiz oder Österreich, aber ich fände einen Ort in Deutschland eigentlich ganz gut", nickt sie.

„Was hältst du von Alisha? Ich bin nicht glücklich mit diesem Namen", stöhne ich.

„Wahrscheinlich ist es dann auch noch nicht der richtige Name. Aber das macht doch nichts. Das kannst du doch dann über „suchen", „ersetzen" ganz schnell wieder ändern", meint sie.

Bei diesen Worten fällt mir mal wieder auf, wieviel pragmatischer doch Marie ist als ich es bin. Und dass sie das selbst beim Romanschreiben ist, etwas, was doch endlich einmal meinen wenigen Stärken entspricht, macht mich beinah etwas eifersüchtig.

„Stimmt, Namen kann man ändern. Aber ich habe echt Schwierigkeiten damit, sie mir vorzustellen. Beziehungsweise die ganze Geschichte spielt sich einfach gar nicht in meinem Kopf ab. Ich fühle mich wie blockiert. Aber das liegt ja kaum am Thema, denn vorher habe ich ja auch nichts zustande gebracht. Und Schnee ist auch keiner da, obwohl es eigentlich Winter ist." Man, ich klinge schon wieder so weinerlich, ich wünschte, ich könnte das irgendwie abstellen.

„Na ja, du könntest doch spontan Skilaufen gehen. Du hast doch noch Ferien", entgegnet Marie ruhig.

„Ach, da müsste ich ewig weit fahren und übrigens kann ich kein Skilaufen", erinnere ich sie.

„Ich weiß", grinst sie. „War auch eher metaphorisch gemeint. Ist allerdings sehr kurzfristig und dann bestimmt auch sehr teuer", überlegt sie.

„Das garantiert auch. Dazu kommt übrigens noch, dass ich Schnee überhaupt nicht leiden kann." Die bloße Vorstellung daran lässt mich frösteln und ich schüttele mich.

„Echt?", fragt sie verblüfft. „Das war mir jetzt nicht so bewusst."

„Na ja, weil wir hier, Gottseidank, nie viel Schnee haben! Diese Eiseskälte jedes Jahr ist schon schlimm genug für mich, aber Schneemassen um mich herum fände ich einfach nur grauenhaft!", stöhne ich.

„Schwierig, befürchte ich. Wo willst du dir denn dann die Inspirationen herholen, wenn du Schnee nicht leiden kannst?"

Damit spricht Marie genau mein Problem an, leider ohne Lösung. Und eigentlich ist es auch nur eines meiner vielen Probleme, die ohne Lösung dastehen.

„Ich sagte ja schon: Ich bin nicht die Richtige für einen Weihnachtsroman. Was weiß ich schon über Weihnachten feiern oder über große Gefühle. Mein Vater und ich treffen uns jedes Jahr an Heiligabend, tauschen unsere Geschenke aus und am ersten Weihnachtsfeiertag gehen wir mit euch zusammen essen."

„Ist doch eine schöne Tradition, finde ich", sagt Marie leise.

„Das finde ich auch, aber das kann ich so schlecht in einen Roman packen!", entgegne ich unwirsch.

„Sollst du ja auch nicht. Wie sähe denn dein perfektes Weihnachten aus?", fragt sie. Immer diese schwierigen Fragen. Deshalb ist der Lehrerberuf für mich so angenehm, da darf ich die Fragen stellen.

„Ich weiß es nicht so genau. Als meine Mutter noch bei uns gelebt hat, haben wir immer etwas Schönes zu Essen gekocht. Ich habe meiner Mutter ganz oft dabei geholfen, allerdings haben wir uns meistens dabei gestritten. Wenige Tage vor Weihnachten haben wir immer den Baum geschmückt, alle gemeinsam. Das fand ich immer das Beste an Weihnachten. Als meine Mutter ausgezogen ist, haben wir keinen Baum mehr gekauft. Ich habe einfach so getan, als ob mir das nicht so wichtig wäre", sage ich traurig, weil meinem Vater anscheinend nie der Gedanke gekommen ist, dass ich das nur so gesagt habe.

„Wir haben immer einen", sagt Marie bestimmt. „Aber das mit dem netten Essen fehlt mir auch, also das selbstgekochte. Wir haben immer mit meinen Großeltern zusammen gefeiert. Meine Oma konnte fantastisch kochen und hat mir ganz viel gezeigt. Aber ohne sie kann ich das nicht", erzählt sie.

Natürlich weiß ich das alles. Das ist halt der Vorteil, wenn man einen Menschen bereits sein ganzes Leben lang kennt. Trotzdem müssen wir ab und an darüber reden, damit wir diese Zeiten nicht vergessen.

„Ella", sage ich plötzlich.

„Wer ist Ella?", fragt Marie erstaunt.

„Die Hauptperson. Sie heißt Ella", sage ich feierlich und ändere sofort den Namen im Charakterbogen.

Und komischerweise fällt mir mit diesem Namen plötzlich eine Geschichte ein, die ich sofort, nachdem Marie wieder weg ist, beginne, zu skizzieren. Einfach so, vielleicht auch dadurch, dass ich mit Marie darüber gesprochen habe.

Was mir nach wie vor schwerfällt, sind die Begriffe. Ständig schleichen sich Wörter wie „lasziv" oder „schmachtend" ein. Diesmal lösche ich zwar nicht alles wieder, aber einzelne Worte, wenn sie einfach viel zu erotisch klingen.

Ein Anfang. Vielleicht hat Mirabell recht und ein neues Thema hebt mich wieder etwas aus meiner Blockade heraus.

Mittlerweile ist der Januar rum und das Jahr bereits einen ganzen Monat alt. Ich frage mich ja immer, wieso mir, als ich jünger war, die Zeit nie schnell genug vergehen konnte. Allerdings habe ich früher immer auf etwas gewartet: ein Teenager zu werden, endlich den Führerschein machen zu dürfen, die Schule zu beenden und irgendwann eine eigene Wohnung zu haben. Die Studienzeit in Hamburg war einfach nur großartig, auch wenn ich dabei auf Marie verzichten musste. Sie hat in Aachen Biotechnologie studiert und tatsächlich war nie klar, dass sie wieder nach Pinneberg zurückkehren würde, bis ein Pharmakonzern in Hamburg sie erfolgreich abgeworben hat. Nach ihrem Studienabschluss hat sie erstmal in Dortmund gearbeitet. Dann hat sie den Job in Hamburg angenommen und ist in die Wohnung hier in diesem Haus eingezogen, in dem ich erst ein Jahr zuvor eingezogen war. Die ersten Wochen, als Marie hier eingezogen ist, sind mir wie eine riesig lange Geburtstagsparty vorgekommen. Wir haben so viele Nächte durchgequatscht, als ob wir die letzten Jahre nachholen wollten. Sie hat mir von ihrem Job in Dortmund erzählt und dass sie nie Anschluss gefunden hat, weil alle bereits Familien und Freunde hatten. Das war wirklich einsam. Und ich konnte Anekdoten aus der Schule erzählen, an der ich seit Ende meines Studiums arbeitete.

Wieso ich Lehrerin geworden bin, weiß ich gar nicht. Ich glaube, ich wollte einfach irgendetwas Sicheres haben und Verwaltungsangestellte im öffentlichen Dienst erschien mir zu langweilig. Die Naturwissenschaften waren jetzt auch nicht so mein Ding. Erdkunde als Leistungskurs habe ich nur genommen, weil mir nicht viele Fächer neben Deutsch für mein Abitur ratsam erschienen, um damit wirklich das Abitur zu bestehen. Doch an der Uni hat mir Geografie sogar beinah mehr Spaß gemacht als Deutsch und auch die Unterrichtsvorbereitungen fand ich gar nicht so schlimm. Aber irgendwann wurde mir auch der Lehrerjob zu eintönig, das muss ich leider zugeben. Marie hat mal zu mir gesagt, dass ich meine Kreativität mittlerweile in meinen Büchern auslebe. Keine Ahnung, ob sie damit Recht hat, aber es macht mir wirklich Spaß, Bücher zu schreiben. Die Euphorie, die ich dabei verspüre, ist mit nichts vergleichbar, was ich vorher erlebt habe.

Leider ist das aber seit meinem letzten Roman nicht mehr der Fall. Und auch meine Weihnachtsgeschichte liegt mittlerweile wieder auf „Eis", was theoretisch lustig klingt bei einem Roman, der im Winter spielt, aber nicht lustig ist. Es ist einfach nur eine weitere Sache, an der ich in meinem Leben gescheitert bin. Trotzdem habe ich meine bisherigen Ideen skizziert und meiner Agentin geschickt. Sie will sich zeitnah melden.

Ich bin gespannt. Allerdings bin ich auch froh darüber, dass ich ihr überhaupt etwas habe schicken können. Mein anderer Roman liegt ebenfalls in der Schublade und setzt Staub an. Natürlich nicht wortwörtlich, denn beide Romane liegen ja auf meinem Rechner. Wahrscheinlich wird es auch für Mirabell ungewohnt sein, mal etwas, ohne irgendwelche erotischen Beschreibungen, von mir zu lesen. Und bestimmt hat sie sich mehr davon versprochen, ich ja auch.

Der Verlag hat die Frist für mein Buch um ein halbes Jahr verlängert, keine Ahnung, was Mirabell ihnen erzählt hat. Innerlich fühle ich mich wie ausgebrannt. Ich wünschte, ich könnte einfach Urlaub nehmen, aber das geht ja nun mal nicht in meinem Beruf. Ich sehne die Osterferien herbei, die leider erst Ende März starten. Zumindest fällt mein Geburtstag bereits in die Ferien. Im besten Fall kann ich mich dann meinem Weihnachtsroman widmen. Vielleicht bringt der April sogar noch Schnee, was ich aber nicht hoffe. Allein der Gedanke an diese nasse Kälte bereitet mir Gänsehaut. Oder es kommt noch schlimmer: es ist trocken, die Sonne strahlt, aber es ist eiskalt!

VIER

Samstag, der 1. April und auch mein Geburtstag. Jetzt bin ich offiziell auf der Mitte der Dreißig angelangt!

35, was für eine Hausnummer, denke ich seufzend, während ich mich um 8 Uhr morgens aus dem Bett quäle. Meine Mutter hat diesmal auf einen Brunch um zehn Uhr früh bestanden, da sie und ihr Chefarztehemann heute Abend in Bielefeld noch eingeladen sind. Ich weiß gar nicht, wieso sich meine Mutter überhaupt die Mühe macht, jedes Jahr an meinem Geburtstag vorbeizukommen. Meistens gehen unsere Gespräche über Smalltalk eh nicht hinaus. Im Grunde genommen haben wir uns schon lange nichts mehr zu sagen. Ich fand es irgendwann müßig, mit jemandem zu reden, der mich ohnehin nur kritisiert.

Als ich klein war, war sie, glaube ich, ganz ok. Nicht, dass ich mich daran noch erinnern könnte. Meine erste Erinnerung ist, als sie zu mir meinte, die pinkfarbene Jeanshose stünde Marie viel besser als mir und ich solle weniger Süßigkeiten essen. Das muss so in der zweiten Klasse gewesen sein, davor ist einfach vieles verschwommen. Vielleicht habe ich es auch verdrängt.

Ja, ich weiß, man soll seine Eltern ehren und das tue ich auch, was meinen Vater betrifft. Aber bei meiner Mutter: Nun ja, es ist kompliziert.

Ich glaube, dass sie nach ihrem Uniabschluss sehr frustriert gewesen ist. Als sie mich bekam, hat sie ihren Job als Assistentin der Geschäftsführung bei einer Plastikfirma an den Nagel gehängt. Maries Mutter hingegen hat nie aufgehört zu arbeiten, sie war Bibliothekarin im Stadtarchiv in Pinneberg. Sie hat Geschichte, meine Mutter Literatur- und Kulturwissenschaften studiert. Die beiden haben sich an der Uni in Bonn kennengelernt und ab dem 3. Semester sogar zusammengewohnt. Vielleicht war Maries Mutter wegen der Arbeit relaxter oder meine Mutter ist einfach nicht der mütterliche Typ. Jetzt als Arztehefrau wirkt sie sehr viel entspannter, vielleicht weil sie glaubt, jetzt mehr darzustellen. Mein Vater hat bis zu seiner Pensionierung ebenfalls als Lehrer gearbeitet, er hat Mathe, Physik und Geografie an einem Gymnasium in Kiel unterrichtet. Vielleicht hat das auch den Ausschlag für mich gegeben, Lehrerin zu werden. Mein Vater ist immer sehr ruhig gewesen, er hat sich häufig zurückgezogen, um zu „korrigieren", aber ich nehme an, dass er einfach seine Ruhe vor uns und unseren Streitereien haben wollte.

Ein Blick auf die Uhr zeigt, dass es bereits kurz nach neun ist, aber ich brauche dringend noch einen Kaffee, bevor ich meiner Mutter gegenübertreten kann.

Nach zwei Tassen starkem Kaffee hetze ich zu dem Café, in dem ich mit meiner Mutter verabredet bin. Es ist fünf Minuten nach zehn.

„Du bist zu spät, Darie", tadelt mich meine Mutter natürlich sofort, statt mir zu gratulieren.

Bei ihr klingt mein Name auch leider nie so schön wie bei Marie, obwohl sie mich eigentlich so genannt hat. Wobei ich das nicht so genau weiß. Vielleicht hat auch mein Vater den Namen ausgesucht. Oder mein Name ist einfach im Vergleich nicht mehr schön, weil ihre beiden gratis Kinder, die sie fertig zu ihrer Chefarztehe mit dazu bekommen hat, Valentina und Georg heißen. Also ich weiß jetzt nicht, was genau so toll an eben diesen Namen sein soll, aber bei meiner Mutter werden sie immer sehr ehrfürchtig ausgesprochen, wenn sie über sie erzählt.

„Georg hat jetzt den Wettbewerb des größten Stinkstiefels gewonnen! Und Valentina ist die größte Zicke des Jahrhunderts!" Das hat sie so natürlich nicht gesagt, aber bei meiner Mutter wären wahrscheinlich selbst das erhabene Attribute, die man hervorheben muss.

Ja, meinen Geburtstag, den verbringt sie mit mir, das ist aber auch das Einzige an gemeinsamen Events zwischen uns beiden und für das sie die gut zweistündige Fahrt mit dem Zug von Hannover nach Pinneberg in Kauf nimmt. Natürlich kommt sie zu Ostern oder Weihnachten nicht vorbei, denn das sind Familienfeiertage, die kann man nicht mit seiner Pilot-Familie verbringen!

Sie steht auf und haucht mir einen Kuss auf die Wange. Dann wühlt sie in ihrer Prada und zieht ein Päckchen heraus.

„Hier ein Buch von einem wirklich guten Schriftsteller. Die Sprache ist toll!",
schwärmt sie.

„Danke Mama. Ein deutscher Schriftsteller?", frage ich und reiße das Papier auf.
Heraus fällt so ein übliches Buch mit nichtsagendem Einband und drumherum
weiß, nichts, worauf ich Lust habe, es jemals zu lesen.

„Natürlich nicht, er kommt aus der Türkei! Weißt du etwa nicht, dass er den
Nobelpreis bekommen hat!" Es ist das stets Tadelnde, was mich an den Gesprächen
mit ihr so nervt.

„Und hast du sein Buch auf Türkisch gelesen?", erkundige ich mich spitzfindig,
weil ich weiß, dass es meine Mutter ärgert.

„Natürlich nicht, aber das kann man doch auch so sehen, dass es hervorragend
geschrieben ist. Schau doch mal rein, Darie. Etwas mehr Bildung würde dir ganz
gewiss nicht schaden", sagt sie gönnerhaft. Innerlich zähle ich bereits bis zehn, das
tue ich meistens, wenn ich auf meine Mutter stoße.

„Wie geht es denn Gerd?", frage ich, um von mir abzulenken.

„Ach, das übliche", sagt sie so stolz, als ob sie daran beteiligt sei. „Er bekommt
eine Auszeichnung nach der anderen und spricht auf vielen Kongressen. Heute
Abend sind wir bei einem engen Kollegen von ihm in Bielefeld eingeladen. Ein sehr
wichtiger Kontakt auch für Valentina und Georg, die ja, wie du weißt, bereits
Oberärzte sind." Ich nicke halbherzig, denn ich habe die beiden seit gut fünf Jahren
nicht mehr gesehen und vermisse sie auch nicht.

„Das ist schön", erwidere ich. Pause.

Stirnrunzelnd nippt meine Mutter an ihrem schwarzen Kaffee. Seitdem sie
Arztehefrau ist, hat sie sich ihre weiblichen Kurven abgewöhnt. Dabei wirft sie einen
Blick in die Speisekarte, aber wahrscheinlich nur, um zu sehen, was sie nicht essen
wird. Brunch ist wohl nur eine Bezeichnung ohne weitere Bedeutung für sie.

„Was hast du denn in letzter Zeit so gelesen, Darie?", fragt sie.

Wo ist die Kellnerin, ich brauche dringend ein deftiges Frühstück, denn auf leeren
Magen vertrage ich diese Gespräche noch weniger!

„Ach, na ja, einen sehr schönen Liebesroman. Er spielt im Elsass so um 1933",
antworte ich. Sie zieht die Augenbrauen hoch.

„Liest du denn immer noch nur diese Schundliteratur, Darie. Wobei, die Tochter
einer Freundin schreibt ja so etwas unter dem Namen Madeleine Schwarz, von der
hast du bestimmt schon gelesen. Du liest ja so etwas. Ein sehr intelligentes Mädchen,
super schlank. Sie schreibt gerade an ihrer Doktorarbeit in Linguistik und ist mit

einem sehr erfolgreichen Rechtsanwalt verlobt. Ich denke, mit dieser Schreiberei kann sie sich etwas von ihren hochintellektuellen Themen ablenken. Aber als Lehrerein hast du doch genügend Zeit, auch mal etwas Wertvolles zu lesen. Fürs Schreiben hattest du ja leider nie ein großes Talent. Gerd sagt übrigens immer, dass man nur wertvolle Literatur lesen sollte. Ich gebe dir gerne seine Leseliste für dieses Jahr", bietet sie an.

Ehrlich gestanden sagt mir der Name Madeleine Schwarz gar nichts. Ob ich meiner Mutter von mir erzählen soll? Ich verdränge diesen Gedanken ganz schnell wieder. Und ich bin froh, dass mein Frühstück mittlerweile da ist. Genussvoll kaue ich auf einem Stück Speck und schiebe mir eine Gabel voll Rührei in den Mund.

„Natürlich, Danke. Was für Bücher liest er denn so?", frage ich nach, um etwas zu sagen. Dieser Speck ist göttlich!

„Schau einfach mal rein, dann liest du mal etwas sinnvolles", sagt sie kryptisch.

Ich schnappe mir mein Croissant, schneide es auf und bestreiche es dick mit Butter und Marmelade. Meine Mutter blickt angeekelt auf meinen Teller.

„Darie. Ich will ja nichts sagen. Aber du solltest wirklich ein wenig aufpassen", sagt sie stirnrunzelnd. Was sagt man zu so etwas, ich habe keine Ahnung, sondern mampfe jetzt einfach nur noch mechanisch alles in mich rein, schmecken tut es irgendwie nicht mehr.

„Ich muss dann mal los. Du weißt ja: die gesellschaftlichen Verpflichtungen", stöhnt sie großspurig und greift nach ihrem überdimensionierten Portemonnaie, auf dem fett Gucci prangt. „Es soll ja viele Menschen geben, die so oberflächliche Literatur lesen. Meine Freundin hat erzählt, dass Madeleine bzw. Käthe-Louise damit recht erfolgreich ist. Womit man so Geld verdienen kann, es ist unglaublich!" Damit winkt sie einer Bedienung, zahlt, steht auf und drückt mich leicht. Eine teure Parfumwolke nebelt mich ein. Käthe-Louise, da bräuchte ich generell ein Pseudonym!

„Komm uns doch mal wieder besuchen, Darie. Du warst schon so lange nicht mehr bei uns!", stellt sie fest.

Tja, das könnte daran liegen, dass ich keine Einladung bekommen habe, seit fünf Jahren ungefähr. Aber ich sage mal nichts, denn scharf auf deren Gründerzeitvilla mit Blick auf den Stadtwald bin ich ohnehin nicht.

„Auf Wiedersehen, Mama. Viel Spaß heute Abend und liebe Grüße an Gerd." Sie blickt mich zweifelnd an.

„Viele Grüße an Marie. Sie ist ja sehr erfolgreich, hat ihr Vater erzählt. Aber sie war auch immer sehr viel fleißiger als du. Du hättest viel mehr erreichen können, wenn du nur ein bisschen weniger faul gewesen wärest, Darie."

Ich versuche, ihre Worte an mir abprallen zu lassen und geleite meine Mutter nach draußen. Zum Glück stehen ein paar Taxen vor dem Café und meine Mutter hat es eilig, sich in eine davon zu begeben, um zum Hamburger Bahnhof zu fahren. Ich atme erleichtert auf. Für dieses Jahr habe ich es hinter mir.

„Und das war mein Geburtstag mit meiner Mutter. Absolut nervig, wie jedes Jahr", schließe ich meine Zusammenfassung über den heutigen Morgen. Marie verdreht die Augen.

„Ärgere dich nicht. Und nimm dir davon bloß nichts an! Meine Fantasy Schmöker fände sie wahrscheinlich auch nicht gerade hochtrabend", versucht mich Marie zu beruhigen. Ich lache und sofort drehen sich alle im Restaurant rum.

Wir sitzen in unserem Lieblingsrestaurant, einer Tapasbar, nicht weit von uns, was toll ist, weil dann niemand fahren muss.

„Wahrscheinlich fände sie es gut, weil du sie liest", sage ich ernst. Marie grinst.

„Auch wahr. Aber ich frage mich ja schon, wieso sie das tut. Also so positiv über mich reden", wundert sie sich.

„Das habe ich mich auch immer gefragt, aber nie eine wirkliche Erklärung dafür gefunden", erwidere ich resigniert.

„Meine Mutter hat dich aber auch immer sehr gelobt", meint Marie und ich horche überrascht auf.

„Echt? Das wusste ich nicht." Ich bin ehrlich verblüfft darüber. „Was hat sie denn an mir so gelobt?" Natürlich frage ich nur aus Neugier, nicht etwa wegen fishing for compliments.

„Na, dass du dich viel besser ausdrückst als ich. Ich solle mehr Bücher lesen, meinte sie immer zu mir", erinnert sich Marie und grinst schwach dabei.

„Aber sie wusste schon, dass deine Deutschnoten immer viel besser waren als meine, oder?", frage ich zweifelnd.

„Ich glaube nicht. Ich fand unsere Noten nie erwähnenswert. Davon abgesehen war die Benotung auch sehr unfair in meinen Augen." Das fand ich übrigens auch!

„Tja, du warst halt in den anderen Fächern besser als ich", mutmaße ich.

„Genau. Und wo ich nicht besser war, wurde ich dann besser gemacht", meint Marie trocken und futtert ihre vierte Portion Datteln im Speckmantel.

„Meinst du? Also dass meine Aufsätze besser waren als deine?", frage ich erstaunt.

„Das war doch offensichtlich! Schließlich wurden deine Aufsätze immer vorgelesen, meine nie", erinnert sie mich.

„Das stimmt. Dabei hatte ich nie etwas Besseres als eine zwei plus und du ganz häufig eine eins", sage ich empört.

Zumindest war das so bis zur zehnten Klasse, denn Marie hat natürlich Mathe- und Bioleistungskurs genommen. Wir hatten dann nur noch wenige Fächer zusammen.

„Siehst du. Anscheinend war ich gar nicht so toll. Keine Ahnung, wieso ich die Einser in Deutsch bekommen habe. Englisch fand ich viel leichter", sagt sie ernst.

Wir lachen und futtern weiter, heute natürlich auf meine Rechnung. Da wir aber alles, was uns auch nur irgendwie feierungswürdig erscheint, hier feiern, laden wir uns ständig gegenseitig ein.

„Was macht denn dein Weihnachtsroman?", fragt Marie, während sie nach einem Nachtisch auf der Karte sucht.

„Liegt in der Schublade", muss ich leider zugeben. „Ich habe Mirabell meine Ideen geschickt, aber sie hat sich noch nicht gemeldet."

„Ich bin gespannt, was sie von deinem Exposé hält", sagt Marie herzlich. Natürlich habe ich es vorher mit Marie durchgesprochen. Im Grunde genommen ist das Thema beinah schon etwas zu ernst für einen Liebesroman, der eigentlich Weihnachtsstimmung verbreiten soll. Beim Schreiben habe ich zwar immer meine Mutter vor Augen gehabt, meine Idee ist aber natürlich rein fiktiv. Meine Mutter käme bestimmt niemals auf die Idee, mir zu erklären, wieso sie uns verlassen hat!

„Ich hätte heute meiner Mutter beinah erzählt, dass ich Romane schreibe!", rufe ich entsetzt. Marie sieht von der Dessertkarte auf.

„Wieso?" Erstaunt blickt sie mich an und ich würde loslachen, wenn es komisch wäre. Ist es aber nicht.

„Ach, sie hat von der Tochter einer Freundin erzählt, die Liebesromane schreibt und dass ich ja leider nie Talent zum Schreiben hatte." Ich schlucke bei diesen Worten, denn ich habe Madeleine Schwarz überprüft. Sie schreibt wie ich erotische Liebesromane und publiziert ihre Bücher selbst. Ich habe mir sofort einen ihrer Romane bestellt und ihn blöderweise auch noch verschlungen! Sprachlich war er auch noch klasse und hat mich richtig runtergezogen. Prüfend blickt mich Marie aus ihren dunkelgrauen Augen an.

„Und die Tochter, ist das eine bekannte Autorin?", fragt sie jetzt.

„Das weiß ich nicht, aber das Buch, das ich von ihr gelesen habe, war auch noch toll", murre ich. Marie lacht.

„Das macht doch deine Bücher nicht weniger gut, Darie. Und auf den Bestsellerlisten waren sie auch", meint sie mich. Leider erinnert mich dieser Ausdruck daran, dass das in der Vergangenheit liegt. Aktuell steht keines meiner Bücher auf einer Bestsellerliste. Mit meinen Verkaufszahlen sind sie auch meilenweit davon entfernt.

„Ich weiß auch nicht, wieso mir die Meinung meiner Mutter immer so zusetzt", stöhne ich unzufrieden. Marie nickt, schließlich kennt sie meine Mutter beinah so lange wie ich.

„Für Käthe-Louise ist das laut meiner Mutter ok, so etwas seichtes zu schreiben. Weil sie ja gerade an ihrer Doktorarbeit schreibt, quasi als Ausgleich zu ihren hochwissenschaftlichen Themen. Als Lehrerin hätte ich ja Zeit, mal etwas Sinnvolles zu lesen, meinte sie. Sie hat mir übrigens die Bücherliste von ihrem Chefarztehemann geschickt", lasse ich mich empört über das heutige Gespräch aus.

„Wenn dein nächster Roman etwas ernster wird, wird sie ihn ganz bestimmt gut finden", versichert mir Marie.

„Meinst du?" Marie nickt.

Ratlos blicke ich meine Freundin an. Ich hätte ja gerne ihre Zuversicht!

Fünf

„Wir müssen reden."

Keine Begrüßung. Keine Belobigung, mit der ich selbstverständlich auch gar nicht gerechnet habe. Schon der Tonfall meiner Agentin lässt mein Herz ganz weit nach unten plumpsen.

„Hallo Mirabell", sage ich erstmal, um die unangenehme Wahrheit aufzuschieben.

„Ich habe dein Exposé gelesen, Darie. Die Story hat viel zu wenig Inhalt. Die Charaktere haben überhaupt kein Eigenleben. Der Verlag will doch etwas herzerwärmendes. Ich dachte, ich hätte mich da klar ausgedrückt. Auch die Ortschaften klingen nur dürftig recherchiert. Hast du denn noch nie eine schneebedeckte Landschaft gesehen?", fragt sie hörbar irritiert.

Frustriert hole ich erstmal Luft. Denn letztendlich habe ich auch bereits gewusst, dass es kein gutes Manuskript ist, als ich das Exposé aufgesetzt habe: Die Charaktere sind zu hölzern und als Ortschaften habe ich wahllos irgendwelche Städte in Süddeutschland verwendet. Das alles klingt wirklich sehr wenig durchdacht, das muss selbst ich zugeben.

„Die Idee an sich ist gar nicht schlecht, Darie. Das Thema Heimkommen zu Weihnachten gefällt mir durchaus. Aber die Story ist viel zu wenig ausgearbeitet und wirkt völlig unrealistisch." Aha, immerhin war es also nicht nur katastrophal, sondern auch noch unrealistisch, denke ich frustriert.

„Es ist alles zu oberflächlich beschrieben. Natürlich ist es schade für dich, aber ich denke, ich werde es dem Verlag gar nicht erst vorlegen. Das wäre wirklich eine tolle Chance für dich gewesen, Darie!" Nach dieser Abfuhr muss ich mich erstmal räuspern.

„Äh, ok, es tut mir leid", stoße ich heiser hervor.

„Muss es nicht", sagt Mirabell schon wieder mit dieser ungewohnten Sanftheit in der Stimme, die ich so viel schlimmer finde als das Meckern. „Ich habe gehofft, dass es dich wieder nach vorne bringt. Ich hatte immer das Gefühl, dass du Herzblut brauchst, um schreiben zu können. Aber vielleicht benötigst du einfach eine Auszeit."

„Du findest also, dass die Geschichte zu oberflächlich ist?", frage ich zurück und merke sofort, dass ich echt zickig rüberkomme.

„Also ein wenig kritikfähiger solltest du schon sein!", kommt es auch prompt aus dem anderen Ende der Leitung. „Deine Geschichte ist einfach nicht das, was sie suchen. Am besten, du liest ein paar Weihnachtsromane, dann weißt du besser, was ich meine", sagt sie kühl.

„Ja sicher. Aber wenn meine Mutter…äh die Frau, um die sich der Roman dreht, zu Weihnachten nach Hause kommt, wird das doch mit viel Herzschmerz verbunden sein", versuche ich mich zu rechtfertigen.

„Das Thema wirkt doch arg an den Haaren herbeigezogen. Ihre beste Freundin bringt sich um und sie sucht ihren Platz im Leben, in dem sie jemanden heiratet, von dem sie glaubt, dass er ihr zumindest finanzielle Sicherheit bieten kann. Welche Frau verlässt denn ihre Familie für die finanzielle Sicherheit? Wenn, dann muss das mit echten Gefühlen verbunden sein, sonst will das niemand lesen. Eben eine süße romantische Story", schließt sie.

„Gut, ja dann", sage ich resigniert.

„Melde dich ruhig, wenn du etwas Neues hast oder deinen letzten Roman weitergeschrieben hast, Darie. Meine Tür steht dir immer offen." Ihr Tonfall ist zum Schluss hin doch noch herzlicher geworden, was mich aber auch nicht glücklicher stimmt

Schrecklich war das Gespräch vielleicht nicht, wohl eher völlig vernichtend. Ich blicke mein Handy an, als ob es zu mir sprechen könnte.

Dann schüttele ich mich und lese mir noch einmal mein Exposé durch. Leider muss ich zugeben, dass es stimmt, was Mirabell sagt: Die Thematik ist deutlich ernsthafter als in meinen letzten Büchern und passt einfach nicht zu einer romantischen Weihnachtsstimmung. Aber das liegt daran, dass ich versucht habe, dem ganzen etwas mehr Tiefe zu verleihen, also statt der Erotik. Ob ich wirklich zu oberflächlich für dieses Genre bin?

„Nee, Quatsch. Es ist nur so…"

Marie räuspert sich und ich weiß genau, dass sie jetzt etwas Negatives sagen will und daher nach Worten sucht.

„Es ist nur so", fährt sie fort. „Wie ich schon beim Aufsetzen des Exposés zu dir meinte: Das Thema wirkt sehr ernst und ist einfach nicht romantisch genug für einen Liebesroman. Wobei ich da eigentlich nicht mitreden kann. Ich lese so etwas ja nicht", überlegt sie.

„Ich habe wirklich Schwierigkeiten mit diesem Weihnachtsthema", stöhne ich. „Ich mag keinen Schnee und auch keine Berge!" Uff, ich klinge schon wieder so nach Rechtfertigung. Ich muss das mal ablegen.

„Das verstehe ich. Ein Weihnachtsroman ist eben nicht dein Ding", fasst Marie mein Gejammere zusammen.

„Aber der Roman spielt doch im Winter und der Höhepunkt wird das Weihnachtsfest sein, an dem meine Mutter…äh Ella heimkommt."

Mir scheint, dass ich einen Mutterkomplex habe. Ist das vielleicht mein eigentliches Problem? Marie grinst mich an.

„Mir gefällt das Thema, aber ich kenne deine Mutter auch. Und ich weiß genau, was du versuchst, zu sagen und ich sehe durchaus die Romantik in deiner Geschichte. Aber die Frau, die du in deinem Exposé beschreibst, kann ich mir überhaupt nicht vorstellen. Und die Orte, an dem das Ganze spielen soll, sind so nichtssagend beschrieben. An welche Orte genau hast du denn beim Schreiben gedacht?" Peng. Maries Worte treffen mich, obwohl sie sicherlich nicht böse gemeint sind, eben nur ehrlich. Also muss ich sie wohl so hinnehmen.

„An keinen bestimmten. Ich war doch noch nie in Süddeutschland", seufze ich. Marie wirkt nachdenklich.

„Schreib das Buch erstmal. Und dann siehst du weiter", versucht sie mich zu beruhigen.

Sagt sich so leicht, denke ich resigniert.

Gemütlich sitzen wir nur eine Woche später wieder in unserer Tapasbar.

„Hab jetzt begonnen, den Weihnachtsroman aufzuschreiben!", verkünde ich, versuche jedoch beiläufig zu klingen.

„Wow! Wieviel hast du schon?" Marie schaut mich verblüfft an und vergisst sogar, sich den Champignon auf ihrer Gabel in den Mund zu schieben, der daraufhin auf den Teller runterpurzelt.

„50 Seiten", erzähle ich stolz. „Ich schreibe einfach und versuche nicht darüber nachzudenken, wie es auf andere wirkt. Aber jetzt fällt mir erst recht auf, wie wenig ich über die Schauplätze weiß. Und im Internet findet man so wenig oder wenn doch, kann ich mir das nicht so richtig vorstellen."

„Fahr doch einfach hin", schlägt Marie vor.

„Wohin? In den Schwarzwald? Aber da liegt jetzt kein Schnee", gebe ich zu bedenken und zeige nach draußen. Natürlich regnet es mal wieder und es ist ja auch April.

„Dann mach es doch wie dieser Autor! Der, der auch gebeten wurde, einen Weihnachtsroman im Sommer zu schreiben!", ruft sie begeistert.

„Stimmt. Du hast recht!", lache ich. Komisch, dass ich bis jetzt gar nicht daran gedacht habe!

Ich mag diesen Roman, auch wenn es eigentlich ein Kinderbuch ist. Und ganz besonders mochte ich immer das Vorwort lesen, wenn Erich Kästner beschreibt, wie schwierig es für ihn ist, im Sommer eine Weihnachtsgeschichte zu schreiben. Und ihm seine Mutter vorschlägt, doch an die Zugspitze zu fahren und sich den Schnee aus der Ferne anzuschauen. Meistens lese ich das Buch zu Weihnachten, fällt mir plötzlich auf!

„Fahr einfach irgendwohin in die Berge. Dort liegt doch immer Schnee. Und vielleicht freundest du dich auch mit einer kleinen Kuh an und nennst sie Eduard", grinst Marie, die das Buch ähnlich oft gelesen hat, wie ich.

„Mal schauen. Sind das nicht eher Orte, wo alte Leute hinfahren?", meine ich skeptisch.

Irgendwie stelle ich mir das langweilig vor, auch wenn das in dem Buch ganz lustig klang. Aber wer weiß, wie alt der Autor damals war, als er das Buch geschrieben hat.

„Ach was. Bestimmt gibt es eine Sommerrodelbahn und lauter so Sachen. Keine Ahnung, aber bestimmt kann man auch vieles dort im Sommer tun. Und der Schnee ist schön weit weg, aber trotzdem sichtbar", preist Marie das Ganze an.

„Du klingst wie eine Werbung für die deutschen Alpen", mosere ich.

„Dann lass uns in die Alpen fahren", sagt sie ungerührt und mampft Champignons mit Aioli.

„Aber ich kann doch nicht einfach Urlaub nehmen", erinnere ich sie.

„Aber in den Sommerferien hast du doch frei, oder?" Marie schaut mich jetzt doch recht zweifelnd an.

„Ist dann aber bestimmt sündhaft teuer", gebe ich zu bedenken.

„Ist es in den Ferien doch immer und überall. Und ich dachte, da fahren nur alte Leute hin. Dann sollte der Preis doch gleichbleibend sein. Schließlich verreisen die doch das ganze Jahr über", schließt sie ihr Plädoyer.

Und mal wieder hat mich Marie in die Enge diskutiert.

Es ist ja nicht so, dass ich nicht gerne in den Urlaub fahre. Aber wo ja die Nord- und Ostsee so nah an uns dran sind, fahre ich meistens dorthin. Ich habe einfach gerne meine Ruhe im Urlaub, wobei ein Alte-Leute-Ort ja eigentlich eine gewisse Beschaulichkeit verspricht.

Marie hingegen hat bereits die ganze Welt bereist. Sie war im Himalaya, wandern in den Anden und sonst wo. Ich wollte nie mit. Ich kann auf Malariaprophylaxe und Stechmücken sehr gut verzichten.

„Aber die Alpen?", frage ich immer noch wenig überzeugt von diesem Reiseziel.

„Zum Beispiel. Da gibt es doch schneebedeckte Berge. Ich habe zwar nicht so lange Urlaub wie du, aber ich kann ja nachkommen. Und dann lese ich, was du so fabriziert hast!" Ihr Enthusiasmus ist beinah ansteckend, beinah aber nur.

„Ich schaue dann mal", tue ich das Ganze ab.

Nachdenklich sitze ich später an meinem Schreibtisch. Es ist zwar bereits elf Uhr abends und bald muss ich auch schon wieder aufstehen, aber seit zwei Stunden schaue ich mir Bilder von den Alpen an und checke Hotels für die Sommerferien.

Es ist alles ausgebucht!

Ich hätte niemals gedacht, dass Leute freiwillig in solche Kuhdörfer fahren. Allerdings scheint für jeden etwas dabei zu sein, sowohl für alte als auch für junge Menschen und auch für jedes Budget. Doch alles ist bereits weg. Ich wusste gar nicht, dass die deutschen Alpen so beliebt sind.

Ein Klingeln an der Haustür lässt mich aufschrecken. Wer soll mich denn so spät noch besuchen?

„Ich habe unseren Urlaub gebucht!", teilt mir Marie an der Haustür strahlend mit.

„Komm doch rein", sage ich, ohne zu verstehen, was sie gerade gesagt hat.

„Wir fahren nach Oberstdorf", erläutert sie und setzt sich auf mein Sofa.

„Wohin?" Ich habe mich wohl verhört. „Und wann?"

„Na, du fährst direkt am 1. Ferientag dorthin. Zwar nicht in die Alpen, dafür aber ins Allgäu. Ich komme zwei Wochen später nach. Dann hattest du Zeit genug, dich einzuleben und auch etwas zu schreiben." Ich bin vollends verwirrt.

„Aber es ist doch alles ausgebucht. Ich habe gar nichts gefunden", sage ich verwundert. Wieso hat Marie das dann geschafft?

„Sicher, vieles war schon weg. Ist jetzt auch nichts Tolles, eher eine kleine Pension. Aber auf dem Foto sieht es aus wie diese Hotels auf den Postkarten. Und im Hintergrund sieht man schneebedeckte Berge. Das ist doch ideal für dich!", ruft sie schon wieder so grässlich enthusiastisch.

„Aber…", fange ich an, stoppe mich jedoch.

Ach, was soll`s. Vielleicht wird es ja doch ganz nett.

SECHS

Worauf habe ich mich da nur eingelassen!

Ich bin wirklich in dem hinterletzten Kuhdorf gelandet und damit meine ich auch Kuhdorf. Es gibt wirklich mächtig viele Kühe hier: Schwarzweiß, braunweiß und irgendwas dazwischen. Ihr Geblöke weckt mich jeden Morgen, obwohl sie gar nicht so nah am Haus dranstehen.

Seit zwei Tagen bin ich jetzt hier und die Ruhe ist entnervend und gar nicht mit der Nordsee vergleichbar, schon, weil der Strand fehlt.

Ich habe noch keine einzige Zeile schreiben können, seitdem ich hier bin. Meine 50 Seiten liegen brach in meinem Laptop herum. Mein Exposé habe ich nicht weiter überarbeitet, weil ich geglaubt habe, hier mit den Eindrücken besser schreiben zu können.

Doch weit gefehlt! Das Grün der Wiesen wirkt beinah neongrün mit dieser sehr strahlenden Sonne darauf. Es sind kaum Bäume da, was jetzt nicht so störend ist. Aber die Berge wirken, obwohl sie so weit weg sind, eher bedrohlich auf mich. Die schneebedeckten Hänge lassen mich frösteln. Inspirierend ist das überhaupt nicht!

Als ich am Dienstag endlich an diesem kleinen Bahnhof angekommen war, musste ich mir sogar ein Taxi zur Pension nehmen, weil kein Bus dorthin fuhr! Eigentlich hatte ich mit dem Auto kommen wollen, aber Marie hat einen superschicken neuen Dienstwagen (er ist rot, mehr weiß ich nicht darüber), mit dem sie in zwei Wochen nachkommen wird und mit dem wir dann zusammen nach Hause fahren werden.

Auf die Fahrt nach Hause freue ich mich jetzt schon. Zugfahren zur Ferienzeit ist nicht halb so entspannend, wie man das vielleicht annehmen würde, weil man ja nicht Gefahr läuft, in einen Stau zu geraten. Dafür bekommt man aber lärmende Kinder, kläffende Hunde und ganz viele nervige und total gestresste Erwachsene. Erschwerend hinzukam, dass ich keinen Platz für meinen riesigen Koffer gefunden habe und ihn irgendwo hinstellen musste. Und schleppen musste ich ihn auch, und zwar von Bahnhof zu Bahnhof.

Erst von der S-Bahn zum Hamburger HBF, dann in Ulm zum Bahnsteig der Regionalbahn. Die gut siebenstündige Fahrt nach Ulm war ja noch ganz ok, aber die Fahrt mit der Regionalbahn nach Oberstdorf war einfach nur furchtbar; völlig überfüllt mit Berufspendlern und Schulkindern, weil hier die Sommerferien ja noch auf sich warten lassen. Nach über 10 Stunden Fahrt habe ich einfach nur in meiner Pension eingecheckt und mich schlafen gelegt.

Am nächsten Morgen habe ich das Frühstück genossen. Nicht nur, weil ich einen Mordshunger hatte, sondern auch, weil es Widererwarten wirklich sehr gut war. Um mich herum sind ein paar wenige Familien, am meisten jedoch Rentner und entsetzlich viel gute Luft. Der nächste, der diese stinkende Landluft lobt, bekommt eines übergebraten, so viel steht fest!

Mein Spaziergang gestern in den Ort hat ewig gedauert. Der Weg war kaum befestigt und ich bin, Dank meiner Ballerina Schuhe, bestimmt dreimal gestolpert und umgeknickt. Im Ort habe ich mir ein paar feste Wanderstiefel gekauft, damit war der Heimweg gleich viel angenehmer. Die Julihitze ist hier viel besser zu ertragen, dass muss selbst ich zugeben. Aber diese grüne blumenübersäte Einöde gibt mir wirklich keinerlei Inspiration!

Während ich heute meinen Kaffee trinke und mein frisch gekochtes Ei genieße, fällt mir ein, dass ich doch mal schauen könnte, ob diese Pension vielleicht auch einen Bücherschrank im Haus hat. Doch erstmal beiße ich in mein Brot und könnte echt lustvoll aufstöhnen, denn es ist knusprig und schmeckt wirklich furchtbar gut. Kulinarisch war alles, was ich bis jetzt hier gegessen habe, ein Gedicht. Gestern Abend gab es einen aufgeschnittenen Spanferkelbraten, dazu Sauerkraut und Klöße mit Biersauce. Ich war froh, dass ich mich so viel bewegt hatte und habe ordentlich zugelangt.

„Gibt es hier einen Bücherschrank im Haus?", frage ich, pappsatt von meinem Frühstück, die Dame an der Rezeption, die aussieht, als ob sie Kaiser Wilhelm noch persönlich kennengelernt hat.

„Was meinen`s denn damit?" Dabei schaut sie mich an, als ob ich sie nach einem update für meinen Laptop gefragt hätte.

„In manchen Hotels gibt es die Möglichkeit, die Bücher, die man gelesen hat, dazulassen", versuche ich, ihr das Ganze zu erklären.

„Ah. Unser Buchbrett. Schauens ruhig mal hinter sich", grinst sie.

Da steht tatsächlich ein dunkles hohes Regal voller Bücher! Wieso ist mir das bis jetzt noch nicht aufgefallen?

„Danke schön", sage ich artig. Die Frau nickt und ich gehe rasch dorthin.

Da stehen bestimmt 30 Bücher!

„Ach, schon wieder nur diese Schnulzen!", stöhnt auf einmal ein Mann neben mir, den ich erst jetzt bemerke, weil ich so in diese Auswahl vertieft war. Amüsiert blicke ich zur Seite, sehe aber nur ellenlange Beine in einer dunkelblauen Jeans, sein Oberkörper scheint irgendwo weiter oben zu sein. Da ich gerade auf dem Boden knie, um mir auch die unterste Reihe Bücher anzuschauen, kann ich das nur erahnen.

Ich liebe Bücherschränke oder auch Büchertelefonzellen. Nicht, weil ich zu geizig wäre, mir welche zu kaufen, sondern weil ich es nachhaltig finde. Und außerdem interessiert mich auch, was die anderen Leute, die hier abgestiegen sind, so gelesen haben. Manchmal finde ich sogar Bücher, die von mir sind, was mich schon ein klein wenig stolz macht. Dann signiere ich sie und stelle sie wieder zurück.

„Etwa nichts für Sie dabei?", frage ich erstaunt, während ich mich aus der Hocke eigentlich elegant in die Höhe bewegen will. Doch natürlich strauchele ich prompt und kippe zur Seite.

„Hoppla!", ruft der Mann, in dessen Armen ich gelandet bin. Zappelnd versuche ich erfolglos mein Gleichgewicht zu finden.

„Jetzt halten Sie doch mal still oder möchten Sie Tango mit mir tanzen?" Seine warmen Hände fassen mich etwas fester. Ein frischer Geruch schwebt mir entgegen, der mich irgendwie an Frühling erinnert. Ein paar Vergissmeinnichtfarbige Augen blitzen mich an. Sein Mund zuckt und entscheidet sich dann sogar für ein Lächeln. Sind das etwa Grübchen in seinem Gesicht? Verdammt! In mir drin wird gar nichts ruhiger bei seiner Berührung. Doch jetzt, wo ich wieder stehe, lässt er mich leider wieder los und zurück bleibt ein wohlig warmer Abdruck seiner Hände auf meinen Schultern.

„Ach, es sind immer dieselben Bücher, die so in Bücherschränken herumstehen. Mindestens zwei uralte Simmel Bücher, dann natürlich mehrere Liebesromane und höchstens zwei bis drei Thriller", stöhnt er.

„Und was lesen Sie so?", frage ich neugierig, denn eigentlich finde ich, was ich bis jetzt gesehen habe, gar nicht so schlecht. Damit meine ich übrigens die Bücher und ihn.

„Thriller sind ja noch ok. Aber die, die da sind, habe ich meistens bereits gelesen. Eigentlich bevorzuge ich auch eher Sachbücher, aber so etwas habe ich wirklich noch nie in Bücherschränken gefunden." Wie langweilig.

„Tja, dann müssen Sie sich wohl doch eine Lektüre im Buchladen kaufen. Oder es mit etwas Neuem probieren und einen Liebesroman lesen", versuche ich ihn zu provozieren. Der Mann verdreht auch prompt die Augen, was ich lustig finde, mir aber das Lachen verkneife. Schließlich will ich mich nicht lustig über ihn machen, auch wenn ich ihn ein klitzekleines bisschen überheblich finde.

„Dann lese ich lieber gar nicht", knurrt er.

„Gibt ja bestimmt auch viele andere Dinge, die man sonst hier so tun kann. Aktuell fällt mir nichts ein, aber bestimmt gibt es da etwas", schlage ich vor.

Dabei blicke ich mich wieder in der altbackenen Lobby dieser Pension um. Das Netteste ist noch der dunkle Tresen mit den Schnitzereien. Aber der kartoffelbreifarbige Teppich ist jetzt wirklich nicht die beste Wahl gewesen.

„Aber es stimmt schon, es sind wirklich immer sehr ähnliche Bücher dabei", stimme ich ihm dann doch widerwillig zu. „Wobei ich in der Büchertelefonzelle bei uns um die Ecke schon öfter wahre Schätze gefunden habe."

„Wirklich?", fragt er und ich weiß jetzt nicht, ob er so abschätzig wirkt, weil er glaubt, dass ich nicht lese oder weil er glaubt, ich lese nur Liebesromane. Müsste mir ja auch eigentlich nichts ausmachen, was er denkt, tut es aber.

„Oh ja. Jemand hatte seine gesamte Twilight-Sammlung reingestellt. Sogar die gebundene Ausgabe!", schwärme ich, nur um ihn weiter zu foppen. Selbstverständlich habe ich mir die Bücher neu gekauft, schließlich sind die einfach nur großartig!

„Was soll denn das sein?", fragt er natürlich prompt.

Ich wusste es doch. Ein Büchersnob! Allerdings ein sehr gutaussehender. Zum Glück verdeckt auch kein kratziger Bart seine süßen Grübchen im Gesicht. Und plötzlich weiß ich, wieso mich sein Geruch an Frühling erinnert. Ein ganz schwaches Aroma nach Maiglöckchen steigt mir in die Nase, meine Lieblingsblumen. Automatisch fange ich an, danach zu schnuppern.

„Riecht es hier irgendwie unangenehm?", fragt er und blickt mich mit hochgezogenen Augenbrauen an. Peinlich, hoffentlich werde ich nicht rot.

„Äh nein, ich glaube nicht. Ja, also, hat mich gefreut, mit Ihnen zu sprechen", verabschiede ich mich.

„Wirklich?", fragt er schon wieder und mustert mich jetzt direkt.

„Nein, nicht wirklich!", schnappe ich zurück und er zuckt amüsiert mit dem Mund. Was für ein unsympathischer Kerl. Und eigentlich stehe ich auch gar nicht auf blaue Augen und so süß sind seine Grübchen dann auch wieder nicht!

„Ich muss dann mal", sage ich knapp, drehe aber auf dem Fuße wieder um, um mir einen Liebesroman zu schnappen, den ich gesehen hatte. Soll er doch ruhig sehen, was ich lese, mir ist mein Buchgeschmack nicht peinlich. Und wenn es dort nicht zu sehr zur Sache geht, kann ich ihn als Anregung für meinen unerotischen Weihnachtsroman verwenden.

„Ich heiße übrigens Leo!", sagt er auf einmal, wie aus heiterem Himmel und ohne, dass ich ihn danach gefragt hätte.

„Äh, ich heiße Darie", antworte ich aus purer Höflichkeit. Eine gute Erziehung kann wirklich lästig sein. Ich schicke mich an, endlich zu gehen.

„Was ist das denn für ein Name?" Ok, ich drehe mich wieder zu ihm um.

Ein Namensnob ist er anscheinend auch!

„Heißt ja wenigstens nicht jeder so. Nicht wie bei Leo oder Nick, wo sich sofort zehn Leute umdrehen, wenn man nach ihnen ruft", sage ich angriffslustig.

Seine Augenbrauen haben jetzt bereits seinen kurzgeschnittenen hellblonden Haaransatz erreicht. Dabei sieht er nachdenklich aus.

Dann lacht er plötzlich und ohne Vorwarnung laut los. Ich zucke zusammen. Sein Lachen geht mir durch Mark und Bein. Es klingt in mir nach wie eine wunderbare Melodie. So, als ob es über meine Nerven schwingt und sie dabei zum Klingen bringt, wie bei einer Harfe. Ich habe definitiv zu viele romantische Sachen geschrieben. Harfe, also echt!

„Du hast völlig recht. Tatsächlich hatten wir in meiner Jahrgangsstufe drei Leopolds, drei Leonhards und zwei weitere Kinder, die einfach nur Leo hießen", prustet er los. Sein Lachen nimmt mich völlig für ihn ein und ich schmelze wie Butter in der Julisonne.

„Und zu welchen Leos gehörst du?", schmunzele ich ihn an und übernehme automatisch sein Du. Er schmunzelt zurück. Mein Herz macht einen Satz!

„Was meinst du damit?" Unsere Blicke treffen sich dabei und ein Zittern geht durch mich durch. Ob es ihm auch so geht?

„Na, bist du ein Leopold-Leo oder ein Leonhard-Leo oder ein nur-Leo?", erläutere ich ihm meine Frage, während wir uns in die Augen schauen. Dabei macht sich Wärme in mir breit und auf einmal genieße ich diese Unterhaltung mit ihm. Schon wegen seiner Stimme, die leicht dunkel, aber gar nicht kratzig klingt.

„Äh, nur Leo", grinst er und fährt sich durch seine kurzen Haare. Dabei blickt er aber leider nicht mehr mich an, sondern einen unbestimmten Punkt über meinem Kopf. Innerlich seufze ich vor mich hin. Vielleicht sieht man sich ja, hoffe ich. Immerhin wohnen wir ja im selben Haus.

„Tja dann. Vielleicht bis demnächst, nur-Leo", versuche ich locker zu wirken. Aber irgendwie bedaure ich, dass unsere kurze Begegnung schon zu Ende ist. Ich könnte noch stundenlang mit ihm sprechen und seiner Stimme dabei zuhören, die wirklich sehr angenehm klingt. Ob er mich mag? Unser Blickkontakt war ja immerhin sehr intensiv.

„Wann gehst du heute eigentlich zum Abendessen?" Was hat er mich gerade gefragt? Essen?

„So gegen sieben Uhr", antworte ich verwirrt und frage mich, worauf er hinauswill.

„Vielleicht könnten wir heute Abend gemeinsam essen?" Jetzt blicken mich wieder seine hellblauen Augen an und mein Herz kommt auch prompt aus dem Rhythmus.

„Äh, ok?" Er will sich mit mir verabreden!

Mein Herz macht was Komisches: Es hüpft plötzlich auf und ab, statt nur zu schlagen!

„Prima. Dann heute Abend um sieben Uhr im Speisesaal", grinst er.

Ich nicke und versuche, gelassen dabei zu wirken, doch blöderweise merke ich gleichzeitig eine leichte Hitze in meinem Gesicht aufsteigen. Hoffentlich sieht er nicht, dass ich mich darauf freue, mit ihm essen zu gehen. Ob er sich darauf freut? Aber es war doch schließlich seine Idee! Allerdings hat er das sicherlich nur als zwanglose Verabredung gemeint, wie man das im Urlaub so macht. Normalerweise würde man sich wohl nicht mit jemandem, den man gerade erst kennengelernt hat, sofort zum Essen verabreden. Aber im Urlaub ist das doch ganz normal.

„Ja, sehr gern. Bis heute Abend!", sage ich und gehe dann endlich betont langsam weg. Aber mein Herz rast!

In meinem Zimmer angekommen, muss ich erstmal runterkommen. Ich bin so nervös wegen heute Abend. Doch dazu besteht eigentlich kein Grund, zumindest sage ich mir das andauernd. Aber sowohl mein Magen als auch mein Herz sind völlig in Aufruhr. Wieso benehme ich mich eigentlich wie ein verliebter Teenie? Mit 35 sollte ich es doch besser wissen. Wir haben uns ungefähr fünf Minuten unterhalten und sofort setzt mein Atmungssystem aus. Ich bin anscheinend ganz schön hormongesteuert.

Seufzend setze ich mich an den kleinen Schreibtisch aus Eiche rustikal, öffne meinen Laptop und lese mir den Anfang meiner Weihnachtsgeschichte durch und ändere hier und da ein Wort. Als ich wieder auf meine Uhr schaue, ist es bereits 15 Uhr. Ich habe fünf Stunden an meinem Skript gesessen! Aber irgendwie bin ich nicht wirklich zufrieden damit. Trotz des stundenlangen Korrigierens ist mir nichts Neues eingefallen. Also packe ich alles weg und mache einen kleinen Spaziergang an der frischen Luft, ist ja schließlich genug davon da!

„Hallo, Darie", begrüßt er mich. Dabei steht er sogar auf und setzt sich mit mir gemeinsam wieder hin.

Mit klopfendem Herzen habe ich mich bereits um sechs Uhr fürs Abendessen fertig gemacht und dann geschlagene 45 Minuten abgewartet, weil ich nicht zu früh da sein wollte. Doch obwohl ich überpünktlich bin, ist Leo schon da. Ob er auch so aufgeregt ist wie ich? Und meinen Namen aus seinem Mund zu hören, lässt meine Schmetterlinge sofort in Aufruhr geraten!

„Tut mir leid, bin ein bisschen zu spät dran. Hab noch gearbeitet", entschuldige ich mich.

„Kein Problem. Musst du etwa hier arbeiten? Ich dachte, du wärst im Urlaub." Seine hübsche Stirn runzelt sich ganz leicht, die kurzen hellblonden Haare fallen hier und da in sein Gesicht.

„Ach na ja, wie man`s nimmt. Ich schreibe, aber nur als Hobby", antworte ich vage und verstehe selbst nicht, wieso ich dieses Thema überhaupt anspreche. Schließlich schreibe ich ja unter einem Pseudonym und Leo hat ja mehr als deutlich gemacht, was er von Liebesromanen hält. Bestimmt findet er mich albern, wenn er erfährt, dass ich so etwas auch noch selbst schreibe und nicht nur lese.

„Du schreibst? Was für ein Zufall. Ich muss auch irgendwie hobbymäßig schreiben", grinst er.

„Was schreibst du denn so hobbymäßig?", frage ich neugierig. Er hat mich gar nicht gefragt, worüber ich schreibe, fällt mir dabei auf.

„Ich schreibe an meiner Doktorarbeit, ich bin Zahnarzt. Als solcher müsste ich ja theoretisch nicht promovieren, aber viele Leute brauchen halt einen Titel, um Vertrauen in die Behandlung zu entwickeln." Was für eine Ausdrucksweise, ich muss schmunzeln.

„Und jetzt setzt du dich ins Allgäu und schreibst eine Arbeit auf dem Trockenen, sozusagen?", frage ich. Er lacht ein feines Lächeln.

„Na ja, ein wenig mehr Arbeit habe ich schon reingesteckt. Ich habe eine Praxis und darüber hinaus habe ich viele Patienten in der hiesigen Zahnklinik behandelt. Ich schreibe über die Verträglichkeit von Zahnprothesen bzw. das Risiko von bakteriellen Infektionen bei unsachgemäßer hygienischer Reinigung. Dazu habe ich ein paar Artikel publiziert und schreibe jetzt alles zusammen."

Ehrlich gestanden habe ich jetzt nicht so viel verstanden und das liegt nicht an seinem leichten Dialekteinschlag. Anscheinend stammt er von hier, schade. Fernbeziehungen sind ja nicht so erstrebenswert.

Darie, ermahne ich mich sofort. Du kennst diesen Mann gerade mal seit fünf Minuten und denkst über Fernbeziehungen nach! Das ist wirklich übertrieben, also ein wenig.

„Aber ich will dich nicht langweilen. Über was schreibst du?" Soll ich es ihm sagen?

„Ich schreibe, wie gesagt, nur in meiner Freizeit", antworte ich zögernd. „Eigentlich bin ich Lehrerin für Deutsch und Geografie."

„Lehrerin, wow. Ich würde die Jugend von heute nicht unterrichten wollen. Und deine Bücher handeln von deinen Schülern?" Ich muss lachen.

„Äh, nein. Das wären wohl eher Horrorromane und das Genre mag ich nicht mal lesen." Er schmunzelt. Es ist so angenehm, mit ihm zu reden.

„Und über welche Themen schreibst du dann, wenn nicht über Horrorschüler?", fragt er mich direkt. Scheint ihn wirklich zu interessieren. Na gut, dann sage ich es eben. Ich räuspere mich.

„Ich versuche mich an einem Weihnachtsroman. Für meine Inspiration bin ich hierhergefahren. Ich mag nämlich keinen Schnee und da hat mir meine Freundin vorgeschlagen, ihn mir hier aus der Ferne anzugucken." Verdutzt blickt er mich an.

„Du magst keinen Schnee?" Er klingt regelrecht erschüttert.

Oh nein, ob er sich jetzt überhaupt noch weiter mit mir unterhalten will oder mich einfach stehen lässt?

„Nein!", versuche ich es wirklich ernst zu betonen und schüttele mich wie zur Unterstreichung dabei. „Aber vielleicht liegt das auch am Norden", überlege ich plötzlich. „Wenn es bei uns mal schneit, ist es meistens Schneematsch und der Verkehr bricht zusammen und ich komme zu spät zum Unterricht." Komisch. Wieso ist mir das bis jetzt nicht so klar gewesen?

Wieder grinst er mich an. Ob er sich über mich lustig macht?

„Verstehe. Du musst unbedingt mal nach Österreich fahren, wenn da Schnee liegt. Der ist ganz anders, viel trockener", schwärmt er. Trockener Schnee? Was soll das denn sein, frage ich mich, traue mich aber nicht, nachzufragen.

„Vielleicht mache ich das mal. Auf alle Fälle habe ich bis jetzt noch sehr wenig Inspiration für meinen Roman gefunden. Ich finde es eher langweilig hier", sage ich vorsichtig, um ihm nicht das Gefühl zu geben, dass ich seine Heimat nicht mag. Er nickt.

„Wenn du magst, zeige ich dir Füssen. Da ist viel mehr los als hier." Hat er mich gerade gefragt, ob wir irgendwo hinfahren, also gemeinsam?

Oh! Meine Schmetterlinge vollführen eine gewagte Akrobatik.

„Gerne. Ich meine. Wieso nicht? Für meine Recherche wäre das sicher gut", sage ich und schraube noch während meines Redens meinen Enthusiasmus runter. Schließlich will ich nicht so begeistert rüberkommen, er könnte sonst noch denken, dass ich ihn mag.

„Morgen würde ich mich gerne wieder an meine Arbeit setzen, aber was hältst du von übermorgen, also Samstag, Darie?" Mmh, ich mag es, wie er meinen Namen ausspricht. So weich und schnurrend.

„Gute Idee, dann arbeite ich morgen noch etwas an meinem Manuskript." Ich seufze. Denn ich glaube nicht, dass mir morgen mehr einfallen wird, was weniger langweilig ist.

„Läuft es nicht so gut?", fragt er mich und ich zucke zusammen.

Wieso hat er das aus dem Seufzer bereits heraushören können? Er kennt mich doch gar nicht. Und Liebesromane mag er auch keine. Trotzdem würde ich gerne mal mit ihm darüber reden.

„Ehrlich gestanden, nicht so wirklich gut", sage ich zerknirscht und nehme einen großen Schluck von meiner Kirschschorle.

„Worüber handelt denn der Roman oder ist das geheim?", fragt er mich und blickt mich mit seinen vergissmeinnichtfarbenen Augen an. Mein Magen dreht sich um, allerdings im positiven Sinne.

„Er handelt über eine Frau, die ihre Familie verlässt, weil sie sich eingeengt fühlt. Ihre Freundin bringt sich um und sie fragt sich, was die Gründe wohl dafür waren. Zu Weihnachten kehrt sie zurück." Schon während ich darüber rede, merke ich, wie unausgereift das Ganze klingt.

„Klingt nach diesen Dramabüchern, die meine Mutter so gerne liest", stöhnt er. „Wieso müssen in diesen Romanen ständig Leute sterben? Das tun sie im wahren Leben doch schon genug." Ich blicke ihn an. Irgendwie hat er recht damit.

„Was würdest du vorschlagen?", frage ich, weil mich seine Meinung wirklich interessiert. Vielleicht gar nicht so schlecht, mal mit jemand Außenstehendes über meine Bücher zu sprechen.

„Keine Ahnung, aber irgendwie würde ich etwas Freundlicheres wählen. Kehrt sie denn zu ihrer Familie an Weihnachten zurück?", fragt er und blickt mich an. Ich muss mich räuspern.

„Ich glaube, ja?", sage ich zögernd, denn auf einmal weiß ich es nicht mehr.

„Sie könnte doch auch zu jemand anderes zurückkehren. Schließlich hat sie ihre Familie doch eingeengt. Wieso sollte sie dann dorthin wieder zurückkehren?", gibt er zu Bedenken.

„Also für jemanden, der so etwas nicht liest, verstehst du das schon sehr gut", muss ich zugeben und blicke ihn verwirrt an. Er grinst.

„Danke. Meine Mutter wäre stolz, das zu hören. Vor allen Dingen aus dem Mund einer angehenden Schriftstellerin." Angehend. Aber ich kläre nicht auf, dass ich bereits mehrere Romane veröffentlicht habe. Lieber rede ich weiter mit ihm über diesen Roman. Denn offensichtlich hat er da mehr Durchblick als ich.

„Also sollte sie zu jemand anderes heimkommen?", nehme ich den Faden von gerade eben wieder auf. Dabei prickelt es in mir und ich spüre eine nervöse Spannung in mir aufsteigen. Ähnlich, wie ich sie bei den letzten Büchern empfunden habe.

„Genau. Es könnte doch auch ein anderer Mann sein. Oder sie geht zu ihrer Freundin, die sich hoffentlich nicht umbringt." Bei diesen Worten muss ich schlucken.

„Leider hat sie sich wirklich umgebracht", flüstere ich.

„Das tut mir leid!", beeilt er sich zu sagen. Schweigen.

„Kein Problem. Ich denke, dass ich das gar nicht schreiben werde", sage ich und bin über mich selbst erstaunt. Sein Blick ist warm und wir schauen uns an. So innig.

„Bitte stehen`s auf! Wir möchten jetzt Feierabend machen", unterbricht eine genervte Stimme unsere harmonische Stille.

SIEBEN

Noch um Mitternacht sitze ich an meinem Schreibtisch.

Nach dem Essen haben wir uns voneinander verabschiedet. Ganz zwanglos natürlich und ohne das allerkleinste Küsschen, leider. Aber das wäre dann auch arg schnell gegangen, nicht dass ich etwas dagegen gehabt hätte. Er hat mich bis zur Zimmertür begleitet und mir eine gute Nacht gewünscht. Morgen werden wir beide arbeiten, aber man könnte ja gemeinsam frühstücken, habe ich vorgeschlagen. Er hat genickt und ist dann gegangen.

Jetzt sitze ich hier und starre in meinen Laptop. Wieder lese ich mir mein Geschreibsel durch und kurzentschlossen lösche ich eine halbe Stunde später alles, was ich bis jetzt geschrieben habe. Und dann fange ich von vorne an.

Irgendwann blicke ich wieder auf. Drei Uhr morgens und mein Magen knurrt. Da ich nicht wollte, dass mich Leo direkt als Vielfraß einstuft, habe ich mir nur einen Salat mit Rinderfiletstreifen bestellt. Eigentlich hatte ich ja auch deftig gefrühstückt, aber ohne Mittagessen war der Salat einfach zu wenig für mich. Seufzend stehe ich auf und krame nach einer Packung Kekse in meiner Reisetasche, die ich glücklicherweise noch dabeihabe. Morgen muss ich dringend etwas einkaufen.

Meine Storyline habe ich komplett umgedacht. Wieso sollte ich das Verhalten meiner Mutter erklären wollen? Sie hat uns verlassen und hat sich für jemand anderes entschieden. Punkt.

Aber eigentlich kann man daraus durchaus etwas sehr Romantisches schreiben, habe ich auf einmal überlegt. Wieso wird mir das erst jetzt klar? Ich sollte wohl mal langsam damit aufhören, diesen Groll gegen meine Mutter zu hegen und nicht immer alles so negativ sehen, was sie betrifft.

Den Namen Ella lasse ich stehen. Doch das ist auch das Einzige, was von meiner ursprünglichen Geschichte noch übrig ist. Tatsächlich habe ich Leos Idee aufgegriffen und mir eine Frau überlegt, die in ihrer Ehe gefangen ist. Sie lernt jemand Neues kennen und weiß erst gar nicht, ob sie diesen Schritt wagen soll. An Weihnachten trifft sie ihre Entscheidung: Sie geht zu ihm und verlässt ihre Familie. Allerdings erklärt sie sich ihrer Familie und ihr Mann gibt ebenfalls zu, dass schon lange das gewisse Etwas zwischen ihnen fehlt. Ihrer Tochter versichert sie, dass sie immer zu ihr kommen kann. Eben das klärende Gespräch, das ich mir von meiner Mutter vor ihrem Auszug gewünscht hätte. Denn meine Mutter hat das eben nicht getan. Sie hat uns einfach verlassen. Ob sie damals bereits ihren Chefarzt kannte, weiß ich gar nicht, weil ich sie nicht danach gefragt habe.

Des Weiteren schreibe ich mir immer wieder Orte in Süddeutschland raus. Aber, obwohl mir die Geschichte jetzt viel besser gefällt, fällt es mir nach wie vor schwer, ansprechende Landschafsbeschreibungen aufs Papier zu bringen. Wahrscheinlich, weil ich es hier so langweilig finde. Aber am Samstag werde ich ja mehr vom Allgäu kennenlernen. Mit nur-Leo. Mein Herz schlägt so komisch schnell, wenn ich an ihn denke.

Um vier Uhr morgens raucht mein Kopf. Doch trotzdem fange ich an, auch noch mein Exposé zu überarbeiten, schon, um meine Storyline nicht zu vergessen. Beflügelt von meinen Gedanken, schicke ich um fünf Uhr früh das überarbeite Exposé an meine Agentin. Mittlerweile habe ich ganze 40 Seiten. Im Grunde genommen hat sich das alles wie von selbst geschrieben.

Nachdem ich das Exposé an Mirabell verschickt habe, versuche ich, etwas zu schlafen, doch meine Gedanken fahren Achterbahn. Was ist das eigentlich mit Leo und mir? Wir haben uns super unterhalten, aber das tut man ja oft mit Urlaubsbekanntschaften, weil man da so entspannt ist. Ob er mich auch mag oder ob er nur einfach nicht gerne allein isst? Allerdings haben wir uns auch für Samstag verabredet und es war seine Idee, mir Füssen zu zeigen.

Vielleicht finde ich das Allgäu dann nicht mehr so öde. Finde ich, ehrlich gestanden, schon jetzt nicht mehr. Vor meinem inneren Auge sehe ich seine vergissmeinnichtfarbenen Augen, wie sie mich anfunkeln. Sein Geruch nach

Maiglöckchen steigt mir in die Nase und auf meinem Körper fühle ich immer noch die Wärme seiner Hände, als er mir zum Abschied die Hand geschüttelt hat.

Und in nur wenigen Stunden werde ich ihn wiedersehen!

Um neun Uhr schrillt mich mein Wecker aus meinem gerade erst erworbenen Schlaf. Doch der Gedanke an Leo lässt mich trotzdem sofort aus dem Bett hüpfen. Schlafen kann ich doch später noch, schließlich machen wir ja beide heute einen Arbeitstag.

„Guten Morgen, Darie." Himmlisch, wenn er meinen Namen sagt!

„Guten Morgen, nur-Leo", grinse ich ihn an und er lacht.

Dann setzt er sich mir gegenüber hin und ordert erstmal Kaffee.

Mein Handy klingelt. Mit einem Blick sehe ich, dass es Mirabells Nummer ist. Was sie wohl möchte? Sie kann doch unmöglich bereits mein Exposé gelesen haben!

„Oh, tut mir leid, da muss ich rangehen", entschuldige ich mich und stehe auf.

Schnell drücke ich auf Annehmen, während ich in die erste Etage zu meinem Zimmer laufe.

„Guten Morgen, Mirabell!", rufe ich etwas atemlos in den Hörer, weil ich dabei bin, die Treppen raufzulaufen.

„Guten Morgen, Darie. Ich habe dein Exposé gelesen. Das war ja eine 180 Grad Wendung!", ruft sie aus.

Trotzdem weiß ich nicht, ob sie das positiv meint. Verwirrt versuche ich, meinen Schlüssel aus der Jeanstasche zu fischen. Von elektronischen Karten haben sie hier wahrscheinlich noch nie etwas gehört.

„Ja äh. Und wie findest du jetzt das neue Exposé?", frage ich nach.

Dabei schließe ich die schwergängige Tür auf und stolpere ins Zimmer. Aufatmend setze ich mich endlich auf den harten, unbequemen Holzstuhl in meinem Zimmer, farblich abgestimmt auf den Schreibtisch in ebenfalls eiche-rustikal.

„Das ist doch offensichtlich", sagt sie ungeduldig. Ich verdrehe die Augen.

„Wieviel hast du schon geschrieben, Darie? Wann rechnest du damit, dass das Manuskript fertig ist? Vielleicht kann ich es noch ins Rennen schicken!", rattert sie los und ich glaube, es klingt enthusiastisch. Soll das etwa heißen…?

„Du mochtest den neuen Ansatz?" Meine innere Stimme rät mir sofort, dass ich weniger erstaunt darüber klingen sollte, denn dadurch wirke ich unsicher. Meine innere Stimme klingt immer etwas nach Marie, stelle ich fest.

„Natürlich. Das habe ich doch schon gesagt!" Diese Gespräche mit Mirabell sind echt anstrengend.

„Danke, ähm. Ich habe ungefähr 40 Seiten, aber ich komme gut voran." Ziemlich dick aufgetragen, ich weiß. Allerdings steht die Geschichte ja bereits komplett in meinem Kopf.

„Ich bin übrigens gerade im Allgäu für meine Ortsrecherche", platze ich raus.

„Ach deshalb liest es sich schon etwas näher dran", lobt sie.

Wirklich? So schnell ging das? Dabei finde ich meine Ortsbeschreibungen immer noch weit entfernt von gut oder schön. Aber anscheinend haben sie sich bereits merklich verbessert.

Dann legen wir auf, Smalltalk ist absolut nicht Mirabells Ding. Zum Glück, denn ich habe einen Bärenhunger flitze sofort wieder zurück zum Speisesaal.

„Entschuldige bitte. Das war wichtig", sage ich und setze mich hin.

Um dann sofort wieder aufzuspringen und mir meinen Teller mit viel deftigem Zeug zu füllen, was meine Mutter sicherlich wieder kritisieren würde. Ach verdammt, wen interessiert das, was meine Mutter sagt!

„Macht doch nichts", grinst er.

Auf seinem Teller stehen lediglich zwei Eierbecher, dazu eine Scheibe dunkles Brot und ein Schälchen mit Marmelade. Jetzt ist mir mein Rühreiberg mit vier Speckstreifen doch ein wenig peinlich, aber zumindest liegen da auch zwei Gurkenscheiben und sogar etwas Salat dabei. Hungrig schaufele ich mein Essen in mich hinein.

„Wow. Hat dir dein Abendessen gestern nicht geschmeckt?", merkt er an. Also diese direkte Art finde ich nicht immer angenehm.

„Ich hatte doch bloß einen Salat zum Abendessen. Und ich habe eine Nachtschicht eingelegt", knurre ich mit vollem Mund herüber.

„Wieso Nachtschicht?", fragt er und ich höre deutlich seine Neugier heraus. Ich schlucke erstmal runter.

„Du hattest mir so viele gute Ideen geliefert. Also habe ich alles gelöscht und wieder von vorne angefangen", sage ich und bin gerade sehr zufrieden mit mir selbst. Bestürzt blickt er mich an.

„Oh je, das wollte ich nicht. Du hast alles wieder gelöscht?" Sein Entsetzen tut mir beinah leid.

„Ich habe bereits wieder 40 Seiten geschrieben und ein neues Exposé an meine Agentin geschickt", beruhige ich ihn.

„Deine Agentin? Du hast eine Agentin?" Jetzt guckt er mich erstaunt an.

„Ja, meine Literaturagentin. Sie hatte diese Art Roman bei mir bestellt." Oh, oh, jetzt will er bestimmt wissen, was „diese Art" bedeutet.

„Soll das etwa heißen, du bist wirklich Schriftstellerin?", fragt er verblüfft. Ok, das klingt jetzt doch sehr erstaunt.

„Was meinst du mit „wirklich"?", frage ich empört.

„Na ja, ich dachte, du versuchst dich einfach mal daran und sammelst ein paar Ideen. Ich kann also bereits Bücher von dir lesen, die du geschrieben hast?" Es ist diese hörbare Ungläubigkeit, die mich ein wenig auf die Palme bringt.

„Genau, könntest du. Wenn du Liebesromane lesen würdest." Ist jetzt doch etwas schnippisch rübergekommen, war aber auch meine Absicht!

„Also du schreibst Liebesromane", stellt er fest. „Dann erübrigt es sich tatsächlich, ob ich mal etwas von dir gelesen habe. Wahrscheinlich eher meine Mutter oder meine Tanten. Die lesen halt so etwas."

„Hey, du klingst ganz schön abfällig!", schimpfe ich.

Und obwohl ich ja weiß, dass er dieses Genre nicht mag, fühle ich mich auf einmal sehr gekränkt. Gestern klang er noch so interessiert und heute tut er das Ganze ab, als ob es nichts wäre.

„Nein, nein", sagt er und hebt abwehrend die Hände. „Ich könnte niemals einen Roman schreiben, egal welches Genre. Ich tue mich ja schon schwer an meiner Doktorarbeit, zu der ich gleich wieder hinmuss", seufzt er. „Ich kann nur mit diesen Schmonzetten nichts anfangen", setzt er hinzu und meine Wut flammt so richtig auf.

„Schmonzetten, aha. Tja, du entschuldigst mich bitte. Ich muss dann mal wieder zu meiner Schmonzette!", rufe ich verärgert und stehe so heftig auf, dass der Tisch wackelt.

Mit diesen Worten lasse ich ihn am Frühstückstisch sitzen und gehe auf mein Zimmer. Mein Frühstück habe ich zum Glück bereits aufgegessen, sonst hätte ich mir meinen Abgang noch überlegen müssen.

Wutentbrannt setze ich mich auf den harten Stuhl und schalte meinen Laptop ein. Dann lese ich mir alles durch und werde ruhiger. Klingt doch gar nicht so schlecht, was ich da geschrieben habe. Ob ich wieder zu meiner alten Form zurückfinden werde?

Dann beginne ich, wütende Dialoge zwischen Ella und ihrem Ehemann zu schreiben. Die Berge beschreibe ich als bizarr mit eiskalten Wipfeln und eisig heulendem Wind, der in der Ferne heult.

Um fünf Uhr Nachmittag habe ich weitere 100 Seiten getippt, allerdings nicht zusammenhängend. Die romantischen Dialoge mit Mann Nummer 2 hebe ich mir auf, wenn ich in weniger wütender Stimmung bin.

Dann gehe ich ohne Abendessen schlafen. Die viele Schreiberei hat mich ganz schön erschöpft.

ACHT

„Guten Morgen, Darie. Tut mir leid. Ich war gestern wohl echt deppert." Süß, wenn er solche Ausdrücke benutzt!

„Kein Problem. Ich konnte eine Menge fiese Dialoge und Streitereien dadurch schreiben", entgegne ich. Er grinst mich an.

„Schön, dass ich dafür eine Inspiration sein konnte", sagt er und klingt mächtig arrogant dabei.

„So weit würde ich jetzt nicht gehen." Aber ich muss dabei grinsen, ich kann nicht anders. Ich glaube, ich mag ihn doch.

„Ich habe gestern auch einen großen Teil schreiben können. Jetzt, nachdem wir beide so produktiv waren, haben wir uns eine Auszeit verdient", sagt er zufrieden. Oh ja, das sehe ich auch so.

„Wollen wir gleich los? Nach Füssen fahren wir eine gute Stunde", meint er und steht auch schon auf.

„Ja, sehr gerne."

Meine Wangen fühlen sich warm an, aber ich befürchte, das liegt nicht am warmen Kaffee.

Wieder auf meinem Zimmer, überlege ich, ob ich mich noch umziehen soll. Kurzentschlossen schmeiße ich mich in mein schickstes Kleid, von dem ich gar nicht weiß, wieso ich es eingepackt habe. Schwungvoll drehe ich mich, so dass der Rock leicht, wie eine Glocke schwingt. Es ist dunkelrot und mit winzigen weißen Punkten übersäht. Die angedeuteten Falten sind etwas zerknittert, aber insgesamt wirke ich gar nicht mal so hässlich, hoffe ich zumindest.

Als ich in die Lobby trete, sehe ich, dass Leo bereits wartet. Er dreht sich um und guckt mich komisch an, irgendwie erstaunt.

„Hallo Darie", sagt er mit leicht rauer Stimme. „Mein Auto parkt gleich da vorne."

Er legt seine Hand in meinen Rücken, was mir überhaupt nicht unangenehm ist. Seine Wärme sorgt für ein leichtes Prickeln auf meiner Haut, nicht nur auf dem Rücken, sondern überall.

„Ich hoffe, Füssen ist schöner als Oberstdorf", knurre ich.

Er lacht sein angenehmes weiches Lachen.

„Das will ich meinen. Normalerweise wohne ich immer dort, wenn ich hier Urlaub mache, aber so kurzfristig war einfach alles ausgebucht."

Er startet den Wagen. Der Motor gibt nicht mal ansatzweise so laute Geräusche von sich wie mein Auto.

„Das Problem hatte ich auch. Und ich kann ja leider nur in den Sommerferien fahren. Ein deutlicher Nachteil des Lehrerberufs", erzähle ich.

Er nickt, sieht aber natürlich geradeaus. Wir fahren gerade auf die Landstraße. Überall stehen Kühe herum, aber heute wirken sie irgendwie niedlich auf mich.

„Ich wusste einfach nicht, wie meine Vertretung Zeit hat und wie schnell ich die Ergebnisse zusammenkriege. Meine Studien laufen jetzt seit drei Jahren, mein drittes Paper ist gerade erschienen. Mein Bruder hat mich sehr gedrängt, endlich abzugeben", erzählt er, während wir die Landstraße entlangzischen.

„Ist dein Bruder auch Zahnarzt?"

„Ja, er hat ebenfalls eine Praxis."

„Und hat er auch promoviert?", frage ich.

Auf der anderen Straßenseite rasen die Autos an uns vorbei. Komischerweise empfinde ich heute das Grün der Wiesen als sehr viel angenehmer. So saftig und frisch. Liegt vielleicht an der Gesellschaft neben mir.

„Sicher. Nick hat das mit dem Titel natürlich direkt nach dem Studium erledigt", sagt er und ich spüre sein Augenrollen.

„Dein Bruder heißt nur-Nick?", frage ich überrascht.

Dabei muss ich mir das Lachen verbeißen, gelingt mir aber nicht. Zum Glück sehe ich von der Seite, dass auch Leos Mundwinkel nach oben gebogen sind.

„Ja, weißt du. Unsere Großväter hießen eigentlich Nikolaus und Leopold. Aber glücklicherweise fanden unsere Eltern diese Langformen zu altmodisch für uns."

„Stimmt, da klingen die Kurzformen schon besser", pflichte ich ihm bei.

„Ja, aber leider haben das wohl viele Eltern in Österreich gedacht. Gerade der Name Leopold kommt ja recht häufig dort vor."

„Wieso in Österreich?", frage ich erstaunt.

„Na, ich komme daher, genauer gesagt aus Nußdorf."

Ah, deshalb der Dialekteinschlag. Allerdings, fällt mir ein, ist Österreich jetzt auch nicht näher an Pinneberg. Wie schade!

„So, da wären wir", sagt er plötzlich und ich gucke überrascht aus dem Autofenster. Wir fahren wirklich schon seit über einer Stunde, was ich aber gar nicht bemerkt habe, weil wir quasi die ganze Zeit über geredet haben!

Bevor ich mich auch nur rühren kann, hat er mir bereits die Autotür seines blauen Hondas aufgemacht. Die Automarke kenne ich nur, weil mein Vater das gleiche Auto in Rot fährt. Dann versuche ich vorsichtig auszusteigen und schaffe es sogar, nicht dabei zu straucheln!

Dann blicke ich mich um und ich muss sagen: Eine deutliche Verbesserung gegenüber Oberstdorf!

Die nächsten Stunden schlendern wir durch die Altstadt. Ich bin immer noch fasziniert davon, wie leicht es ist, sich mit Leo zu unterhalten.

„Wieso seid ihr eigentlich beide Zahnärzte geworden, dein Bruder und du?", frage ich bei einer Tasse Kaffee. Er lacht.

„Der Satz hätte auch von meiner Tante, also von der Schwester meines Vaters, kommen können. Sie lebt ebenfalls in Nußdorf und hatte dort einen kleinen Laden, so etwas wie einen Tante-Emma-Laden würde man wohl in Deutschland dazu sagen."

„Und wie kamt ihr dann zur Zahnmedizin?", frage ich neugierig.

„Ihr Bruder, also unser Vater, ist Zahnarzt", verrät er mir und grinst dabei. Das Grinsen steht ihm gut.

„Verstehe. Und redet deine Tante noch mit ihm?", grinse ich ihn an. Leo lacht laut auf.

„Das hat noch nie jemand so schnell erkannt! Sie war ganz schön sauer auf ihn, dass sie den Laden allein schmeißen musste. Schließlich war es das Geschäft, das mein Urgroßvater aufgebaut hat. Aber ihre Kinder haben es sogar ausgebaut und eine landesweite Kette daraus gemacht. Dadurch waren mein Vater, mein Bruder und ich zum Glück aus dem Schneider. Und du? Wolltest du schon immer Lehrerin werden?", fragt er direkt hinterher.

Das hat mich auch noch niemand gefragt. Komisch, wieso eigentlich nicht?

„Mein Vater hat bis zu seiner Pensionierung ebenfalls als Lehrer gearbeitet. Kann sein, dass mich das beeinflusst hat", sage ich nachdenklich.

„Und deine Mutter?", fragen wir gleichzeitig und grinsen uns dabei an.

Seine hellblauen Augen leuchten mich an. Es entstehen kleine Funken, wenn sich unsere Blicke begegnen. Sie schießen in meinen Magen, der dabei anfängt, zu vibrieren.

Das Café, inmitten der Altstadt von Füssen, in dem wir uns nach einem zweistündigen Fußmarsch niedergelassen haben, ist total gemütlich mit seinen altbackenen Stühlen und Tischen. Keines dieser modernen Läden mit chromglänzendem Mobiliar. Es ist voll hier. Ob das alles Touristen sind? Falls ja, wo wohl die Einheimischen Urlaub machen, bestimmt in Italien oder vielleicht in Norddeutschland.

„Meine Mutter hat für eine Plastikfirma gearbeitet, bis sie mich bekommen hat."

„Meine Mutter hat meinen Vater in seiner Praxis unterstützt."

Wir holen tief Luft, nachdem wir uns das erzählt haben. Nicht, weil das so eine wichtige Information ist, sondern weil wir die letzten Stunden pausenlos geredet haben.

„Ist das eure gemeinsame Praxis in Nußdorf, also von dir und deinem Bruder?" Nußdorf, ich glaube, das ist die Stadt, die er erwähnt hat. Hoffentlich ist das richtig.

„Nur mein Bruder lebt noch dort. Aber seine Praxis ist in Salzburg", sagt er vage, was mich stutzig macht.

„Oh, ich dachte. Äh, wo genau ist denn dann deine Praxis?", frage ich überrascht.

„In Hamburg", sagt er und sieht mich dabei so komisch an. Ich kann den Blick nicht deuten, trotzdem sprudelt da etwas in mir los, als ich das höre.

„Hamburg?", frage ich nach. Er nickt.

„Genau. Ich wollte wohl mal etwas anderes sehen, also habe ich in Hannover studiert und bin dann nach Hamburg an eine Zahnklinik gegangen. Die Praxis habe ich vor zwei Jahren von einem Kollegen übernommen, der in Rente gegangen ist."

„Du meinst also, wir wohnen quasi nebenan?", frage ich und schlucke.

Ich glaube, ich halte die ganze Zeit die Luft an, während ich versuche, zu sprechen. Das ist nicht halb so einfach, wie man meinen könnte!

„Na ja, nebenan vielleicht nicht. Peine ist ja etwas entfernt", beginnt er.

„Pinneberg. Ich lebe in Pinneberg", korrigiere ich ihn und weiß nicht, ob ich enttäuscht sein soll, dass er sich anscheinend nicht gemerkt hat, wo ich lebe.

„Was?", fragt er erschrocken. Na, so schlimm ist das jetzt auch nicht.

„Meine Freundin arbeitet auch in Hamburg. Warst du noch nie in Pinneberg?", frage ich erstaunt.

Wobei, da muss man auch nicht unbedingt gewesen sein, aber es kann ja nichts schaden, überzeugt von seinem Wohnort zu sein.

„Ehrlich gestanden, nein", sagt er, wirkt aber immer noch recht verwirrt auf mich.

„Wollen wir vielleicht zum Alatsee fahren?", fragt er.

Ok, anscheinend haben wir aufgehört, über unsere Wohngebiete zu sprechen. Ein Seufzer macht sich in mir breit, aber ich unterdrücke ihn schnell. Wir kennen uns doch erst seit vorgestern. Und was spielt es dabei für eine Rolle, dass man sich auch weiterhin treffen könnte, also, wenn man das wollte, was zu diesem Zeitpunkt doch gar nicht sicher ist.

„Ja, sehr gerne. Lass uns dahinfahren", sage ich und versuche, nicht frustriert zu klingen.

Der Rest des Samstags verläuft eigentlich noch ganz nett. Ein bisschen mehr als nett, zugegeben. Der See, zu dem wir gefahren sind, hat in der Sonne geglitzert, um uns herum waren natürlich wieder massenweise Touristen mit Kameras. Wir haben uns wahnsinnig gut unterhalten. Das Thema Hamburg habe ich allerdings nicht mehr wieder angesprochen. Er hat von seiner riesigen Familie erzählt, die alle in und um Nußdorf herum leben. Ich habe von meiner sehr überschaubaren Familie, also meinem Vater, Marie und mir erzählt. Er konnte sich nicht vorstellen, einen Freund zu seiner Familie zu zählen, was aber vielleicht eben damit zu tun hat, dass er bereits genügend Familienmitglieder hat.

Am Sonntag haben wir uns dann wieder zurückgezogen. Um zu arbeiten, wie wir es beide ausgedrückt haben, ohne weitere Details preiszugeben. Nun, seine Details hätte ich ohnehin nicht verstanden.

Seitdem ich Leo kennengelernt habe, sprudeln die Ideen nur so aus mir heraus! Unseren Ausflug habe ich direkt für die etwas romantischeren Szenen nutzen können, für Dialoge und viele kleine Blicke zwischen Ella und Mann Nummer 2, den sie in einem Pilateskurs begegnet. Erst ist es ihm peinlich, doch dann fragt er sie, ob sie nach dem Kurs noch etwas trinken gehen. Dabei erzählt er ihr, dass er den Kurs für seinen Rücken macht. Und dass er sie schon länger beobachtet hat, aber zu schüchtern war, um sie anzusprechen.

Auf einmal kann ich wieder seitenweise schreiben, es ist wie ein Zwang, dem ich folge und die Euphorie dabei koste ich mit Genuss aus. Die Geschichte steht plötzlich so klar vor mir, als ob ich sie selbst erlebt hätte.

Seit zwei Wochen sind wir bereits hier und es könnte einfach so weitergehen. Jeden zweiten Tag haben wir gemeinsam etwas unternommen.

„Guten Morgen, Darie", sagt eine warme Stimme und ich fühle mich umarmt. Leo setzt sich und lächelt mich an. „Die Schlucht gestern war wirklich ein Erlebnis", schwärmt er.

„Das fand ich auch. Trotzdem fand ich unseren Ausflug an die Zugspitze auch ganz toll. Endlich konnte ich mir wie Erich Kästner die schneebedeckte Spitze angucken!", schwärme ich.

Das hat sich wirklich toll angefühlt. Gleich am nächsten Tag habe ich etliche romantische Szenen im Schnee geschrieben, ohne dass es mich dabei geschüttelt hat. Eher warm war mir dabei, denn während wir die Zugspitze beobachtet haben, haben sich unsere Hände wie zufällig verirrt und sich sachte gestreift. Ich hatte das Gefühl, an eine Steckdose zu fassen, so gekribbelt hat mein Körper.

„Das war auch ein sehr schöner Ausflug", grinst er und ich hoffe, dass er ebenfalls an unsere Berührung denkt.

„Leider werde ich heute Abend abreisen", sagt er bedauernd.

Ich erstarre. Natürlich weiß ich, dass die zwei Wochen rum sind. Trotzdem trifft mich die Endgültigkeit seiner Worte wie ein Blitz.

„Du reist ab?", stammele ich.

Wir haben uns doch gerade erst kennengelernt, schluchzt meine innere Stimme auf und klingt ausnahmsweise mal sehr nach mir statt nach Marie, weil Marie nur sehr selten schluchzt.

„Na ja, ich habe nur bis heute gebucht und das Zimmer ist ab morgen bereits vergeben. Ich habe nachgefragt", sagt er verlegen.

In meinem Kopf überschlagen sich die Gedanken. Er hat nachgefragt! Was hat das zu bedeuten?

„Das tut mir leid", flüstere ich heiser.

Mehr bringe ich nicht heraus. Was soll ich auch sagen? Bitte geh nicht! Ich will dich noch viel näher kennenlernen!

Nein, dass klänge dann doch sehr melodramatisch.

„Vielleicht sehen wir uns ja mal wieder", sage ich vorsichtig, weil wir irgendwie nie über das Danach gesprochen haben. Das nach-unserem-Urlaub-Danach. Über das-mit-uns-Danach.

„Ich werde heute noch nach Österreich fahren", informiert er mich und Stille breitet sich aus.

„Und dann fährst du nach Hamburg zurück?", frage ich nach.

Darie, ermahne ich mich. Er will dich anscheinend nicht weiter kennenlernen. Du bist nichts weiter als eine Urlaubsbekanntschaft für ihn!

Die vielen kleinen Blicke, die vielen guten Gespräche, die passen auch durchaus in die Wir-sind-nur-gute-Freunde-Schublade. Es ist ja schließlich nicht so, dass wir uns geküsst hätten.

„Vielleicht. Eventuell werde ich wieder nach Österreich zurückgehen. Mein Vater will, dass wir, also mein Bruder und ich, seine Praxis in Nußdorf übernehmen. Deshalb hat mich mein Bruder auch gebeten, heim zu kommen. Und deshalb muss ich halt fort."

Seine Stimme stockt, aber irgendwie verstehe ich ihn auch so. Eine Familienangelegenheit und es ist kompliziert. Weil, wenn er nach Nußdorf zurückzieht, dann macht es noch weniger Sinn, jemanden aus Pinneberg näher kennenzulernen.

„Wann?", frage ich. Anscheinend bin ich nicht mehr in der Lage, in langen Sätzen zu sprechen.

„Ich fahre heute gegen vier Uhr Nachmittag los. Der Verkehr zur Urlaubszeit ist höllisch, deshalb fahre ich lieber spät und bin dann gegen Mitternacht dort. Es wäre schön, wenn du mich besuchen kommst. Schließlich musst du doch mal echten Schnee kennenlernen." Er blickt mich an.

Ich schlucke bei diesen Worten, von denen ich hoffe, dass sie das bedeuten, was ich mir wünsche. Nämlich, dass er mich wiedersehen will.

„Das würde ich sehr gerne. Wann wirst du denn dorthin ziehen?", frage ich mit belegter Stimme.

„Das steht noch nicht fest. Im Grunde genommen möchte auch mein Bruder seine Praxis in Salzburg behalten. Eigentlich wollen wir beide die Praxis unseres Vaters nicht übernehmen, aber wir wollen ihn auch nicht vor den Kopf stoßen. Es ist halt kompliziert", sagt er achselzuckend.

„Das ist es irgendwie immer, wenn es um Familie geht. Meine Mutter und ich, wir haben auch so eine von den komplizierten Beziehungen", sage ich unbedacht. Wieso fange ich jetzt davon an?

„Was ist bei euch denn so kompliziert?", fragt er prompt. Ich räuspere mich, um nachzudenken.

„Na ja, sie hat uns verlassen, als ich 16 war. Also meinen Vater, aber mich eben auch."

Habe ich überhaupt mal mit jemandem darüber gesprochen, also außer mit Marie? Vielleicht bin ich verschlossener, als ich über mich gedacht habe.

„Wieso hat sie euch verlassen?", fragt er. Dabei blickt er mich so an, ich weiß nicht genau, aber so durchdringend und na ja, so liebevoll. Aber das kann ich mir genauso gut auch nur einbilden. Wieder muss ich mich räuspern.

„Ich habe keine Ahnung. Irgendwann hat sie wieder geheiratet und jetzt ist sie Chefarztehefrau mit zwei tollen Gratiskindern dazu, die auch Ärzte sind", sage ich und höre selbst, wie verbittert ich klinge.

„Ein Lehrer war ihr also nicht gut genug?", grinst er mich an.

Seine Hand liegt auf dem Tisch. Schon lange haben wir aufgegessen und unsere Hände liegen untätig herum.

„Vielleicht. Eigentlich habe ich meine Eltern nur ganz selten streiten hören. Ich bin aus allen Wolken gefallen, als meine Mutter ausgezogen ist", spreche ich zum ersten Mal meine Gefühle aus.

„Vielleicht hatten sie sich schlichtweg nichts zu sagen", mutmaßt er.

Nur zwei Zentimeter entfernt liegt seine Hand. Meine Finge rutschen irgendwie automatisch näher an seine.

„Das kann sein. Mein Vater hat viel Zeit in seinem Arbeitszimmer verbracht, korrigieren und so. Und ich musste mich eben mit meiner Mutter auseinandersetzen."

Ganz sachte berühre ich mit meiner Fingerspitze seine Hand. Ein Zucken geht durch mich, als ob ich einen elektrischen Schlag bekommen habe. Wir schauen uns in die Augen. Es ist, als ob wir ganz allein auf der Welt wären. Plötzlich spüre ich eine ganz zarte Berührung seiner Finger, die meine Hand streicheln.

„Ihr hattet also schon damals eine komplizierte Beziehung?", sagt er mit rauer Stimme. Dabei schafft er es, meine Hand weiter zu streicheln. Meine Finger greifen nach seinen und auf einmal sind unsere Hände eng umschlungen. Mein Herz rast.

„Ich glaube, sie kann mich einfach nicht leiden." Er lässt meine Hand los und räuspert sich. Meine Hand bleibt verlassen zurück.

„Das kann ich mir nicht vorstellen, Darie. Also, dass dich jemand nicht mag!", sagt er heftig.

„Keine Ahnung. Sie hat mich immer nur kritisiert. Andere könnten dasselbe machen wie ich, bei mir wäre es trotzdem blöd, wenn ich es mache."

Ich klinge immer so weinerlich, wenn ich über meine Mutter spreche. Ich muss das wirklich mal abstellen.

„Na ja, das mit dem Schreiben habe ich ihr nie erzählt. Aber jetzt hat sie mir lobend von einer Tochter einer Bekannten erzählt, die Liebesromane schreibt. Dabei lehnt sie das Genre ab und wirft mir vor, es zu lesen!", sage ich aufgebracht.

„Aber da sie ja nicht weiß, dass du so etwas auch schreibst…", fängt er an.

„Ach, dann würde sie nur wieder sagen, dass es niveauloser Quatsch ist", unterbreche ich ihn wütend. „Sie hat mir die Leseliste ihres Mannes gegeben, damit ich mehr Bildung bekomme."

„Lass mich raten. Als Arzt liest er nur Fachzeitschriften", stöhnt er.

„Das wahrscheinlich auch. Dazu halt diese ganze ernsthafte Belletristik. Meine Mutter geht noch einen Schritt weiter und liest nur Sachen von Leuten, die einen Nobelpreis bekommen haben oder anderweitig berühmt sind und Bücher darüber geschrieben haben."

„Als ob das ein Kriterium für einen unterhaltsamen Roman wäre!", lacht er.

„Ja, eben. Die suchen sich doch nur ein gutes Thema, meistens etwas Tragisches oder politisch weltbewegendes", pflichte ich ihm bei. Meine Hand liegt nach wie vor auf dem Tisch, seine Hände liegen eng an seinem Körper.

„Genau. Wahrscheinlich lese ich deshalb lieber Sachtexte. Diese fiktionale Verdrehung ist einfach nichts für mich." So betrachtet.

„Muss ja auch nicht jeder mögen, aber man sollte schon offen für jedes Thema sein. Ich habe für mein Fach Deutsch im Studium vieles lesen müssen. Und die Leseliste war jetzt nicht uninteressant, nur halt meistens so schwermütig. Und ständig geht jemand drauf!", stöhne ich.

„Echt?", fragt er und sieht mich überrascht an. „Ich dachte, da geht es ständig um Liebe und so etwas."

„In den sogenannten Schmonzetten, wie du es ausdrückst, meistens schon. Deshalb sind mir diese Romane auch wesentlich lieber. Ich frage mich ja schon, was das den Leuten gibt, wenn sie ständig über solche Dramen lesen müssen."

„Vielleicht erscheint ihnen ihr Leben dann wieder etwas besser?", mutmaßt Leo. Dann nimmt er meine Hand. Einfach so. Es prickelt ordentlich in mir.

„Es tut mir leid, dass ich heute abreise. Sehr sogar."

Seine Stimme klingt leise, beinah verhalten. Hoffentlich hört er mein laut pochendes Herz nicht dabei.

„Leb wohl, Darie. Viel Erfolg mit deinem Roman. Ich schreibe dir noch meine Adresse auf. Für den Fall, dass du dem Schnee eine Chance geben willst."

Damit kritzelt er in bester unleserlicher Arzthandschrift ein paar wenige Zeilen auf eine Serviette. Dann steht er auf und geht.

Ich werde ihn wohl nie wieder sehen.

NEUN

Die letzte Nacht habe ich nicht geschlafen. Und auch nicht geschrieben. In meinem Kopf herrscht gähnende Leere und seitdem ich mit Weinen fertig bin, wahrscheinlich auch große Dürre.

Nach dem Frühstück, ich habe nichts herunterbekommen, sondern nur Kaffee getrunken, gehe ich auf mein Zimmer. Wieder und wieder lese ich mir verschiedene Textpassagen durch, doch heute ergeben sie keinen Sinn mehr für mich. Nichts ergibt mehr Sinn auf mich. Die Dialoge wirken fad und aufgesetzt. Die Szenen, die mir gestern noch so romantisch erschienen sind, wirken heute völlig platt. Was mache ich nur, wenn mir nichts weiter einfällt? Was, wenn ich das Buch gar nicht mehr beenden kann? So, wie der letzte Roman? Was, wenn meine Schreibblockade wieder da ist?

Blödsinn, schilt mich meine innere Stimme. Das ist doch nur heute! Das ist nur der erste Schmerz, der ganz bestimmt bald abklingen wird.

Und eigentlich ist heute ein guter Tag. Marie kommt schließlich! Ich freue mich schon sehr auf sie.

Doch die Stunden bis Maries Ankunft ziehen sich hin. Ich weiß absolut nichts mit mir anzufangen. Irgendwann beschließe ich, einen Spaziergang zu machen. Doch die Landschaft mit der grellgrünen Wiese und den vielen Kühen ist wieder genauso hässlich, wie vor meiner Bekanntschaft mit nur-Leo. Mit ihm waren die Berggipfel weit und offen, jetzt wirken sie nur noch bedrohlich und kühl auf mich.

Er ist fort. Lediglich Lebewohl hat er gesagt und nicht etwa auf Wiedersehen, obwohl er mir noch seine Adresse aufgeschrieben hat. Allerdings die in Österreich und nicht etwa die um die Ecke in Hamburg. Das kann nur bedeuten, dass er sie mir wegen des Schnees aufgeschrieben hat und nicht, weil er mich wiedersehen will. Denn, selbst wenn er nach Österreich zurückginge, müsste er doch auch wieder nach Hamburg kommen, um seine Sachen zu holen. Und dort hätte er mich doch wieder treffen können, also, wenn er gewollt hätte.

Habe ich mir das alles nur eingebildet? Die ganzen schönen zwei Wochen mit ihm, in denen wir pausenlos miteinander geredet haben. War das etwa nur für mich so wunderschön und für ihn bloß ein Zeitvertreib? Die Blicke, die zufälligen Berührungen, jeden zweiten Tag und die Halbpension haben wir miteinander verbracht. Das kann ich mir doch nicht alles zusammengesponnen haben, das mit uns.

Auf einmal macht sich eine riesige Wut in mir breit und das ist ein gutes Gefühl, denn es verdrängt meine Traurigkeit. Wütend stapfe ich zurück auf mein hässliches Zimmer und setze mich wieder an meinen Laptop. Vielleicht kann ich wieder diese Wut nutzen und böse Dialoge schreiben.

Doch um sechs Uhr abends werfe ich endgültig das Handtuch. Heute wird das nichts mehr und morgen ist auch noch ein Tag.

Frustriert gehe ich nach unten, um etwas zum Abendbrot zu essen. Das Einzige, was ich heute gegessen habe, sind ein paar Kekse. Mehr habe ich nicht runterbekommen.

Dementsprechend haue ich ordentlich rein. Zumindest mein Magen kann nicht so lange wütend sein, dass er ohne Essen auskäme. Die deftige Brotzeit aus luftgetrocknetem Schinken und dunklem Brot duftet köstlich. Um mich herum sitzen lauter fröhliche Familien und auch von den älteren Herrschaften sitzt niemand allein. Seufzend gehe ich um halb acht, jetzt zumindest satt, wieder rauf in mein Zimmer. Marie hat bereits geschrieben, dass sie in ungefähr zwei Stunden da sein wird.

Um elf Uhr abends klopft es plötzlich an meine Tür. Erschrocken falle ich beinah von meinem harten Stuhl, auf dem ich bis jetzt lethargisch gesessen und den mausgrauen Teppich in meinem Zimmer angestarrt habe. Schnell laufe ich zu der hölzernen Tür und öffne sie. Davor steht Marie. Wir fallen uns in die Arme. Und dann fange ich an zu weinen.

„Hier ist ein Taschentuch", sagt Marie sanft. Ich schnäuze mich kräftig hinein.

„Danke", sage ich mit rauer Stimme.

„Kein Problem", sagt Marie und blickt mich durchdringend an. „Magst du mir erzählen, was passiert ist?" Ich nicke.

Trotzdem fange ich nicht sofort an zu reden, sondern sammele mich erstmal innerlich. Wo fange überhaupt an?

„Ich habe jetzt ungefähr 250 Seiten geschrieben und eigentlich ist die ganze Geschichte in meinem Kopf bereits fertig. Aber jetzt fällt mir nichts mehr ein und alles erscheint mir völlig absurd." Meine Augen und meine Nase fangen wieder an zu fließen und schnell greife ich zum nächsten Taschentuch, das mir Marie hinhält.

„Aber wenn die Geschichte in deinem Kopf doch fertig ist, wo ist dann das Problem?" Ein Stirnrunzeln unterstreicht ihre Frage und macht mich umso unsicherer.

„Ich kann es nicht in Worte fassen. Seit heute fällt mir nichts mehr ein. Es ist wie bei meinem letzten Roman: Alles, was ich schreibe, erscheint mir sinnlos." Ich reibe mir über meine verheulten Augen.

„Aber warum. Was ist denn seit heute anders?", fragt Marie verwundert.

„Nur-Leo ist nicht mehr da", schluchze ich laut auf. Marie runzelt die Stirn.

„Ist das der, von dem du mir erzählt hast? Der Zahnarzt? Schade, ich hätte ihn gerne kennengelernt."

„Er hat behauptet, dass das Zimmer belegt sei", seufze ich.

„Das kann ja durchaus sein. Wahrscheinlich habe ich sein Zimmer", sagt Marie und klingt total sachlich dabei, während sich mein Magen schmerzhaft zusammenzieht.

„Da habe ich gar nicht darüber nachgedacht", stöhne ich.

„Aber du klingst auch nicht überzeugt davon, dass das der einzige Grund war", meint Marie vorsichtig.

„Ach, ich glaube nicht, dass er an mir interessiert ist. Er hat mir seine Adresse gegeben", schluchze ich.

„Wie? Er hat dir seine Adresse gegeben? Also will er dich doch wiedersehen", strahlt mich Marie an.

„Nein. Er hat mir nur die Adresse seiner Eltern in Österreich aufgeschrieben. Wegen des Schnees!", sage ich sauer und wische meine überflüssigen Tränen weg.

„Das verstehe ich nicht", sagt Marie und klingt beinah etwas verzweifelt dabei. Klar, kommt auch echt selten bei ihr vor, dass sie etwas nicht versteht. Ich hole tief Luft.

„Es hat sich herausgestellt, dass er in Hamburg lebt. Also hätte man sich eigentlich mal treffen können. Habe ich auch vorgeschlagen. Aber sein Vater will, dass er und sein Bruder seine Praxis in Nußdorf übernehmen und deswegen sieht er wohl keine Zukunft für uns."

Ich lasse die angestaute Luft hörbar wieder raus. So richtig logisch klingt das jetzt nicht, aber ich kann das nicht besser ausdrücken.

„Verstehe", nickt Marie.

„Wirklich?", frage ich erstaunt.

„Ja sicherlich. Er muss erst die Sache mit seiner Familie abklären. Ich nehme an, es ist kompliziert." Jetzt ist es offiziell: Marie ist ein Genie!

„Wie kann dir das so schnell klar sein?", frage ich erstaunt und auch ein wenig neidisch. Marie lacht.

„Das ist doch offensichtlich." Uff. Ich bin also wirklich nur Durchschnitt oder sogar weit darunter. Meine Mutter hatte also doch recht. Wie frustrierend.

„Du bist verknallt. Da fehlt einem meistens der Durchblick", versucht mich Marie zu beruhigen.

„Ich bin einfach furchtbar enttäuscht. Die letzten beiden Wochen waren so schön mit ihm. Aber anscheinend nur für mich." Und wieder laufen mir Tränen herunter, wie lästig.

„Jetzt gehen wir erstmal schlafen", schlägt Marie vor und steht auf. „Ich bin nämlich hundemüde."

„Das ist vielleicht keine schlechte Idee", stimme ich ihr zu. „Dann ist dieser lästige erste Tag danach vorüber."

Als Marie fort ist, kommt mir mein Zimmer noch einsamer vor. Aber wenigstens brauche ich morgen nicht allein zu frühstücken.

Und Dank Maries aufmunternden Worten oder ihrer bloßen Anwesenheit im selben Haus, schlafe ich diese Nacht gleich viel besser. Vielleicht auch, weil ich wirklich müde bin.

Mein Laptop steht verwaist auf dem Tisch. Nichts drängt mich zu ihm. Vielleicht brauche ich eine Auszeit. Schließlich habe ich sehr viel in den letzten zwei Wochen geschrieben. Vielleicht bin ich einfach erschöpft. Mal wieder.

Wieso konnte ich die letzten fünf Jahre pausenlos schreiben und das neben meinem Vollzeitjob? Die Worte sind aus mir herausgeflossen, quasi wie von selbst. Doch mein letzter Roman wurde von einer Bloggerin völlig verrissen, ihre Worte scheinen mich heftiger getroffen zu haben, als ich erst angenommen hatte. Oder vielleicht waren es nicht explizit ihre Worte, sondern, dass danach etliche sehr schlechte Rezensionen auf verschiedenen Seiten aufgetaucht sind. Man war sich einig, dass die erotischen Szenen aufgesetzt und völlig platt herüberkommen. Auf einmal wurden auch meine anderen Bücher niedergemacht, sämtliche Verkäufe für alle meine Bücher gingen nach unten. Trotzdem hatte Mirabell meine Idee für meinen letzten Roman dem Verlag verkaufen können.

„Zeig es ihnen, Darie!", hatte sie zu mir gesagt.

Doch seitdem bin ich wie blockiert. Es anderen zeigen zu müssen, hat mich scheinbar dermaßen unter Druck gesetzt, dass ich alles in Frage stelle, was ich schreibe. Hier im Allgäu habe ich wirklich geglaubt, dass ich die Blockade überwunden hätte. Die Gespräche mit Leo haben mir enormen Auftrieb gegeben. Kein Wunder, dass mir seine Abwesenheit zusetzt, anscheinend kann ich aus mir heraus nichts selbst schaffen. Ich brauche immer jemanden, der mich antreibt. Das Klopfen an der Tür reißt mich aus meinen trüben Gedanken.

„Guten Morgen, Darie", strahlt mich Marie an.

„Du bist ja gut drauf", erwidere ich miesepetrig.

„Warum auch nicht? Ich habe endlich Urlaub, die Luft hier riecht fantastisch und ich habe einen Mordshunger. Bist du fertig?" Bei diesen Ausführungen muss ich glatt schmunzeln.

„Ja sicher, lass uns gehen", sage ich traurig.

„Wollen wir heute etwas unternehmen? Du bist ja schon viel herumgekommen, da kannst du mir einiges zeigen", sagt Marie, als wir im Speisesaal Platz nehmen und klingt so widerlich enthusiastisch dabei.

„Sicher", sage ich lustlos und starre auf meinen Obstsalat und angeekelt auf Maries Rührei mit Speck. Mir ist heute nicht nach so etwas und das ist eine völlig neue Erfahrung für mich.

„Oder wir fliegen zum Mond. Da soll es ja um diese Jahreszeit sehr schön sein", schlägt Marie vor. Was hat sie gesagt?

„Können wir auch machen", nuschele ich und würge an einem Stück Apfel. Wütendes Schnauben kommt aus Maries Richtung.

„Erde an Darie!", donnert es mir entgegen und ich schrecke auf. „So geht das nicht weiter! Hast du seine Nummer? Ruf ihn an und stell das klar mit euch!", befiehlt sie.

„Äh, was genau soll ich denn klarstellen? Er will mich doch nicht und ein *euch* gibt es anscheinend nicht!"

Und anbiedern will ich mich auch nicht, wie schaut das denn aus? Als ob ich es nötig hätte. Oh ja, am liebsten mehrmals am Tag!

„Na gut", sagt sie. Schön, dass wir das klargestellt haben.

„Dann sollten wir nach Österreich fahren. Persönlich spricht es sich ohnehin einfacher." Was hat sie gesagt?

Irgendwie habe ich Schwierigkeiten damit, Marie zu folgen, und zwar noch mehr als sonst.

„Wieso Österreich?", frage ich und selbst ich merke sofort, wie blöd ich klinge.

„Wieso nicht? Ich wollte schon immer mal nach Wien", schwärmt sie los. Ich finde das jetzt irgendwie übertrieben.

„Ich kann ihn doch nicht einfach besuchen." Genau. Ich kann doch einem wildfremden Mann nicht einfach hinterherreisen.

„Aber er hat dir doch seine Adresse gegeben, damit du ihn besuchst", erinnert mich Marie.

„Ja genau. Wenn Schnee liegt. Jetzt haben wir Juli und äh, keinen Schnee." Was für ein merkwürdiges Gespräch.

„Ok, dann lass uns hier etwas unternehmen. Und heute Abend rufst du ihn an. Du hast doch seine Nummer?" Ich nicke.

„Ich habe seine Handynummer…", sage ich zögernd, denn darüber, ihn anzurufen, habe ich natürlich auch schon nachgedacht.

„Aber ich sollte ihn nicht sofort anrufen. Ich sollte mir etwas Zeit damit lassen", sage ich bestimmt.

„Wieso?", fragt Marie unverblümt. Anscheinend war ich nicht bestimmt genug. „Damit er womöglich, wen Neues kennenlernt?" So betrachtet.

„Hast du ihm überhaupt schon gesagt, dass du an ihm interessiert bist?", fragt Marie auf ihre typisch direkte und uneinfühlsame Art.

„Ich habe doch vorgeschlagen, dass wir uns in Hamburg treffen", sage ich empört.

„Das muss er nicht als solches aufgefasst haben", gibt sie zu Bedenken.

„Das ist doch offensichtlich", versuche ich mich auch endlich mal an dieser Phrase.

„Wieso soll das denn offensichtlich für ihn sein? Und selbst wenn. Fakt ist, dass er dir nur für einen Urlaub seine Adresse gegeben hat, zumindest vorgeblich."

„Wieso vorgeblich?", frage ich verwirrt.

„Na, vielleicht erwartet er ja, dass du in Österreich vorbeischaust. Schließlich ist er ja nicht so weit von dir entfernt, also zumindest weniger weit als von Pinneberg aus."

„Ich kann doch auch warten, bis er wieder in Hamburg ist", sage ich genervt.

„Nö, kannst du nicht", grinst Marie siegessicher.

„Wieso denn nicht?", frage ich unwirsch.

„Weil du 1. nicht so lange warten solltest, 2. deine Schreibblockade anscheinend durch ihn besser geworden ist und du schon deshalb zusehen solltest, dass du an ihm dranbleibst und 3.", sie holt Luft. Ich bin gespannt, was jetzt kommt.

„3.", wiederholt sie. „Hast du nur seine Adresse in Österreich und musst ihn schon deshalb persönlich dort besuchen. Und da macht es überhaupt keinen Sinn, erst wieder nach Norddeutschland zu fahren, wo du doch jetzt viel näher an ihm dran bist." Sie atmet hörbar aus und schaut mich herausfordernd an. Leider kann ich gerade nichts sagen, weil ich absolut sprachlos bin.

Den Tag über sind wir einfach in der Umgebung spazieren gegangen. Irgendwann musste auch Marie zugeben, dass es hier öde ist und dass es entsetzlich viele Kühe gibt. Nach dem Abendessen hat sie mich tatsächlich dazu überredet, nur-Leo anzurufen.

Jetzt sitze ich hier in meinem hässlichen Zimmer, mein Handy am Ohr. Nach dreimal Klingeln höre ich seine Stimme. Ich halte den Atem an.

„Hi, hier ist Darie!", rufe ich lauter als nötig in das Telefon hinein. Schweigen.

„Darie. Hallo!", höre ich seine Stimme und, wie befürchtet, klingt sie erstaunt.

„Ja, äh. Ich wollte mich einfach mal melden. Ich wollte fragen, wie es dir… geht?" Ich klinge ganz schön einfältig.

„Wie es mir geht? Na ja, mein Vater macht gehörig Druck und mein Bruder und ich wissen einfach nicht, was wir noch dagegen sagen sollen. Natürlich ist es schade um die Praxis, aber eigentlich möchte ich lieber in Hamburg bleiben." Seine Worte, wenn auch sehr leise gesprochen, treffen mich wie Hagelsplitter.

„Ich fände es auch schön, wenn du in Hamburg bleiben würdest", traue ich mich irgendwann zu sagen. „Schließlich brauchen wir hier auch Zahnärzte, habe ich gehört."

„Das habe ich auch gehört", flüstert er. „Du fehlst mir, Darie."

„Du mir auch", wispere ich zurück.

„Ich bin nicht gerne gegangen. Das musst du mir glauben. Unsere Gespräche fehlen mir. Beinah bin ich so weit, mir einen Liebesroman von meiner Mutter auszuleihen, einfach nur, um dir näher zu sein." Er klingt so verzweifelt, was mich beinah zum Lachen reizt.

„Dann hoffe ich für dich, dass es ein guter Roman ist. Es gibt ja sehr viel Schund in diesem Bereich", grinse ich in das Telefon und wundere mich, dass mein Gesicht nass ist. Anscheinend ist es möglich, gleichzeitig zu lachen und dabei zu weinen.

„Ich wünschte, du wärst hier", seufzt er.

Damit ist es klar. Ich muss sofort zu ihm!

ZEHN

„Ich kann gar nicht glauben, dass wir nach Salzburg fahren!", ruft Marie heute bereits zum gefühlt hundertsten Mal. Recht hat sie, ich kann es auch nicht glauben. Ich fahre zu nur-Leo!

„Und er hat wirklich gesagt „Du fehlst mir"? Das ist so romantisch!", juchzt Marie.

Ja wirklich, sie juchzt. Ich wusste gar nicht, dass Marie so etwas tut. Normalerweise grinst sie oder wir quietschen, aber nur sehr manchmal bzw. selten. Aber die Sache mit nur-Leo scheint sie irgendwie zu beeindrucken oder zumindest habe ich wohl ihre volle Unterstützung dabei, einem wildfremden Mann hinterher zureisen.

„Hat er. Ich bin immer noch völlig fertig", seufze ich. Pures Glücksgefühl rauscht durch mich hindurch.

„Ich finde es super, dass wir das machen!", ruft Marie und gibt ordentlich Gas. Ich werde in den Beifahrersitz gedrückt und ringe nach Luft.

„Vorsicht Marie!", sage ich, die Spaßbremse.

„Das ist der Wagen! Der fährt beinah wie von selbst!", entschuldigt sich Marie. Wirklich ein schnittiger Wagen, das muss ich schon sagen, auch wenn ich nicht so genau weiß, was man mit „schnittig" meint.

„Dieses Baby hat so viel PS", schwärmt Marie. „Gut, dass es jetzt wieder gefahren wird!"

Auf einmal macht sich ein mulmiges Gefühl in mir breit und ich weiß nicht, ob das an Maries Fahrstil liegt oder daran, dass ich Leo gar nicht gesagt habe, dass wir zu ihm fahren. Was er wohl sagen wird? Was ich wohl zu ihm sagen werde!

Die Wirtin in der Pension hat uns schon komisch angeschaut, als wir ihr heute Morgen um acht Uhr früh mitgeteilt haben, dass wir uns spontan nach Österreich aufmachen werden. Natürlich müssten wir trotzdem für die Zimmer zahlen, hat sie sich aufgeregt und mit starkem Dialekt wild gestikuliert. Marie hat sie daraufhin runterhandeln können, dass sie uns, sobald sie die Zimmer vermietet bekommt, den Rest erlässt. Ich bin ja skeptisch gewesen, ob sie es ehrlich meint. Schließlich können wir das ja nicht nachprüfen. Doch bereits bei unserer ersten Rast in Linz haben wir beide eine Mail von der Wirtin im Postfach, dass sie uns das restliche Geld zurückzahlt, die Zimmer seien ab morgen wieder vermietet.

„Das hätte ich nicht gedacht", sage ich und genieße meine Knödel. Marie hat einen riesigen Berg Bratkartoffeln mit einem Wiener Schnitzel vor sich stehen.

„Dass sie sich bei uns meldet? Habe ich auch nicht erwartet, aber vielleicht hofft sie, dass wir wiederkommen", nuschelt Marie mit vollem Mund.

Danach können wir uns kaum rühren, zwingen uns aber, einen kleinen Spaziergang durch ein Wäldchen zumachen, das hinter dem Restaurant liegt. Die Autobahn ist nur fünf Minuten entfernt, deshalb hat Marie das Lokal ausgesucht. Und weil es viele gute Rezensionen bekommen hat. War aber auch sehr lecker. Nachdem wir unser Essen halbwegs verdaut haben und uns noch einen Kaffee gegönnt haben, rasen wir wieder über die Autobahn in die Ungewissheit. Je näher wir nach Salzburg kommen, desto besorgter werde ich, dass das vielleicht doch keine so gute Idee ist. Was, wenn er das nur so dahingesagt hat und mich eigentlich doch nicht sehen will!

Von Linz nach Salzburg sind es nur noch knappe 150 Kilometer. Dank Maries Fahrstil sind wir am Spätnachmittag bereits da. Doch jetzt haben wir das nächste Problem: Wo schlafen wir?

Doch natürlich hat Marie auch dafür eine Lösung. Kurzerhand bucht sie uns eine Jugendherberge in der Nähe des Salzach, ein Fluss, wie es scheint. Ich habe keine Ahnung, wie sie das immer macht und ständig Lösungen findet, während ich noch dabei bin, das Problem zu erkennen.

„So", sagt sie und rollt auf den Parkplatz der Jugendherberge. Natürlich hat sie vorher nachgeschaut, ob es dort auch Parkplätze gibt, ich hätte da gar nicht erst dran gedacht. Die Zimmer sind allerdings sehr zweckmäßig, Jugendherberge halt.

„So, morgen nach dem Frühstück fahren wir zu deinem nur-Leo", sagt sie, als wir in unseren Betten liegen. Ich bin froh, dass es kein zehn Personen Raum ist, sondern lediglich ein Zweitbettzimmer. Ich nicke schwach, obwohl Marie das im Dunkeln eigentlich nicht sehen kann und versuche, eine gemütliche Lage in dem harten Bett zu finden. Die Pension war schon hässlich eingerichtet, aber der karge Linoleumfußboden hier macht das Zimmer kalt und erinnert an eine Turnhalle. Riecht auch ein wenig so. Die Neonröhren haben wir ganz schnell ausgemacht, sobald wir im Bett waren. Das grelle Licht wirkt äußerst gruselig.

„Gute Nacht, Darie. Morgen fahren wir nach Nußdorf. Ich bin schon total gespannt auf deinen nur-Leo.", murmelt Marie.

Am nächsten Morgen machen wir uns frisch, auch wenn die Nasszellen hier alles andere als luxuriös sind. Mit unseren Kulturbeuteln bewaffnet stiefeln wir zusammen mit vielen anderen Menschen aus aller Herren Länder zum Bad. Es dauert ein wenig, bis wir fertig sind. Dann packen wir alles ein und gehen zum Frühstückssaal.

Das Frühstück ist sogar recht reichhaltig, es gibt Brötchen und auch Brot, verschiedenen Aufschnitt und vor allen Dingen Kaffee. Ich gieße mir sofort eine Tasse ein. Dann finden wir sogar noch zwei Plätze an einem großen Tisch. Es ist laut und verschiedene Sprachen schwirren herum.

Marie hat den Teller voll mit belegten Broten und beißt bereits hinein, bevor ich auch nur sitzen kann. Dann schreit sie plötzlich laut auf.

„Au!" Erschrocken schaue ich in ihr schmerzverzerrtes Gesicht. Sie hält sich die linke Wange.

„Ich glaube, mein Zahn ist kaputt. Irgendetwas hat knack gemacht und jetzt tut es höllisch weh!", stöhnt sie.

„Leos Vater ist doch ebenfalls Zahnarzt", versuche ich sie zu beruhigen. „Bestimmt kann er dir helfen."

„Aber das ist noch eine Stunde Fahrt und die Schmerzen sind höllisch!", stöhnt sie, während sie sich die Wange hält. Eine Träne rinnt ihr Gesicht entlang. Zur Abwechslung nehme ich einfach mal mein Handy und suche einen Zahnarzt in Salzburg.

„Ich rufe mal bei Leos Bruder an", schlage ich vor. Als ich die Adresse überprüfe, sehe ich, dass die Praxis gar nicht so weit weg von unserem Hostel ist. Die kurze Strecke kann ich Maries Auto hoffentlich unfallfrei fahren.

„Sein Bruder? Ist der etwa auch Zahnarzt? Wie fantasielos", mosert Marie. Ironie hat Marie immer drauf, egal wie schlecht es ihr geht.

„Die Praxis ist nicht weit von hier", sage ich und verschweige ihr, dass ich erst nach Leos Bruder gesucht habe und dann erst festgestellt habe, dass die Praxis nicht weit weg ist.

Wir checken aus und zum Glück finden wir ein paar junge Kerle, die uns dabei helfen, unser Gepäck wieder ins Auto zu packen. Wir haben tatsächlich alles mit aufs Zimmer mitgenommen, denn schließlich weiß man nie, wer sich auf dem Parkplatz herumtreibt. Und man soll den Leuten ja auch keine Gelegenheit anbieten, einem das Gepäck zu klauen.

Marie lässt es sich allerdings nicht nehmen, trotz der starken Schmerzen ihr schickes Auto selbst zu fahren.

„Sicher ist sicher. Schon bei kleinen Schäden, wäre das ein Mordsproblem mit dem Dienstwagen. Man weiß nie, was kommt!", nuschelt sie, während sie sich ihre Backe hält.

Zumindest fährt sie heute sehr viel langsamer als gestern und dadurch brauchen wir dann doch eine gute halbe Stunde, bis wir bei Herrn Dr. Nick Zahnbrecher ankommen. Bei dem Nachnamen, hat Leo gemeint, hatte man auch wenig Auswahl an möglichen Berufen. Na ja, so kundenfreundlich klingt das jetzt nicht auf mich.

„Zahnbrecher?", nuschelt Marie entsetzt. „Bist du sicher, dass ich dahingehen soll?"

„Wird schon nicht so schlimm werden", sage ich trocken und klingele.

Als es summt, drücke ich die Tür auf. Wir laufen einen weiß gestrichenen Gang entlang. Mehrere Ärzte sind hier ansässig, Nicks Praxis liegt im ersten Stock.

„Guten Tag", begrüße ich eine grauhaarige Dame an einer weißen Theke. „Ich habe angerufen. Meine Freundin hat ziemliche Schmerzen", mache ich es so dringend wie möglich.

„Marie Ebert. Hier ist meine Versichertenkarte", nuschelt Marie.

„Einen kleinen Augenblick dauert es dann doch", grinst die Dame und nimmt die Karte. Dann reicht sie Marie ein Klemmbrett.

„Bitte ausfüllen und gleich wiederbringen, Frau Dr. Ebert", sagt sie herzlich.

Wir setzen uns in das weiße Wartezimmer. Es ist wirklich unglaublich weiß hier! Die Stühle, die Wände, alles strahlt hell und wirkt einfach nur steril. Bunte Farbkleckse bestehen aus einem Stapel Zeitschriften, der auf einem weißen Tischchen liegt und ein paar Spielsachen, die in einer Ecke auf dem Boden herumliegen. Die kleinen Kinderstühle sind allerdings auch weiß.

Wie wohl Leos Bruder Nick bzw. nur-Nick aussieht? Dann wird Marie auch schon aufgerufen und düst weg. Blöd, jetzt sehe ich den Zahnarzt ja gar nicht selbst. Vielleicht hätte ich auch für mich einen Termin machen sollen. Was ich wohl zu ihm sagen würde? Da tauche ich einfach hier auf, in seiner Praxis.

Und demnächst sehen wir uns auch noch vielleicht wieder, durchfährt es mich. Irgendwie habe ich immer nur bis zur Ankunft in Österreich gedacht, nicht, was danach kommt. Und sicher hat Leo behauptet, dass er mich vermisst. War aber vielleicht einfach nur so daher gesagt von ihm?

Seitdem Leo fort ist, habe ich keine einzige Zeile mehr schreiben können. Es geht einfach nicht. Meine Blockade scheint wieder da zu sein.

Nach einer Viertelstunde kommt Marie wieder.

„Er hat ein Kurzzeitprovisorium vorgeschlagen, aber das dauert mindestens einen Tag. Also muss ich spätestens in Nußdorf eines anfertigen lassen oder wir müssen wieder nach Hause fahren. Ach, bei diesem Zahnarzt hätte ich noch Stunden verbringen können", schwärmt Marie plötzlich los. Ihr Blick wirkt auf einmal so verklärt.

„Äh, und was machen deine Schmerzen?", frage ich irritiert.

„Sind fürs erste weg. Ich habe ihm natürlich nicht gesagt, dass wir zu seinem Bruder fahren. Obwohl, womöglich hätte ich das tun sollen. Dann käme er vielleicht auch dorthin", überlegt sie. Bei der hat`s ja ganz schön eingeschlagen.

„Du weißt schon, dass Leos Bruder hier in Salzburg lebt?", frage ich vorsichtig. Bei Leo besteht ja die winzige Chance, dass er in Hamburg bleibt, bei seinem Bruder sieht das ganz anders aus.

„Oh bitte, er sieht einfach nur gut aus", sagt Marie beschwichtigend.

Als wir am Tresen der Sprechstundenhilfe vorbeigehen, öffnet sich eine Tür und heraus tritt...Leo.

„Frau Breis, bitte rufen Sie dort für mich an", sagt der Mann, der wie Leo aussieht, aber irgendwie ganz anders klingt. Seine Stimme ist viel weniger melodisch, dafür rauer und irgendwie sehr bestimmt.

„Leo?", frage ich dennoch. Er dreht sich zu mir.

„Guten Tag? Ich bin sein Bruder", lächelt er, „aber das passiert uns öfter, dass die Leute uns verwechseln. Woher kennen Sie Leo?"

„Ich habe ihn in Oberstdorf getroffen", sage ich und bin immer noch verwirrt. Die beiden sehen völlig identisch aus!

„Wir wollen ihn besuchen", platzt Marie raus und ich spüre, wie mir die Hitze in die Wangen steigt.

„Ach, Sie gehören zusammen", grinst jetzt nur-Nick. „Wenn Sie ihn heute besuchen, sehen wir uns vielleicht heute bereits wieder. Er ist bei unseren Eltern und hat uns für ein Familienessen eingeplant", sagt er und klingt irgendwie so freudig erregt dabei.

„Oh, dann melden wir uns vielleicht erst morgen bei ihm", nuschele ich schüchtern.

„Ach was, im Grunde genommen ist bei uns jeden Tag Familienessen, wenn Leo mal da ist. Meistens kommt jeder, der Zeit hat, vorbei und das sind bei unserer Familie jeden Tag bestimmt zehn Leute", stöhnt er, aber grinst dabei.

Es ist unheimlich, in seine vergissmeinnichtblauen Augen zu schauen, die einen ähnlichen Farbton wie Leos haben, jedoch ganz anders auf mich wirken. Ernsthafter vielleicht und weniger warm.

„Wunderbar", springt Marie sofort darauf an. „Bis heute Abend, Herr Dr. Zahnbrecher."

„Bitten nennen Sie mich doch Nick, Herr Dr. Zahnbrecher ist mein Vater", sagt er ernst und schüttelt uns die Hand, Maries allerdings zuerst und ziemlich lange. Während er meine schüttelt, schafft er es trotzdem, weiterhin Marie anzusehen. Irgendwie wirkt das ja sehr niedlich, wie die beiden sich anschmachten. Ist das etwa Liebe auf den ersten Blick zwischen den beiden? Und wenn ja, was ist das dann zwischen Leo und mir?

Vor uns her sinnend sitzen wir im Auto und fahren nach Nußdorf am Attersee, und nicht etwa nach Wien, wie ich erst geglaubt habe. Es gibt tatsächlich in Wien einen namensgleichen Stadtteil. Glücklicherweise hat Maries Navi Leos Adresse in Wien-Nußdorf aber nicht gefunden, wodurch wir noch mal nachschauen mussten und festgestellt haben, dass wir in Richtung Salzburg und eben nach Nußdorf am Attersee müssen. Dabei wollte Marie ja eigentlich nach Wien. Tja, vielleicht ergibt sich das mal später, vielleicht fahre ich ja noch öfter nach Österreich. Und Marie eventuell auch.

Mein Herz klopft beinah so laut wie der Motor von Maries flottem Auto. Ohne die Schmerzen gibt sie wieder tüchtig Gas.

Mein Handy klingelt. Da ich ja nicht fahre, kann ich genauso gut drangehen.

„Darie. Hier ist deine Mutter." Komisch, mein Geburtstag war doch erst.

„Äh, hallo Mama?", sage ich erstaunt, während Marie bereits von der Autobahn herunterfährt und schon wieder an neongrünen Wiesen mit ganz vielen Kühen vorbeifährt. Sieht immer noch nicht schöner aus.

„Bist du zuhause? Ich muss bei dir wohnen", sagt sie bestimmt. Ich zucke leicht zusammen. Das Rauschen im Auto scheint doch sehr laut zu sein. Irgendwie höre ich wohl nur einen Bruchteil des Gesprächs.

„Bei wem willst du wohnen?", erkundige ich mich vorsichtig.

„Na, bei dir. Also natürlich nur für kurze Zeit. Bis ich etwas Eigenes gefunden habe", sagt sie forsch. Ich bin sprachlos.

„Aber wieso?", stammele ich verwirrt.

„Ich verlasse Gerd bzw. eigentlich hat er mich bereits verlassen, seitdem er mit seiner Sekretärin schläft, also seit drei Jahren." Wow, der feine Herr Chefarzt also.

„Wie hast du es herausgefunden?", frage ich verblüfft.

„Sie war bei uns. Sie ist schwanger von ihm und musste mir das dringend mitteilen", sagt meine Mutter knapp. „Bist du zuhause? Ich habe mehrfach geklingelt, aber es macht niemand auf", sagt sie und ich höre deutlich die Anklage heraus.

Moment. Sie steht vor meiner Tür?!

„Mama, ich bin im Urlaub", erinnere ich sie, wobei ich ihr das aber gar nicht erzählt habe.

„Wieso. Hast du etwa frei?", fragt sie ungläubig.

„Es sind doch Sommerferien", sage ich genervt und blicke kurz aus dem Fenster.

Gerade rollen wir auf ein riesiges Grundstück mit Parkplätzen. Ringsherum stehen ähnlich riesige Häuser. Aus meinen Augenwinkeln sehe ich ein Schild „Zahnarztpraxis".

„Wo bist du denn gerade?", nervt meine Mutter weiter.

„In Österreich", seufze ich. „Und ich komme auch erst in zwei Wochen wieder!" Oder morgen, wenn Leo mich nicht sehen will, füge ich in Gedanken hinzu, sage ihr das aber natürlich nicht.

„Aber Darie. Wo soll ich denn hin?", jammert meine Mutter plötzlich und ganz untypisch für sie. Beinah tut sie mir leid. „Du musst mir helfen, Darie!", ruft sie streng. Aber nur beinah!

„Mama, ich kann jetzt nicht. Wieso gehst du denn nicht in ein Hotel?" Schweigen.

„Gerd hat mir gesagt, ich kriege kein Geld von ihm. Und meine Rente ist leider nicht sehr hoch. Schließlich habe ich seit deiner Geburt nicht mehr gearbeitet", sagt sie und klingt so, als ob das meine Schuld sei. Ok, jetzt tut sie mir überhaupt nicht mehr leid.

„Darüber reden wir in Ruhe, wenn ich wieder zuhause bin", sage ich knapp. „Bitte klingele bei Frau Venturi, die hat einen Schlüssel für meine Wohnung."

„Danke Darie", sagt meine Mutter leise, es klingt beinah so, als ob sie schluchzt.

„Wir sind da. Ich rufe dich morgen an, Mama", verspreche ich und versuche, etwas herzlicher zu klingen.

Doch nachdem ich aufgelegt habe, werde ich auf einmal schrecklich nervös. Schließlich parken wir gerade vor dem Haus von Leos Eltern!

„Lass uns schauen, wo wir klingeln müssen!", ruft Marie und stapft auch schon zur Eingangstür.

Langsam schäle ich mich aus dem Auto nach draußen. Zögernd laufe ich hinter ihr her.

„Was wollte deine Mutter eigentlich von dir?", fragt sie beiläufig, als sie auf die Klingeln schaut. „Dein Geburtstag ist doch noch beinah ein Jahr hin."

„Ihr sauberer Herr Chefarzt hat seit drei Jahren eine Affäre, die jetzt schwanger von ihm ist. Meine Mutter ist daraufhin nach Pinneberg gefahren und hat mich gebeten, erstmal bei mir unterzukommen", fasse ich das Ganze zusammen. Marie ringt nach Luft.

„Deine arme Mutter! Zum Glück ist der Schlüssel ja bei Marita, dann kann sie schon mal rein in deine Wohnung."

„Ja", sage ich abwesend und starre auf die Klingeln.

„Sollen wir wieder fahren?", fragt Marie und beäugt mich von der Seite. Also ich weiß jetzt nicht so recht, was Marie von mir erwartet.

„Ja? Nein! Wir sind doch gerade erst angekommen. Und überhaupt: Was hat meine Mutter schon für mich die letzten Jahre getan?", rufe ich aufgebracht.

Meine altbekannte Wut macht sich in mir breit. Soll sie doch bleiben, wo der Pfeffer wächst!

„Ok", sagt Marie und holt Luft. „Wir klingeln einfach und reden mit Leo. Aber vielleicht bleiben wir doch nur ein paar Tage und fahren dann wieder?", schlägt sie vor.

Maries Worte klingen sehr vernünftig, wie immer. Wie macht sie das bloß? In meinem Kopf fährt eine Achterbahn kreuz und quer durch mein Gehirn. Ich weiß gar nicht, was ich zuerst denken soll.

Immer noch stehen wir vor dem schneeweißen Haus, die Zahnarztpraxis scheint direkt im Erdgeschoss zu sein. Darüber befinden sich zwei Etagen zu denen jeweils eine Klingel zu gehören scheint, jedoch derselbe Name draufsteht.

Ob Leo überhaupt da ist? In meinem Magen macht sich ein Knoten breit. Ich habe das alles viel zu impulsiv angefangen.

Was soll ich Leo denn sagen? Dass ich, seitdem er weg ist, wieder voll in meiner Schreibblockade bin? Und was soll er bitte schön dagegen tun? Er wird wohl kaum alles stehen und liegen lassen, nur damit ich einen Liebesroman weiterschreiben kann, den er sowieso nicht lesen mag. Und da wären natürlich noch diese heftigen Gefühle für ihn. Ich höre einen Summer.

„Hast du etwa geklingelt?", frage ich entsetzt.

Auf einmal ist die schneeweiße Tür, vor der wir bis jetzt gestanden haben, offen!

„Jetzt komm schon!", sagt Marie und zerrt mich die Treppe rauf in den 1. Stock. Dort steht…nur-Leo. Ich schlucke.

„Guten Tag…Darie?" Sein Blick streift mich, doch leider spiegelt sich darin nicht die erhoffte Sehnsucht, sondern nur pures Erstaunen wider.

„Äh ja, du hattest mir doch deine Adresse gegeben", stammele ich.

Ich stehe vor ihm, immer noch im Treppenflur und werde nicht hineingebeten. Ich habe das Gefühl, das wird hier nichts.

„Tut mir leid, dass ich einfach so hier auftauche", sage ich kurz und drehe wieder um.

„Darie, warte! Komm doch rein!", ruft er.

Marie und ich bleiben auf dem Absatz stehen.

„Hi, ich bin Marie", stellt sich Marie vor und geht in die Wohnung hinein. Mir bleibt wohl nichts anderes übrig, als ihr zu folgen. Mein Magen grummelt vor Nervosität.

„Leo? Hast du Besuch?", fragt eine Frau mit einer stark auftouppierten Dauerwelle, die mich irgendwie an die sechziger Jahre erinnert, also an die Filme, die da gespielt haben. Die geblümte Schürze passt auch irgendwie dazu.

„Äh ja, Mutter", sagt Leo und räuspert sich.

Ich schäme mich in Grund und Boden. Hätte ich nicht wenigstens vorher anrufen können!

„Darf ich vorstellen: Darie Schnitt. Wir haben uns kennengelernt, als ich meine Doktorarbeit in Oberstdorf zusammengeschrieben habe." Leos Mutter runzelt die Stirn.

„Aber du hast gar nichts erzählt…", beginnt sie verwundert.

„Nun ja, wir kennen uns seit zwei Wochen", hüstelt Leo und gibt mir damit genau meine Befürchtung zurück: Wir kennen uns gerade mal seit zwei Wochen. O-Ton: Wieso bist du hier?!

„Guten Tag, ich bin Marie Ebert, Daries Freundin. Es tut mir leid, dass wir hier einfach so aufkreuzen. Ehrlich gestanden, habe ich Darie dazu angestiftet. Sie hat mir so viel von euch beiden erzählt!", grinst sie leutselig.

Ich räuspere mich, Leo auch. Leos Mutter blickt zwischen uns hin und her. Irgendwie wirkt ihr Blick …begeistert? Komisch.

„Und da habe ich vorgeschlagen, dass wir unseren Urlaub doch genauso gut in Österreich verbringen können", beendet Marie ihre Argumentation. Und so ausgedrückt, wirkt es tatsächlich gleich viel weniger peinlich, aber immer noch sehr aufdringlich, befürchte ich.

„Kommt`s erstmal rein", sagt Leos Mutter mit heller melodischer Stimme und läuft schnurstracks in ein riesiges Esszimmer mit einem dunklen, riesengroßen Esstisch, auf dem so ein altmodisches vergilbtes Spitzendeckchen liegt. Generell scheint die „gute Stube" das letzte Mal vor etwa 100 Jahren ein Upgrade erfahren zu haben. Dunkle Möbel aus Holz, überall stehen uralte Figuren herum und auf einem braunen Ledersofa türmen sich bestickte Kissen in grün, cremeweiß und braun.

„Setzt`s euch doch", sagt Leos Mutter herzlich und stiefelt irgendwohin durch eine der viele braunen Türen. Kurze Zeit später höre ich starken Lärm.

„Die Kaffeemühle", erklärt Leo.

Ich blicke ihn an und er blickt zurück. Seine vergissmeinnichtblauen Augen schauen mir direkt ins Innere. Mein Herz dröhnt und irgendwie ist ein Schwarm Schmetterlinge in meinem Magen unterwegs.

Wir setzen uns an einen riesigen dunklen ovalen Tisch mit bestimmt zehn Stühlen. Es klingelt an der Tür. Leo runzelt die Stirn, läuft zum Eingang und kommt nur wenig später mit einer älteren Dame herein.

„Das ist meine Tante", stellt er eine Dame vor, die eine ähnliche Dauerwelle, nur in einer anderen Farbe, trägt wie seine Mutter. Die riesige toupierte Welle von Leos Mutter ist blond, die der Tante schimmert silbern.

„Ich bin die Schwester von Leos Mutter", stellt sich die Dame vor, der man ansieht, dass sie mit Leos Mutter verwandt ist und auch mit Leo. Die blauen Augen sind unverkennbar.

„Entschuldigt's mich, ich wollt mir nur etwas borgen", sagt sie und läuft in dieselbe Richtung, in die Leos Mutter vor etwa einer Viertelstunde verschwunden ist. Der Lärm hört beinah schlagartig auf, stattdessen hört man Getuschel. Leos Wangen röten sich, was unglaublich süß aussieht.

„Sie kommt meistens einfach vorbei, sie lebt nicht weit von hier", erklärt er.

Man kann sehen, wie unangenehm ihm das Ganze ist. Und dass natürlich seine Mutter, während die Kaffeemühle lief, wahrscheinlich die halbe Ortschaft angerufen und erzählt hat, dass wir da sind.

Nur wenig später klingelt es wieder, was meinen Verdacht bestätigt. Leo läuft zur Tür und kommt diesmal mit einer dunkelhaarigen Dame zurück.

„Das ist auch meine Tante", seufzt er. „Die Schwester meines Vaters", stellt er sie vor und ich kann sehen, dass er sich neben einem Augenrollen, kaum das Schmunzeln verbeißen kann. Klar, er kennt schließlich seine Mutter und irgendwie ist es ja auch ganz süß, dass sie will, dass seine Verwandtschaft uns kennenlernt. Doch plötzlich durchfährt mich siedeheiß ein panischer Gedanke:

Was, wenn jetzt alle glauben, dass wir eine Beziehung haben, aber Leo gar nichts für mich empfindet?

ELF

Nach einer Stunde ist die Wohnung vollgestopft mit Verwandten. Es ist anscheinend wirklich so, wie Nick es angedeutet hat: Wenn Leo da ist, kommen ständig Leute zufällig vorbei. Aber so wie uns die Leute mustern, sind wir wohl heute der Grund für ihr Kommen. Ein wenig fühle ich mich wie eine Attraktion. Irgendwann fängt es an, nach Essen zu duften. Mir läuft das Wasser im Mund zusammen.

„Was machen Sie?", fragt die dunkelhaarige Tante gerade Marie.

„Ich arbeite für ein Pharmaunternehmen", antwortet sie artig.

„Ach, Sie sind auch in der medizinischen Branche", sagt sie abfällig. „Und Sie?", fragt sie und blickt jetzt mich herausfordernd an.

„Ich bin Lehrerin", sage ich eingeschüchtert.

„Das ist immerhin etwas handfestes", lobt sie. So habe ich den Lehrerberuf noch nie betrachtet.

„Und Sie?", frage ich zurück.

„Ich hatte einen kleinen Laden im Ort", erzählt sie stolz. „Die Kinder haben ihn stark vergrößert und liefern jetzt auch aus. Früher hat`s so etwas nicht gegeben, da war man noch gut zu Fuß!", sagt sie empört.

„Ach, Mechthild", grinst Leos Mutter. „Heute hat doch niemand mehr Zeit zum Einkaufen. Die Leute fahren ja alle viel weiter weg zum Arbeiten. Bleiben Sie zum Essen?", fragt sie und schaut uns direkt an. Marie und ich schauen uns an.

„Äh…", fange ich an.

„Natürlich bleibt`s ihr zum Essen", sagt Leo und ich widerspreche ihm nicht. Will ich auch gar nicht. Aber es wäre schon schön, wenn wir etwas mehr unter uns wären, also Leo und ich.

Als wir bereits sitzen, höre ich einen Schlüssel und nur kurze Zeit später kommt eine ältere Ausgabe von Leo mit seinem Bruder Nick herein.

„Hallo zusammen!", grüßt Leos Vater in die Runde und wirkt kein bisschen überrascht, uns zu sehen.

„Guten Tag. Ich bin Herr Dr. Zahnbrecher", stellt er sich vor und setzt sich dann neben seine Frau. Aha, wahrscheinlich hat Leos Mutter in der Praxis angerufen und Bescheid gesagt, dass wir da sind.

„Hallo Nick", sagt Marie und klingt irgendwie nervös. Ihre Stimme zittert sogar. Ich glaube, das habe ich bei Marie noch nie erlebt!

Nick nickt ihr zu und schnappt sich dann erstmal eine Schale mit Spätzleauflauf. Der eine Auflauf ist grün, der andere rot und dazwischen steht eine riesige Salatschüssel. Trotz des weitläufigen Tisches ist es recht beengt, denn mittlerweile sind wir bestimmt dreizehn Personen und damit sämtliche Stühle belegt. Zu den beiden Tanten sind auch noch zwei Cousinen und drei kleine Kinder da. Alle reden wild durcheinander, es ist laut aber auch irgendwie gemütlich. Marie und ich befinden uns mittendrin, leider sitzen Leo und Nick zu weit weg von uns.

„Und Sie sind also aus Deutschland", beginnt auf einmal die Schwester von Leos Mutter das Gespräch mit uns.

Schlagartige Stille setzt ein. Ich spüre, wie ich rot werde und blicke eingeschüchtert zu Marie. Doch Marie grinst nur locker und antwortet:

„Ja, sind wir."

„Und Sie haben Leo in Oberstdorf kennengelernt?", fragt eine der Cousinen.

Ich nicke.

„Tante Johanna, was soll denn diese Fragerei?", fragt jetzt Leo unwirsch.

„Man wird doch wohl mal fragen dürfen", sagt die Tante mit den silberfarbenen Haaren beleidigt.

„Seid`s euch denn jetzt einig geworden mit der Praxis?", fragt jetzt Leos andere Tante, also die Schwester seines Vaters. Alle spitzen unübersehbar die Ohren.

„Da müssen wir doch nicht jetzt darüber sprechen", wirft Leos Vater ein.

„Wieso eigentlich nicht?", schaltet sich Nick ein und schmeißt Blicke zu uns, vielmehr zu Marie.

„Genau", pflichtet ihm Leo bei. „Erzähl doch noch mal, wieso du findest, dass wir unsere gutgehenden eigenen Praxen aufgeben sollen, um deine Praxis hier fortzuführen, Papa."

„Das verlangst du von deinen Kindern, Josephus?", fragt seine Schwester und schaut ihn strafend an.

Jetzt wird mir klar, wieso das nicht hier besprochen werden soll. Es geht gar nicht um unsere Anwesenheit, sondern um die Familie, die anscheinend bis jetzt noch gar nicht in die Pläne von Leos Vater involviert worden ist. Interessant.

„Eva, das kannst du doch nicht zulassen", sagt jetzt ihre Schwester und blickt genauso strafend. Leos Mutter wird etwas kleiner auf ihrem Stuhl, Leos Vater hingegen plustert sich förmlich auf. Was ja bei männlichen Wesen ganz häufig ein Zeichen von Unsicherheit ist.

„Das ist ein Familienbetrieb und der hat auch in Familienhänden zu bleiben. Ich habe mich doch nicht krumm geschuftet, damit die Herrschaften studieren gehen können, um jetzt mein Werk verkaufen zu müssen!" Schweigen.

Beifall heischend blickt er sich um.

„Du meinst also, es ist wichtig, dass Traditionsbetriebe weitergeführt werden sollten", schaltet sich jetzt seine Schwester ein.

„Ja, genau!", pflichtet er ihr bei.

„Wieso bist du dann kein Kaufmann geworden, `Sephus?", fragt die andere Tante schneidend und seine Schwester blickt sie wohlwollend an. Säßen sie nebeneinander, hätten sie sich wahrscheinlich abgeklatscht. Leos und Nicks Vater wird jetzt doch ein kleines bisschen blass um die Nase herum. Ich muss mir ein Grinsen verbeißen, auch wenn es schwerfällt.

„Das war etwas völlig anderes", schaltet sich jetzt Leos Mutter ein. „Josephus ist ja hiergeblieben und war immer für seine Eltern da. Nick lebt zwar hier, ist aber den ganzen Tag über in Salzburg!", ruft sie triumphierend.

„Ja, das stimmt natürlich, Mutter", sagt jetzt Nick. „Aber der Rest unserer Sippe lebt doch hier. Ihr seid nicht alleine, wie man doch heute unschwer erkennen kann." Dabei lässt er seinen Blick schweifen, bleibt jedoch bei Marie hängen, natürlich. Wie unverhohlen er sein Interesse bekundet, während Leo gar nicht weiß, wo er hinschauen soll. Das ähnliche Äußere und der Zahnarztberuf scheinen die einzigen gemeinsamen Dinge der beiden zu sein. Ich schlucke an meinem Kloß im Hals. Schön, dass die Reise zumindest für Marie eine kleine Romanze eingebracht hat. Wobei auch ihr klar sein dürfte, dass es nicht von Dauer sein kann. Eine Beziehung zwischen Salzburg und Pinneberg aufrechtzuerhalten ist undenkbar. Bei Leo und mir wäre das vielleicht erfolgversprechender gewesen, geografisch gesehen, doch leider scheint Leo wirklich kein Interesse an mir zu haben.

Ich habe ihn aber auch überfallen. Was würde ich denn tun, wenn mein Urlaubsflirt plötzlich vor meiner Tür auftauchen würde? Ich weiß es nicht. Wir haben uns die letzten beiden Wochen so dermaßen gut verstanden, aber das war wohl nur meine rosarote Brille. Was habe ich mir nur dabei gedacht? Abrupt stehe ich auf.

„Bitte entschuldigen Sie vielmals mein plötzliches Auftauchen. Ganz lieben Dank für das Essen und auch Ihre Gastfreundschaft, Frau Zahnbrecher", verabschiede ich mich höflich. „Auf Wiedersehen", sage ich noch schnell und mit einem kleinen Blick in die Runde, jedoch ohne Blickkontakt zu suchen.

Dann laufe ich rasch zur Eingangstür, die ich glücklicherweise auf Anhieb wiederfinde. Behutsam schließe ich die braune Wohnungstür hinter mir, dann rase ich die Treppen herunter. Unten angekommen bleibe ich erstmal stehen. Dann sehe ich mich um. Marie steht hinter mir und ich zucke zusammen.

„Wo kommst du denn her?", frage ich sie entgeistert.

„Na, ich bin natürlich direkt hinter dir hergekommen! Dachtest du, ich lasse dich einfach gehen? Schließlich habe ich doch die Autoschlüssel!" Sie grinst mich an, doch ich sehe, dass sie ebenfalls traurig ist. Mein Handy vibriert und ich gehe ran.

„Darie, hier ist deine Mutter. Ich bin jetzt in deiner Wohnung. Ich habe mir ein Buch von dir genommen. Viel Auswahl hast du ja nicht, nur diese seichte Literatur. Aber diese Daria Stern schreibt wirklich nicht schlecht. Und diese Erotik, uh", schwärmt sie. „Wann kommst du wieder?" Ich bin völlig perplex und frage mich, ob meine Mutter tatsächlich gerade das Wort „Erotik" in den Mund genommen hat.

„Äh, bald, Mama", stammele ich in den Hörer.

„Danke, dass ich erstmal bei dir bleiben kann. Das ist wirklich lieb von dir, Darie. Deine Wohnung ist wirklich gemütlich. Für heute Abend habe ich mich übrigens mit Maries Vater verabredet. Mach`s gut, Schatz!" Sie legt auf, doch ich verharre erstmal in dieser Position.

„Meine Mutter mag meine Bücher. Sie findet meine Wohnung gemütlich und sie trifft deinen Vater heute Abend", fasse ich das Gespräch von gerade eben zusammen. Marie blickt mich fragend an.

„Welche Bücher?", fragt sie verdutzt.

„Darie!", ruft eine bekannte Stimme.

„Marie?", fragt eine andere Stimme.

Wir blicken uns um. Zwei gleiche Gesichter laufen auf uns zu, wirklich unwirklich das Ganze.

„Wir mussten uns noch verabschieden", entschuldigt sich Nick.

„Genau! Und uns bei unseren Tanten bedanken", grinst Leo.

Dann greift er meine Hand. Ein Wärmestoß zischt durch mich hindurch.

Dann zieht er mich auch schon weg und wir laufen irgendeinen Weg entlang. Ich folge ihm einfach, denn bei ihm fühle ich mich immer so sicher. Schließlich bin ich mit ihm in zahlreichen fremden Städten unterwegs gewesen und nie haben wir uns verlaufen. Bis auf das eine Mal, da waren wir in einem riesigen Wald unterwegs. Ich habe das Gefühl, ich schweife ab.

„Wohin gehen wir?", frage ich jetzt dann doch mal vorsichtig nach. Leo bleibt stehen. Wir sind ein paar Meter entfernt, doch Marie und Nick scheinen ebenfalls fortgegangen zu sein. Zumindest liegt der Eingang zum Haus verwaist in der Abendsonne.

„Keine Ahnung. Ich wollte dich endlich wieder für mich alleine haben", sagt er und klingt irgendwie atemlos dabei, obwohl wir gar nicht gerannt sind.

„Es tut mir leid, dass ich dich einfach so hier überfallen habe. Ich weiß auch nicht, was ich mir gedacht habe. Aber seitdem du weg bist, kann ich nicht mehr schreiben." Verblüfft schaut er mich an.

„Das tut mir leid", sagt er. „Du bist also deswegen da?" Klingt er etwa enttäuscht?

„Natürlich nicht. Du gehst mir nicht mehr aus dem Kopf!", sage ich lauter als nötig. „Du hast mir nicht einmal deine persönliche Adresse gegeben und das nach *diesen zwei Wochen!*" Meine ganze Enttäuschung lege ich in diese Worte. Leo schaut mich an und er …grinst?

„Tut mir leid. Aber ich wollte das erstmal mit meiner Familie abklären. Und wir kannten uns doch erst kurz." Entschuldigend hebt er die Schultern, dabei kommt er näher und hält Blickkontakt. Seine blauen Augen mustern mich und mir wird immer wärmer.

„Ich weiß, aber wir haben uns so gut verstanden", fange ich an, breche aber ab, weil ich mich wiederhole.

„Wir haben uns *wahnsinnig* gut verstanden", verbessert er mich. Wie nahe er mir auf einmal ist.

Übrigens hat es auch während der zwei Wochen durchaus solche Momente zwischen uns gegeben, kleine Momente, zugegeben, aber sie waren da. Ganz bestimmt. So wie jetzt?

Ich drehe mein Gesicht zu ihm, unsere Blicke kreuzen sich.

Und dann küssen wir uns!

Einfach so. In meinem Kopf donnert etwas, bis ich feststelle, dass die Kirchturmuhr angefangen hat zu schlagen. Merkwürdig, ich könnte schwören, das hat sie nicht zu Anfangs getan, doch jetzt schallt es laut um uns herum. Leo blickt mich an.

„Das wollte ich schon öfter tun, hab mich aber nicht getraut." Ich nicke.

„Da waren diese Momente. Aber ich wollte nichts überstürzen", stimme ich ihm zu. Dann küssen wir uns wieder und in mir drinnen ist alles still und friedlich und so wahnsinnig ruhig. Auch, weil die Kirchturmglocke endlich wieder aufgehört hat zu schlagen. Dieser Moment ist einfach perfekt.

Irgendwann lösen wir uns voneinander, schon, um Luft zu holen. Um uns herum herrscht Abendstimmung, obwohl es immer noch hell ist.

„Wo sind eigentlich Marie und Nick?", frage ich, ohne dass es mich eigentlich wirklich interessiert.

„Bei denen hat es ja kräftig gefunkt", grinst Leo und nimmt wieder meine Hand. Das prickelt so schön und ich seufze.

„Ich wünschte, wir könnten das weiter fortführen", sage ich und spüre auf einmal tiefe Traurigkeit in mir hochsteigen.

„Wieso sollten wir nicht? Oder war das jetzt nur zum Ausprobieren?" Leos Stimme klingt unsicher.

„Na ja, ihr müsst das mit euren Praxen abklären", erinnere ich ihn.

„Ich hatte nie vor, hier zu praktizieren. Schließlich braucht Hamburg Zahnärzte, das hast du doch selbst gesagt", erinnert er mich.

Er bleibt stehen und schaut mich an.

„Du willst also in Hamburg bleiben?", frage ich ungläubig, denn ich frage mich schon, ob er das wegen mir tut und ob mir das so recht wäre, falls ja.

„Ich habe solche Gefühle noch nie mit jemandem erlebt", sagt er leise, beinah flüsternd. „Aber ich wollte dir keine Angst machen, indem ich dir sofort sage, dass ich dich unbedingt näher kennenlernen will. Ich wollte erstmal meine Angelegenheiten klären und mich dann bei dir melden."

„Das wäre sicherlich besonnener gewesen als dich hier zu überfallen", seufze ich schuldbewusst. Ich spüre die Hitze in meine Wangen steigen.

„Logisch betrachtet", sagt er und ich spüre sein Lächeln in seiner Stimme. Sehen kann ich es nicht, denn er ist ganz nah und flüstert mir ins Ohr: „Aber ich mag deine Impulsivität." Das klingt so schön, dass ich frösteln muss. Meine Gänsehaut reißt mich allerdings aus diesem romantischen Moment heraus, leider. Plötzlich bin ich wahnsinnig müde.

„Es tut mir leid. Ich würde gerne noch stundenlang mit dir hier sein", sage ich verlegen. „Aber ich bin echt fertig. Kennst du vielleicht eine Pension, wo Marie und ich unterkommen könnten?"

In seinem Gesicht blitzt so etwas wie Enttäuschung auf, soweit ich das in der Dämmerung sehen kann. Was er wohl erwartet hat?

Nun ja. Aber so impulsiv bin ich dann doch nicht. Obwohl ich das sicherlich mehr als einmal in meinen Büchern beschrieben habe, dass Leute es spontan irgendwo getrieben haben. Aber das hier ist kein Roman und das mit dem Überstürzen ist kein guter Anfang. Es reicht ja schließlich, dass ich kopflos hierhergefahren bin.

„Einer meiner Cousinen gehört eine Pension hier im Ort", grinst er.

Wieso wundert mich das jetzt nicht!

„Ich frage sie mal. Vielleicht könntest du Marie anrufen, dann wissen wir auch direkt, wo Nick ist", schmunzelt er mich an.

Wir lachen beide gleichzeitig und es fühlt sich an, als ob wir uns bereits ewig kennen. Fühlt sich wirklich gut an, dieses vertraute Gefühl miteinander. Trotzdem greife ich jetzt nach meinem Handy, um Marie anzurufen. Sie geht nach nur einem Klingeln ran.

„Hi Darie, ich bin schon in der Pension von Janina. Kommst du auch gleich?", fragt sie direkt.

„Ah, dann erübrigt sich ja Leos Anruf dort", grinse ich in den Hörer und lege auf.

„Leo", sage ich und fühle dieses Kribbeln beim Sagen seines Namens in mir aufsteigen. „Nick hat das schon organisiert und Marie ist bereits da. Bitte bring mich dorthin." Leo lacht.

„Tja, das hätte ich jetzt nicht von Nick gedacht. Der lässt normalerweise nichts anbrennen", sagt er und klingt hörbar erstaunt. Normalerweise? Was soll das denn heißen!

„Nun, wahrscheinlich hat Marie ihm sehr ernst ihre Meinung zu diesem Vorhaben mitgeteilt und daraufhin hat er ein Zimmer suchen müssen", gebe ich zurück.

„War bestimmt eine völlig neue Erfahrung für ihn", feixt Leo, während wir händchenhaltend irgendeine Straße entlanglaufen.

Ich blicke mich um: Es ist malerisch hier! Voll beladene Aprikosenbäume säumen links und rechts unseren Weg. Hübsche verschnörkelte Villen stehen teilweise hinter riesigen Vorgärten. Es ist still hier.

Schweigend laufen wir ein kleines Stückchen, um nur wenig später an einem hell beleuchteten riesigen Haus stehen zu bleiben, das ganz typisch wirkt mit seinen roten Geranien und geschnitzten Balkonen aus dunklem Holz.

„Wollen wir morgen gemeinsam Frühstücken?", fragt er und blickt mich an.

„Ja, sehr gerne", sage ich und bleibe vor ihm stehen.

„Geh einfach rein", sagt er, hält jedoch meine Hand immer noch fest. „Allerdings weiß ich nicht, ob du ein eigenes Zimmer hast. Die Pension ist wahrscheinlich recht ausgebucht. Wundert mich ohnehin, dass ihr überhaupt noch ein Zimmer bekommen habt."

„Vielleicht ist es ja eine Abstellkammer", mutmaße ich. Leo lächelt und legt seine Hand mit meiner Hand an meine Wange.

„Schlaf gut und bis morgen, Darie!", sagt er leise und dann küsst er mich.

„Gute Nacht, nur-Leo", flüstere ich ihm ins Ohr.

Wir umarmen uns noch einmal. Sein Körper fühlt sich fest an und schmiegt sich wie selbstverständlich an meinen. Doch dann reiße ich mich los, was wirklich einiges an Willenskraft erfordert. Unsere Hände berühren sich, die Arme strecken sich. Dann lassen wir uns los und ich betrete das Foyer der Pension.

Bereits auf den ersten Blick sehe ich, dass sich diese Pension in wesentlichen Punkten von der letzten unterscheidet: Auf dem Boden liegt ein glänzender dunkler Parkettfußboden, der Raum ist riesengroß und wirkt freundlich mit seinem Mobiliar in einem hellem Holz. Am Tresen, der allerdings ähnliche Verzierungen aufweist, jedoch sehr viel gepflegter aussieht, steht eine dunkelhaarige Frau. Das muss Leos Cousine sein, denn ich erinnere mich vage an ihr Gesicht. Sie muss heute bei Essen dabei gewesen sein. Allerdings weiß ich beim besten Willen nicht mehr, wie sie heißt.

„Hallo Darie", grüßt sie mich freundlich. „Ihr habt's Glück, wir haben ein kleines Zimmer noch frei. Das müsstet ihr euch allerdings teilen, deine Freundin und du."

„Das macht gar nichts", sage ich schnell. „Vielen Dank, dass wir so spontan bleiben dürfen."

„Sehr gerne. Frühstück ist morgen von 8 bis 11 Uhr", informiert sie mich.

„Ach ja, Leo kommt morgen auch", beeile ich mich zu sagen und sie macht sich direkt eine Notiz in ein ledergebundenes Buch.

„Danke, dann weiß ich Bescheid. Hier ist dein Schlüssel, den anderen habe ich Marie gegeben."

Ich bedanke mich erneut, stecke den Schlüssel ein und gehe in Richtung Treppenhaus. Meine Schritte hallen auf dem Parkett nach. Lauter ist es hier schon. Trotzdem wirkt es allemal besser als der kartoffelbreifarbige Teppichboden in Oberstdorf.

Da ich ja weiß, dass Marie bereits da ist, klopfe ich, statt einfach aufzuschließen. Mit einem Ruck öffnet sich die Tür und Marie steht im Schlafanzug vor mir.

„Da bist du ja!", strahlt sie, so wie nur frisch verliebte Menschen strahlen können. Ob ich auch so aussehe?

„Wir haben uns geküsst", platzen wir beide gleichzeitig heraus und prusten dann los.

„Oh man, wann haben wir uns zu Teenagern zurück entwickelt?", seufze ich.

„Muss wohl ein Hormonschub sein", sagt Marie trocken.

„Ihr habt euch also auch geküsst?", frage ich erstaunt. Schließlich kennen Leo und ich uns immerhin seit zwei Wochen, aber Marie und Nick erst seit heute!

„Ja, es war.... Unbeschreiblich!", quietscht sie. Dieses Quietschen klingt so gar nicht nach Marie und ist auch nichts, was ich öfter hören müsste.

„Schön, äh...ich mach mich dann mal frisch", grinse ich und trete ein. Als ich mich umschaue, entdecke ich mein Gepäck, zum Glück! Marie muss sich darum gekümmert haben.

„Und jetzt erzähl mal von deiner Mutter", holt mich Marie plötzlich in meine eigentliche Realität zurück. Obwohl das Zimmer klein ist, hat es zusätzlich zum Bett einen Sessel, den man ausziehen kann und der sogar einigermaßen gemütlich ist. Marie hat das Bett bereits in Beschlag genommen, was ok ist. Schließlich passe ich mit meinen knappen 1,65m besser auf das Sofa als sie mit ihren 1,75m.

Insgesamt riecht das Zimmer ein wenig muffig, vielleicht ist es tatsächlich eine Art Abstellkammer vorher gewesen, denke ich amüsiert.

„Sie hat es sich in meiner Wohnung gemütlich gemacht und liest ein Buch von Daria Stern. Sie meinte, dass die toll schreibt. Ach ja, und heute trifft sie deinen Vater", wiederhole ich meine Worte von vor ein paar Stunden.

Pause. Anscheinend hat es Marie die Sprache verschlagen.

Das Ganze hier hat ein wenig was davon, wie damals, wenn wir beieinander übernachtet haben. Also die Schlafkonstellation, nicht das Sprache verschlagen. Das habe ich bei Marie so gut wie noch nie erlebt!

„Ok, sie trifft sich mit meinem Vater. Und sie mag Daria Stern? Unglaublich!", sagt sie. Also Marie dürfte durchaus etwas weniger überrascht darüber klingen, finde ich. Allerdings ist ihre Reaktion durchaus berechtigt, was meine Mutter betrifft.

„Ich frage mich ja schon, ob sie das sagen würde, wenn sie wüsste, dass die Bücher von mir sind", sage ich und klinge wirklich etwas trotzig dabei.

„Vielleicht. Nun ja, du kannst sie ja aufklären, wenn wir wieder da sind. Mein Vater und deine Mutter sehen sich ja durchaus öfter, glaube ich."

„Das wusste ich gar nicht", sage ich erstaunt.

„Mein Vater hat ja Zeit und fährt ab und zu nach Hannover. Da er da auch einen Schulfreund hat, verbindet er das ganz häufig miteinander", erzählt Marie leichthin.

„Das hast du mir noch nie erzählt", mosere ich, wobei das doch eigentlich gar nicht so wichtig für mich ist.

„Ich dachte nicht, dass es dich interessiert", sagt Marie überrascht.

„Eigentlich nicht. Aber ich wusste einfach nicht, dass die beiden sich so gut verstehen.". Marie zuckt mit den Schultern.

„Na ja, unsere Eltern kennen sich schon so lange. Mein Vater war doch damals für ein Projekt in Bonn zuständig, dadurch haben sich unsere Väter doch damals kennengelernt", erinnert sie mich.

Das stimmt. Natürlich weiß ich, dass Maries Vater für seine Doktorarbeit eine Kooperation mit der Uni in Bonn hatte. Sein Physikstudium hat er eigentlich in Hamburg absolviert. Mein Vater hat damals seine Staatsarbeit an einem ähnlichen Thema geschrieben und dadurch Maries Vater kennengelernt. Und als sie irgendwann zusammen in eine Studentenkneipe gegangen sind, haben sie unsere Mütter kennengelernt.

„Ist trotzdem komisch die Vorstellung, dass die beiden sich öfter treffen als meine Mutter sich mit mir", sage ich nachdenklich.

„Vielleicht haben die beiden sich einfach mehr zu sagen", mutmaßt Marie. Das ist sicherlich so.

„Meine Mutter klang verändert a Telefon", überlege ich. „Sie war viel herzlicher zu mir. Sie hat mich Schatz genannt." Ihr Verhalten erstaunt mich immer noch.

„Wow. Vielleicht ist ihr klargeworden, dass sie netter zu dir sein sollte", überlegt Marie.

„Na ja", sage ich zweifelnd. Selbstreflexion ist jetzt keines der Attribute, mit denen ich meine Mutter beschreiben würde, zumindest nicht spontan.

„Und du und Leo?", fragt Marie jetzt direkt.

„Er meinte, dass er eigentlich in Hamburg bleiben will. Dadurch könnte man sich natürlich öfter treffen und auch äh…kennenlernen." Ich räuspere mich und spüre, wie ich dabei rot werde.

„Das freut mich für euch. Nick ist natürlich in Salzburg verhaftet. Dadurch ist er für seine Eltern eigentlich sehr greifbar. Damit ist ohnehin ein Sohn in der Nähe", zählt Marie auf.

„Tut mir leid für euch", sage ich leise.

„Muss es nicht. Manche Dinge sind wie sie sind", sagt die pragmatische Marie, so wie ich sie kenne. Doch ihre Augen sagen etwas ganz anderes: Sehnsucht liegt darin und auch Hoffnung. Was wäre denn, wenn? Woher soll man wissen, ob es hätte klappen können, wenn man es gar nicht versucht?

„Ihr könntet doch probieren, eine Fernbeziehung zu führen", sage ich vorsichtig.

„Das macht keinen Sinn", sagt Marie fest, vielleicht auch, um sich selbst davon zu überzeugen. „Wir kennen uns gar nicht gut genug dafür und können uns durch die Entfernung auch nicht richtig kennenlernen. Man würde sich schließlich immer nur im Urlaub begegnen und nie im Alltag", gibt Marie zu bedenken.

Ich frage mich, wie lange sie bereits hier im Zimmer ist. Offensichtlich hatte sie schon viel Zeit gehabt, um darüber nachzudenken.

ZWÖLF

„Guten Morgen, die Damen", grüßen Leo und Nick uns wie aus einem Mund und blicken sich sofort gegenseitig genervt an.

Marie und ich müssen zwar lachen, aber ich verstehe die Genervtheit durchaus, glaube ich. Schließlich ist es schon schlimm genug, jemanden mit seinem Gesicht herumlaufen zu wissen, da muss man nicht auch noch dasselbe denken.

„Ich würde dir gerne meine Heimat zeigen", sagt Leo und setzt sich neben mich.

„Das würde ich auch gerne tun, Marie", sagt Nick und setzt sich neben sie. Leo rollt mit den Augen.

„Nun, es ist ja groß genug hier", versuche ich die beiden zu beschwichtigen.

„Wir können ja an unterschiedlichen Orten starten", führt Marie meinen Gedankengang weiter. Also ich finde das eher cool, dass wir ähnlich denken. Aber zumindest sehen wir ja auch völlig verschieden aus. Ach ja, und Geschwister sind wir auch keine.

„Wildholzweg", sagen sie wie aus einem Mund. Jetzt schaffen Marie und ich es nicht mehr, unser Lachen zu unterdrücken. Wollen wir auch gar nicht!

„Na gut, dann gehen Darie und ich zum Schafberg", mault Leo.

„Sehr gerne", sagen Marie und ich jetzt wie aus einem Mund und klatschen uns ab.

Nach dem Frühstück brechen wir alle gemeinsam auf.

Ehrlich gestanden war das Frühstück in der Pension in Oberstdorf sogar ein klein wenig besser als hier, aber das werde ich ganz sicherlich niemandem auf die Nase binden.

Als ich abends in unser Zimmer komme, bin ich heilfroh, dass ich wieder zurück bin. Der Weg war malerisch schön und die Himmelspforte bot einen sensationellen Ausblick auf die Berge. Aber diese Höhe bin ich nicht gewohnt, geschweige denn so dermaßen bergauf zu Fuß gehen zu müssen. Auch wenn die Knutscherei auf der Bergspitze sensationell und mindestens so atemberaubend war, wie die Aussicht!

„Es war so schön", sagt Marie, die auch schon da ist und völlig verklärt ins Nirgends blickt.

„Das war es. Aber der morgige Muskelkater wird enorm werden", stöhne ich.

Nur mit Mühe kann ich mein plötzlich klingelndes Handy aus meiner Hosentasche fischen, die ich achtlos auf mein Bett gelegt habe. Nach der Dusche bin ich sofort in meinen Schlafanzug und unter die Bettdecke geschlüpft, obwohl es erst acht Uhr ist. Aber ich bin viel zu fertig, um noch etwas zu unternehmen. Und Marie ist anscheinend auch zu müde, womit ich überhaupt nicht gerechnet habe.

Meine Mutter, wie ich sofort auf dem Display erkennen kann. Wir haben in den letzten zehn Jahren zusammengenommen nicht so viel gesprochen wie in den letzten drei Tagen. Hoffentlich wird das nicht zur Gewohnheit!

„Hallo Mama", sage ich und versuche, nicht genervt zu klingen.

„Darie. Ich wollte dir nur sagen, dass ich heute zu Werner gezogen bin." Ungläubig schaue ich auf mein Handy.

„Zu Maries Vater?", frage ich nach, um sicher zu gehen, weil das merkwürdig klingt.

„Natürlich, wer denn sonst?", schnappt meine Mutter in ihrer üblichen ungeduldigen Art zurück. „Ich war gestern Abend dort. Dein Vater war übrigens auch da. Als ich gehen wollte, hat mir Werner plötzlich angeboten, doch bei ihm einzuziehen." Irgendwie sind mir das zu viele Informationen auf einmal.

„Du hast mit Papa gesprochen?", frage ich ungläubig.

Meine Eltern haben das letzte Mal ein paar Worte gewechselt als, keine Ahnung wann. Wahrscheinlich als wir zum sechzigsten Geburtstag ihres Chefarzt-Exehemanns eingeladen waren. Und da auch nur das Mindeste. Ich glaube, sie haben sich nicht einmal gezofft, als meine Mutter ausgezogen ist. So wenig hatten sie sich zu sagen!

„Ach, das war Zufall", lacht meine Mutter, eventuell habe ich mich auch verhört. „Er kam spontan vorbei und es war wirklich ein netter Abend mit den beiden. Beinah wie in alten Zeiten, nur dass Gunda nicht dabei war." Ihr Schlucken ist hörbar. „Ja, und als ich ihm erzählt habe, dass ich kurzfristig bei dir wohne, hat er mir sein Gästezimmer angeboten. Ich verstehe ja nicht, wieso er nach wie vor in diesem riesigen Haus wohnt. Aber gut für mich, ich kann jetzt für wenig Geld bei ihm wohnen. Schließlich habe ich nur eine sehr kleine Rente," plappert sie weiter und ich nicke aus reinem Reflex ab und zu. Keine Ahnung, warum ich das tue, sehen kann sie das schließlich nicht. Und übrigens wohnt auch mein Vater immer noch in dem beinah baugleichen Haus wie Maries Vater, nur zwei Häuser weiter.

„Bist du noch dran?", kommt es genervt aus der Leitung. Ich schnappe aus meinem Halbschlaf. Man, was bin ich fertig!

„Bin ich", gähne ich. „Aber ich habe heute eine Wanderung auf den Schafberg gemacht und bin echt fertig."

„Tja, du machst auch zu wenig Sport, Darie", kommt es prompt zurück und ich verdrehe die Augen.

„Hast du deine Sachen schon zu Werner gebracht?", frage ich zurück, bemüht das Thema zu wechseln.

„Er hat mich heute mit meinen Sachen abgeholt. Falls das mit uns klappt, werde ich später noch mit ihm den Rest meiner Sachen aus Hannover holen."

Ich zucke leicht zusammen. „Falls das mit uns klappt" klingt doch sehr vertraut. Doch ich erinnere mich wieder daran, wie lange Maries und meine Eltern sich bereits kennen, da kommt einem so eine Formulierung wahrscheinlich ganz harmlos vor.

Nachdem ich aufgelegt habe, sage ich locker zu Marie:

„Du, meine Mutter wohnt jetzt beim deinem Vater." Maries Gesicht ist zum Schießen. Ihre Augen sind kreisrund und ihr Mund steht weit offen.

„Bitte was?", japst sie zurück.

„Du hast ganz richtig verstanden: Meine Mutter lebt jetzt bei deinem Vater."

Ich genieße ihr perplexes Gesicht, weil das bei Marie einfach eine solche Seltenheit ist. Dabei ist ja eigentlich nichts dabei, dass unsere Elternteile jetzt zusammenleben.

„Wie ist denn das gekommen?", fragt sie und klingt irgendwie verstört. Findet sie meine Mutter etwa nicht gut genug, um bei ihrem Vater zu wohnen?

„Was hast du denn dagegen?", schnappe ich hitzig zurück, einfach, weil ich nicht mit so einer Abwehrhaltung gerechnet habe.

„Nichts. Aber was will sie denn da?", meckert sie und klingt auf einmal wie eine Fünfjährige.

„Äh, du bist doch nicht etwa eifersüchtig. Hatte dein Vater etwa noch nie...?", frage ich erstaunt.

Marie läuft in diesem winzigen Zimmer auf und ab wie eine Rennmaus im Käfig, die stundenlange Wanderung scheint sie kein bisschen müde gemacht zu haben. Die ist ja auch fitter als du, raunt mir meine innere Stimme zu und klingt diesmal sehr nach meiner Mutter.

„Nein, noch nie", sagt Marie leise und setzt sich auf ihr Bett. „Zumindest nicht, dass ich etwas davon wüsste." Ihr Gesicht wird rot und verlegen versiert sie einen unbestimmten Punkt an, um mich nicht anblicken zu müssen.

„Wow, also. Das hätte ich jetzt nicht gedacht", sage ich beeindruckt. Schließlich ist Maries Mutter bereits seit 19 Jahren tot.

„Die beiden sind kein Paar", stelle ich jetzt klar, obwohl ich das ja gar nicht weiß. „Werner hat ihr nur angeboten, in seinem Gästezimmer zu wohnen."

„Tut mir leid", sagt Marie zerknirscht. „Ich wollte gar nicht wie eine Bitch klingen. Ich war nur so überrascht. Wenn du jetzt auch noch erzählst, dass Ludger dabei war, fresse ich einen Besen." Ich muss sofort loslachen.

„Dann such dir schonmal einen. Du darfst ihn auch mit einer Soße deiner Wahl genießen", biete ich ihr großzügig an.

„Deine Eltern reden wieder miteinander?!"

„Ich war auch sehr überrascht", muss ich jetzt doch zugeben.

„Wann haben sie das letzte Mal miteinander geredet?", fragt Marie neugierig.

„Als ihr Chefarzt-Exehemann 60 wurde. Dazu hat er sogar meinen Vater und mich in seine Villa eingeladen und uns beide darauf aufmerksam gemacht, bitte mit Messer und Gabel zu essen."

„Stimmt, das hast du mir erzählt", grinst Marie.

„Lachshäppchen im Filouteig mit Besteck essen zu müssen, war eine echte Herausforderung", versichere ich ihr.

„Kann es sein, dass ihr, also du und deine Mutter, noch nie so häufig miteinander geredet habt?", grinst mich jetzt Marie an. Ich grinse zurück.

„Das stimmt. War auch mal wieder nervig heute, mit ihr zu sprechen."

„Hat sie dir wieder gesagt, du sollst mehr Sport treiben und weniger essen?" Ich nicke ergeben.

„Ja genau. Und jetzt lebt sie auch wieder in derselben Stadt wie ich. Hoffentlich hat sie noch irgendwelche anderen Bekannte in Pinneberg", stöhne ich.

„Ach, mein Vater kennt ja Gott und die Welt. Vielleicht bekommt sie dadurch schnell wieder Anschluss", meint Marie und fängt an, sich zu entkleiden. Kurze Zeit später höre ich die Dusche rauschen.

Der Tag mit Leo war wirklich toll. Nur weiß ich nicht, ob er es ernst meint. Und wie ernst das Thema mit der Praxis seines Vaters ist. Wir haben da heute gar nicht darüber geredet, wozu auch? Das ist Leos und Nicks Entscheidung. Wobei ich persönlich es wahrscheinlicher fände, dass Nick hierbleibt. Schließlich ist Salzburg nicht so schrecklich weit von Nußdorf entfernt, Hamburg hingegen schon. Aber vielleicht will Leo auch in seine Heimat zurück. Zu seiner Familie.

Die Gedanken fahren Karussell in meinem Kopf und ich lege mich kurz hin.

Mit einem Ruck reiße ich die Augen auf. Strahlender Sonnenschein blendet mich. Ich muss wohl eingeschlafen sein. Schlaftrunken schaue ich auf mein Handy. Es ist gerade mal 6 Uhr früh. Erleichtert lasse ich mich zurück in die Kissen fallen, doch ich befürchte, ich bin wach. Keine Ahnung, wann ich gestern eingeschlafen bin. Ein Blick auf Marie zeigt, dass sie noch im Tiefschlaf ist.

Vorsichtig stehe ich auf, putze mir die Zähne und hole meinen Laptop aus meinem Koffer.

Als erstes lese ich ein paar Mails. Dann kann ich es nicht lassen und schaue nach Rezensionen. Eine zieht mich sofort runter:

Das Cover versprach eine romantische Geschichte, aber die Autorin scheint so etwas nicht zu kennen. Auch dieses Buch war wieder völlig nichtssagend und hatte langweilige, seelenlose Charaktere. Die erotischen Szenen hätten es vielleicht noch rausreißen können, waren aber so dermaßen unrealistisch beschrieben, dass ich sie eher als störend empfunden habe.

Ich schlucke. Das letzte Buch hat wirklich haufenweise Ein- bis Zweisternerezensionen bekommen, anscheinend zurecht, wenn es so fantasielos war.

Mein Magen zieht sich zusammen und meine Augen fangen an zu brennen. Ich weiß nicht, wieso ich mir die Rezensionen überhaupt durchlese. Und wieso sie mir überhaupt so zusetzen.

Resigniert öffne ich meinen Facebook Account. Dort suche ich erstmal nach Madeleine Schwarz und schaue mir ihre Seite an. Zwei Bücher hat sie bis jetzt veröffentlicht. Ich könnte ihr eine Freundschaftsanfrage senden, kommt mir spontan in den Sinn. Ihr Buch hat mir wirklich sehr gut gefallen und ich fände es nicht schlecht, wenn wir uns vernetzen. Ob ich ihr erzählen soll, dass unsere Mütter sich kennen?

Neugierig scrolle ich weiter über ihre Seite. Sie bringt ihre Bücher selbst heraus, hat wahnsinnig viele Follower und einen sehr gepflegten Auftritt. Wieviel Zeit sie wohl neben ihrer Doktorarbeit darauf verwendet?

Ich habe einfach keine Lust, viel zeit in meine Onlineseiten zu stecken. Regelmäßige Postings, hier und da ein Urlaubsfoto, da ein Bild von ihr auf einer Buchmesse. Meine Bücher haben sich bis vor einem Jahr einfach auch so verkauft, wobei mich der Verlag auch sehr viel mit Werbung unterstützt hat.

Aber vielleicht sollte ich tatsächlich diese Medien mehr nutzen. Plötzlich sehe ich, dass Käthe-Louise online ist. Sie akzeptiert meine Freundschaftsanfrage und schreibt direkt ein kurzes Danke und Hallo zurück. Prompt schreibe ich, dass ich mich freue, dass sie meine Anfrage akzeptiert hat. Sie schreibt zurück, dass sie alle meine Bücher gelesen hat. Zum Glück kann ich ihr direkt zurückschreiben, dass ich wenigstes eines ihrer Bücher gelesen habe.

Und dann kommen wir irgendwie ins Gespräch, als ich sie frage, ob sie sich Rezensionen durchliest. Sie schreibt mir, dass es schon ein paar sehr heftige Kritiken zu ihren Büchern gibt, aber davon sollte man sich nicht herunterziehen lassen. Ich schreibe ihr zurück, dass mir das sehr schwerfällt. Binnen kürzester Zeit schreibe ich ihr, dass ich seit dem letzten Buch eine Schreibblockade habe, nachdem es so zerrissen wurde. Merkwürdig, dass ich so offen zu ihr bin. Aber vielleicht liegt es daran, dass ich sie nicht kenne und dadurch weniger Hemmungen habe, mich ihr anzuvertrauen.

Vielleicht liegt es aber auch daran, dass sie wirklich nachvollziehen kann, wovon ich eigentlich rede. Sie hat bereits zwei Bücher herausgebracht, berichtet sie. Bei jedem Buch hat sie versucht, eine Agentin zu kriegen, manche Absagen waren auch nicht gerade nett formuliert, aber das Feedback, schreibt sie, war besser als die ganzen Nichtantworten, die sie bekommen hat.

Ich habe nie gewusst, dass es so schwierig ist, eine Agentin zu bekommen. Ich habe vielleicht zehn Leute angeschrieben und Mirabell hat sich nach zwei Monaten bei mir gemeldet. Ich schreibe ihr zurück, dass ich es schade finde, dass sie es aber ruhig weiter versuchen soll, denn ihr Buch ist wirklich toll. Sie bedankt sich und schreibt mir, dass sie sicherlich die vielen negativen Rezensionen über mein letztes Buch gelesen hat. Und ehrlich gestanden hätte ihr das letzte Buch auch etwas weniger gut gefallen. Mein Herz krampft sich bei diesen ehrlichen Worten zusammen, meine Hände schwitzen, als sie über die Tasten fliegen.

„Kannst du mir sagen, was dir an den anderen Büchern besser gefallen hat?", tippe ich in den Chat.

„Die anderen Bücher waren so fantasievoll", schreibt sie zurück. *„Das letzte Buch wirkte so, als ob du unbedingt erfolgreich damit sein wolltest. Es waren so viele Klischees darin und auch sprachlich viele runtergeschriebene Floskeln. Aber dein Buch war nicht schlecht, die Ideen der anderen Bücher haben mir lediglich besser gefallen"*, schließt sie.

Nun, so betrachtet. Vielleicht hat sie ein kleines bisschen recht?

„Ich danke dir für dein konstruktives Feedback", schreibe ich zurück. Nicht, dass sich der Knoten in meinem Bauch dadurch auflösen würde.

Vielleicht bin ich einfach ausgebrannt und meine Fantasie erschöpft? Doch Mirabell haben meine letzten Ideen durchaus gefallen. Vielleicht ist es auch einfach nur Zeit für etwas Neues!

DREIZEHN

„Also das Frühstück ist jetzt nicht so der Hit", flüstert mir Marie zu und zeigt auf ein sehr helles, beinah flüssiges Rührei. Auch die Speckstreifen glänzen hell und liegen schlaff auf dem Teller. Ich nicke.

„Die Marmelade ist mir leider viel zu süß. In Oberstdorf war die Auswahl auch irgendwie besser", muss ich zugeben.

„In der Jugendherberge auch", meint Marie, zuckt jedoch schuldbewusst zusammen, als Leo durch die Tür kommt. Gestern waren wir alle zu sehr damit beschäftigt, zu viert zu frühstücken und haben dabei gar nicht so darauf geachtet, was wir gefuttert haben. Doch heute ist es bereits zehn Uhr, als Leo bei uns auftaucht. Es scheint Marie nicht zu wundern, dass Nick heute nicht da ist. Ach ja, es ist ja Dienstag, also ein normaler Arbeitstag. Wieso er wohl gestern Zeit hatte?

„Guten Morgen, die Damen", grüßt uns Leo charmant, haucht mir einen kleinen Kuss auf die Wange und setzt sich neben mich.

„Wieso sieht das Rührei so komisch aus?", fragt er angewidert. Marie und ich schauen uns verlegen an. Schließlich ist das die Pension seiner Familie. Auf der anderen Seite zahlen wir natürlich einen normalen, überteuerten Preis, weil Sommerferien sind.

„Ich zeige das mal Janina", sagt Leo ernst und schnappt sich kurzentschlossen den Teller von Marie, die nur schwach protestiert.

„Bin mal gespannt, was er ihr sagt", flüstere ich Marie zu.

„Ich auch. Blöd, dass wir zu weit weg sind", raunzt sie zurück.

Vorsichtig, damit es nicht zu offensichtlich ist, hebe ich meinen Kopf in Richtung Eingang des Speisesaals, wo ich eine Ecke des Empfangstresens erkennen kann. Mehr jedoch nicht und hören natürlich überhaupt nicht.

„Vielleicht gehen wir gleich woanders hin und essen dort etwas", schlägt Marie vor.

„Klar, können wir machen", sage ich halbherzig. Marie grinst.

„Kein Problem. Ich kann mich auch alleine sehr gut beschäftigen. Vielleicht fahre ich nach Salzburg und gehe ein wenig shoppen."

„Das würdest du tun?", frage ich erfreut.

„Ja sicher. Wir können doch nicht zu deinem Loverboy reisen und ich klebe an euch wie eine Nachtschattenschnepfe!" Wir müssen beide lachen, denn wir wissen natürlich noch, aus welcher lustigen Serie wir diesen Ausdruck haben.

„Vielleicht können wir einfach morgen etwas zusammen unternehmen. Ich will Leo auch nicht die ganze Zeit nerven", sage ich schüchtern. Neben mir höre ich, wie sich Leo räuspert und ich blicke zu ihm auf.

Er steht mit einem großen Teller vor uns. Darauf liegen etliche knusprig gebratene Speckstreifen und eine riesige Portion Rührei, goldgelb, so wie es sein muss.

„Wow", sagt Marie beeindruckt und das passiert bestimmt nicht oft. Also, dass sie beeindruckt ist und es auch noch zeigt.

„Janina lässt sich sehr entschuldigen. Eine der Gasplatten scheint defekt zu sein, allerdings hätte das der Köchin auch auffallen dürfen. Sie turnt jetzt durch das Frühstücksbuffet und tauscht alle warmen Speisen aus. Ich hoffe, dass sie zumindest mit der Köchin darüber redet", sagt Leo stirnrunzelnd.

„Ich glaube schon", sage ich leise und zeige verstohlen in Richtung einer Dame mit Haarnetz, unter dem schwarz-weiße Haare liegen und die alles andere als glücklich wirkt.

„Ist sie das?", wispert Marie. Leo nickt.

„Luisa. Sie arbeitet schon seit dreißig Jahren in dieser Pension. Damals noch für die Großeltern von Janina. Janina hat mir erzählt, dass ihr in letzter Zeit ständig Fehler unterlaufen. Doch sie ist erst 55 und braucht das Geld", erzählt Leo.

„Also wenn dieses Rührei jetzt auch von ihr ist", schmatzt Marie, die sich prompt eine große Portion aufgetan hat, „kann sie durchaus kochen!"

„Eigentlich ist sie eine hervorragende Köchin. Sie hat ihre Ausbildung in Wien gemacht. Backen kann sie auch ganz hervorragend", schwärmt Leo.

„Vielleicht bedrückt sie einfach etwas", mutmaße ich und nehme mir auch Rührei mit Speck. Das Ei ist fluffig und der Speck knackt im Mund!

„Hast du heute Zeit?", frage ich Leo jetzt direkt. Er grinst.

„Sicher, hab ja Urlaub. Wie wäre es, wenn wir heute zur Buchberghütte laufen?"

„Sehr gerne", lächele ich ihn an und er lächelt zurück und für einen Moment scheint die Welt um uns stillzustehen.

„Ich werde dann mal", sagt Marie fröhlich und steht auf. Weg ist sie. Verwundert schaut Leo ihr nach.

„Wo will sie denn hin? Kommt sie nicht mit?", fragt er erstaunt.

„Äh, sie wollte zum Shoppen nach Salzburg, glaube ich." Schließlich will ich nicht zu offensichtlich zeigen, dass ich lieber mit ihm alleine sein will. Was, wenn er das nicht will? Wenn er sich nur verpflichtet dazu fühlt, weil ich ihn hier in seiner Heimat überfallen habe!

„Das freut mich. Bin sowieso viel lieber mit dir allein, Darie", flüstert er in mein Ohr. Ein warmer Schauer durchrieselt mich und meine Gedanken sortieren sich ein wenig in Richtung: Er will auch mit mir alleine sein, Juchu!

„Ich gehe mich nur schnell etwas frischmachen", durchbreche ich unsere gemeinsame Stille. Hütte klingt so herrlich abgelegen.

Na ja, so richtig leer ist es hier leider nicht. Dafür sind einfach zu viele Touristen unterwegs. Ganze Scharen begegnen uns, während wir trotzdem die Aussicht auf den Schafberg genießen.

„Herrlich ist es hier", sage ich leise. Leo hält meine Hand und auf einmal höre ich keine anderen Leute mehr, sondern blicke nur ihm tief in seine Vergissmeinnichtblauen Augen. Doch dann knurrt mein Magen und entschuldigend blicke ich ihn an.

„Komm, wir genehmigen uns eine Vesper", lacht er und zieht mich zur Almhütte. Wir setzen uns einfach zu fremden Leuten auf die Bank, alle reden laut in verschiedenen Sprachen. Die würzige Bergluft umringt uns, dazu Leos Blick, der auf mir ruht. Wir bestellen eine „Brotzeit" und bekommen luftgetrockneten Schinken, Brezeln, Wurstsalat, saure Gürkchen, Ei und saftigen Rettich. Dazu verschiedene Aufstriche, mehrere Minuten lange schwelge ich einfach nur so vor mich hin.

„Das schmeckt köstlich", stöhne ich, als ich eine kurze Pause mache und stupse die Zwiebelringe beiseite, um auch noch an das letzte Stückchen Wurst heranzukommen. Schließlich sind Zwiebeln ein absoluter Kusstöter. Leo hat lediglich eine Brezel mit Butter bestellt.

„Schön, dass es dir schmeckt. Das Frühstück bei meiner Mutter ist so reichhaltig, dass es erstmal ein paar Stunden vorhält. Immer, wenn ich meine Eltern besucht habe, brauche ich meistens die nächsten Tage zuhause nur wenig zu essen. So satt bin ich." Dabei lacht er mich an und seine Augen strahlen förmlich wie der Julihimmel über uns.

„Deine Mutter scheint sehr nett zu sein", sage ich vorsichtig, denn ein wenig übergriffig ist sie mir auch erschienen, aber das sage ich lieber nicht.

„Tja, sie ist schon eine sehr herzliche Frau", sagt Leo ernst, doch seine Mundwinkel zucken dabei. „Allerdings mischt sie sich in alles ein und tut immer so, als ob Nick und ich immer noch kleine Kinder sind."

„Besser, als wenn sie schon früh damit gestartet hätte, euch als Erwachsene anzusehen", erwidere ich und merke erst hinterher, dass ich bitter dabei klinge. Leo horcht auf.

„Stimmt, du hattest bereits erzählt, dass du und deine Mutter nicht so recht miteinander ausgekommen seid." So klingt es irgendwie nicht ganz so negativ.

„Sie wohnt jetzt übrigens wieder in Pinneberg."

„Wo hat sie denn vorher gewohnt?", fragt Leo erstaunt und ich erzähle ihr von ihrem untreuen, Sekretärinnen schwängerndem Chefarzt-Exehemann.

„Das tut mir leid für deine Mutter", sagt er aufrichtig.

„Natürlich tut mir das auch leid", beeile ich mich zu sagen. „Aber dafür, dass sie mich genau einmal im Jahr besuchen kommt, finde ich es schon merkwürdig, dass sie direkt zu mir gekommen ist. Schließlich hat mir Marie jetzt erzählt, dass sie ihren Vater ganz häufig in Hannover trifft. Und jetzt wohnt sie ja auch bei ihm. Wieso hat sie ihn nicht gleich angerufen?" Leo zuckt mit den Schultern.

„Vielleicht hat sie gar nicht mit seiner Hilfe gerechnet. Kennt sie überhaupt so viele Leute, wenn sie damals weggezogen ist oder sind die jetzt alle bei ihrem Chefarzt-Exehemann?"

„Komisch, darüber habe ich noch gar nicht nachgedacht. Als ich 16 war, ist sie nach Hamburg gezogen und kurze Zeit später ihrem Chefarzt nach Hannover gefolgt. Ich habe mir nie Gedanken darüber gemacht, wieso sie immer nur mich in Pinneberg besucht. Maries Vater scheint sie auch nicht eingeladen zu haben, sondern er hat sie immer in Hannover besucht."

„Vielleicht hat das zu ihrem neuen Leben nicht dazu gepasst", mutmaßt Leo.

„Hat denn ihr Ex auch Kinder?" Ich rolle die Augen.

„Ja, zwei. Die habe ich das letzte Mal gesehen, als Georg seine Approbation bekommen hat. Valentina ist zwei Jahre jünger und mittlerweile Oberärztin in einem Krankenhaus in München. Die beiden könnten Zwillinge sein. Sie sehen sich total ähnlich mit ihren 1,80 m und schlanker hochgewachsener Statue. Valentina hatte damals goldblonde schulterlange Haare und Georg selbstverständlich kurze mit Seitenscheitel gestriegelte blonde Haare. Sie erinnern mich ja ein wenig an die Olympiateilnehmer der dreißiger Jahre." Leo grinst vielsagend mit hochgezogenen Augenbrauen.

„Dann kann ich mir die beiden lebhaft vorstellen. Weißt du, ich stehe ja eher auf dunkelhaarige. Und wenn sie auch noch Locken haben, bin ich hin und weg." Ich spüre, dass meine Wangen warm werden und zupfe wie zufällig an meinen rabenschwarzen Locken herum.

„Georg meinte damals zu mir gönnerhaft, dass Geisteswissenschaften ja kein echtes Studium darstellen. Schließlich bestünde es nur daraus, Aufsätze zu schreiben." Leo zuckt zusammen.

„Ganz schön arrogant. Scheint ja in seiner Familie zu liegen", sagt er trocken.

„Da hast du absolut recht. Meine Mutter hat mir auch direkt erzählt, dass ihr sauberer Exmann ihr gesagt hat, dass sie kein Geld von ihm bekommt. Ich hoffe, sie nimmt sich einen echten Brecher als Scheidungsanwalt."

Ja, das meine ich auch so. Ich wünsche meiner Mutter ganz bestimmt alles nur erdenklich Gute. Ich frage mich nur, wieso ich nie dieses Gefühl bei ihr hatte. Dass sie sich für mich wünscht, glücklich zu sein.

„Du wirkst so nachdenklich, Darie", ruft sich Leo sanft in meine Gedanken.

„Ach, ich wünschte, meine Mutter wäre netter zu mir. Vielleicht hätte ich dann mehr Selbstbewusstsein. Und die ganzen schlechten Rezensionen würden mich weniger fertigmachen." Aufmerksam mustert mich Leo.

„Was genau sind schlechte Rezensionen und wer hat sie geschrieben?", fragt er neugierig.

„Wenn man ein Buch gelesen hat, kann man auf der Seite, wo man das Buch gekauft hat, eine Rezension, also eine Art positive oder negative Kritik hinterlassen. Bei meinem letzten Buch waren es leider meistens negative Rezensionen." Ich schlucke.

„Und wer schreibt diese Rezensionen? Kritiker?", hakt Leo nach.

„Ach, ganz normale Leser oder auch Blogger."

„Also keine Leute, die Literatur studiert haben", stellt er fest.

„Nein, aber das braucht man ja auch nicht. Letztendlich geht es ja dabei nur um den persönlichen Geschmack. Manche Leute drücken den leider nur sehr negativ aus", seufze ich.

„Und das hat dich so runtergezogen, dass du nicht mehr weiterschreiben wolltest?", fragt er und mustert mich dabei so liebevoll, dass mir echt warm wird.

„Wollen schon. Aber seitdem dieses Buch gefloppt ist, lösche ich ständig alles wieder, was ich schreibe. Deshalb hatte meine Agentin ja die Idee mit dem Weihnachtsroman. Ich habe in den zwei Wochen mit dir in Oberstdorf auch sehr viel schreiben können." Upps, so genau hätte ich das vielleicht nicht erzählen sollen.

„Du bist also hierhergereist, weil ich deine Muse bin?", fragt er und blickt mich amüsiert an.

„Nicht nur", sage ich schwach. „Am meisten, weil ich dich wiedersehen wollte." So, jetzt ist es raus. Schüchtern blicke ich ihn an, er strahlt zurück.

„Nun, das schmeichelt mir, also, dass ich deine Muse bin. Das war ich noch nie. Und gut für mich, dass du mich wiedersehen wolltest. Das wollte ich nämlich auch", sagt er mit rauer Stimme.

Um uns ist es stillgeworden. Erstaunt blicken wir uns um.

„Wo sind denn die anderen Leute hin?", frage ich.

„Schau mal rauf", sagt Leo und zeigt gen Himmel. Über uns ist er blau, aber über dem Schafberg sieht man eine rabenschwarze Wolke schweben.

„Das schaffen wir nicht mehr. Wir sollten in die Hütte reingehen!", ruft Leo und steht auch schon auf. Komischerweise wurden selbst unsere Teller bereits abgeräumt, gezahlt hatten wir drinnen in der Hütte. Es ist uns einfach nicht aufgefallen, dass alle anderen bereits weg sind.

„Schnell!", ruft Leo, als, wie aufs Stichwort, auch schon große Tropfen auf uns herunterprasseln. Nanu, die Wolke sah so weit weg aus. Binnen Sekunden sind wir klatschnass, laufen das kurze Stück über den bereits rutschigen Rasen und reißen die Tür zum Lokal auf. Wärme und Trockenheit umfängt uns und ich atme auf.

Drinnen ist es leer, alle anderen scheinen es frühzeitig geschafft zu haben, nach Hause zu gehen.

„Lass uns hierhin setzen", schlägt Leo vor und winkt auch schon einer Dame zu.

„Ihr wart`s noch draußen?", fragt sie verblüfft.

„Zwei Grog", nickt Leo und nimmt dankbar das Handtuch entgegen, dass sie ihm hinhält. Mir gibt sie auch eins. Es ist hellblau und ziemlich kratzig.

Der Grog ist genau das richtige und wärmt mich von innen. Es könnte aber auch an Leos Hand liegen, die meine hält. Fühlt sich auf alle Fälle sehr gut an, diese Berührung von ihm. Als ich kurze Zeit später aus dem Fenster schaue, hat der Regen bereits wieder aufgehört.

„Das ist hier häufig so", erklärt Leo. Da es bereits nach vier Uhr Nachmittag ist, verabschieden wir uns schnell wieder.

Zum Glück ist der Boden nach so einem kurzen Regenguss nur unmerklich weich, doch spürbar kälter ist es geworden, und ich zittere in meinem dünnen nassen Sommerkleid. In der Hälfte der Zeit sind wir wieder zurück, sprechen tun wir kaum, weil es überall tropft und wir so nass sind.

„Da sind wir wieder", sage ich, als wir vor der Pension stehen.

„Da sind wir wieder", wiederholt Leo.

Er beugt sich zu mir und wir küssen uns. Längst fühlt es sich total natürlich an, Leo zu küssen. Wir schmiegen uns aneinander, doch trotz der Hitze, die durch meinen Körper wallt, fange ich wieder an zu zittern.

„Du frierst ja. Lass uns morgen beim Frühstück den Tag planen. Auf Wiedersehen, Darie!" Dann stürmt er davon, wahrscheinlich ist ihm auch kalt.

Frierend stiefele ich die Treppen herauf, damit mir wärmer wird. Im Zimmer ist es leer, Marie ist vielleicht noch in Salzburg.

Rasch ziehe ich mich aus und husche unter eine glücklicherweise heiße Dusche. Danach schlüpfe ich erstmal in den Schlafanzug, überlege allerdings, was ich zu Abend essen könnte. Das hätte ich auch mit Leo tun können. Wieso hatte er es so eilig, ob seine Mutter auf ihn wartet?

Dann hole ich kurzentschlossen meinen Laptop hervor. Mein Herz pocht dabei ganz unruhig. Dann lese ich mir durch, was ich bisher geschrieben habe, überarbeite vieles dabei und schreibe dann einfach weiter.

Leo scheint wirklich meine Muse zu sein! Wieder fließen die Worte nur so zu Papier, äh in den Laptop. Erst, als ich ein Rauschen der Dusche höre, blicke ich wieder auf.

Draußen ist es pechschwarz. Meine Uhr zeigt Mitternacht! Ich habe anscheinend fünf Stunden nonstop geschrieben! Ich schaue auf meine Datei, insgesamt habe ich jetzt bereits 375 Seiten! Und in mir sind noch so viele Ideen! Vielleicht mache ich jetzt einfach die Nacht durch? Aber irgendwie bin ich jetzt raus. Und ich habe Hunger.

„Hallo Darie. Hast du etwa den ganzen Tag geschrieben? Ich dachte, du bist bei Leo", fragt Marie erstaunt. Dabei frottiert sie sich die Haare und trägt einen seidenen Bademantel.

„Wir waren den ganzen Tag unterwegs. Dann sind wir schrecklich nass geworden und mussten in den feuchten Klamotten zurücklaufen. Nach der Dusche habe ich mich dann hingesetzt und konnte einfach nicht mehr aufhören, zu schreiben", seufze ich. Marie grinst, nein sie strahlt förmlich.

„Und wie war dein Tag, Marie?", frage ich sie jetzt ganz direkt.

„Es war so wunderschön!", schwärmt Marie drauf los. „Ich bin einfach gegen 12 Uhr zu Nicks Praxis gestiefelt und hab ihn spontan gefragt, ob er mit mir zu Mittag isst. Dann bin ich wieder durch Salzburg gelaufen und um fünf Uhr sind wir dann wieder hierhergefahren. Nicks Wohnung ist ja übrigens auch im Haus seiner Eltern, deshalb dieselben Namen überall."

„Das wusste ich gar nicht", sage ich erstaunt. „Dann hätte Nick doch direkt die Praxis seines Vaters übernehmen können, wenn er sogar dort wohnt." Marie nickt nachdenklich.

„Ja, darüber haben wir auch gesprochen. Nick hatte eigentlich eine Wohnung in Salzburg und hat sich überreden lassen, die Wohnung im Haus seiner Eltern zu übernehmen, nachdem die Großmutter gestorben war. Deshalb ist die ganze Diskussion ohnehin nicht ganz fair. Der Vater will eigentlich, dass Leo und Nick gemeinsam seine Praxis übernehmen, weil es einfach sein Lebenswerk ist. Und Nick hat nie die Praxis haben wollen, weil es für ihn so wirkt, als ob er nichts Eigenes hätte. Vielleicht hätte er es sogar getan, wenn Leo geblieben wäre. Aber nachdem Leo nach Hannover zum Studium gegangen ist, wollte er ebenfalls etwas alleine machen."

„Da habt ihr euch heute drüber unterhalten?", frage ich überrascht. Maries Wangen werden plötzlich leicht pink.

„Nun ja, als wir essen waren, ja. Aber bei ihm zuhause waren wir anderweitig beschäftig." Verstehe. Nick hat also nichts anbrennen lassen.

„Und wie seid ihr weiter verblieben?", frage ich neugierig, weil die beiden anscheinend sehr viel offener sind als Leo und ich. Wobei ich ihm heute mein Herz ausgeschüttet habe. Und er hat mir so aufmerksam zugehört. Wärme durchflutet mich.

„Ach, na ja. Ist doch eine ganz nette Sache, so ein Urlaubsflirt", versucht Marie das Ganze abzutun, aber mir macht sie nichts vor.

„Du bist verknallt", teile ich ihr mit. Ihre Wangen färben zartrosa.

„Ich befürchte, ja", nickt sie. „Aber das legt sich auch wieder, sobald wir wieder zuhause sind", versichert sie mir.

„Wenn du meinst. Ich hoffe, dass Leo in Hamburg bleiben kann", seufze ich.

„Das hoffe ich auch", sagt Marie nachdenklich. „Aber er hadert schon mit sich, meinte Nick. Er will sich eben auch nicht drücken, jetzt wo die Eltern älter werden."

„Gut, dass ", stöhne ich.

„Ja, zum Glück!", stimmt mir Marie zu, zieht sich ihren Schlafanzug an und schlüpft ins Bett.

Ich lese mir kurz den letzten Absatz durch, aber jetzt spüre ich doch die Müdigkeit. Meine Mutter hat heute nicht angerufen, vielleicht sollte ich sie morgen einfach mal fragen, wie es so bei ihr läuft.

Im Bett gehen mir jedoch so viele Gedanken durch den Kopf, dass ich erstmal nur so daliege. Wie wird es weitergehen mit Leo und mir?

Irgendwie sind Urlaubsromanzen überhaupt nicht so romantisch, wie wenn man darüber liest. Zumindest von Nahem betrachtet!

VIERZEHN

„Wahnsinn", sagt Marie kauend. Seit dem Vorfall am Dienstag war das Frühstück die letzten Tage immer superlecker.

„Das Frühstück?", frage ich amüsiert.

„Das auch", sagt sie und wischt sich den Mund ab. Dann nimmt sie einen großen Schluck von ihrem Früchtetee. „Aber dass wir bereits seit beinah einer Woche hier sind!"

„Echt?", sage ich erstaunt. Irgendwie scheine ich mein Zeitgefühl verloren zu haben. Es kommt mir wie gestern vor, dass wir hier angekommen sind.

„Ja, es ist bereits Samstag, Darie!", erinnert sie mich lachend.

„Die Zeit ist wirklich wie im Fluge vergangen", nicke ich.

„Klar, wir haben ja auch jeden Tag etwas unternommen", grinst Marie und schnappt sich eine Scheibe Schwarzbrot aus dem Brötchenkorb. Ich tue es ihr gleich und häufe sofort etwas Rührei darauf, bevor Marie wieder alles leerfuttert und jemand sich Bequemen muss, um für Nachschub zu sorgen.

„Wieso hatte Nick eigentlich an einem Montag Zeit?" Marie zuckt die Achseln.

„Ich glaube, wegen Leo hatte er ohnehin ein langes Wochenende geplant, aber dann haben sie sich doch nicht getroffen."

„Stimmt, dafür mit uns", lächele ich bei dem Gedanken an diesen schönen Tag auf dem Schafberg.

„Aber dass wir am Mittwoch einen Mädelstag eingelegt haben, fand ich auch super." Marie nickt enthusiastisch.

„Oh ja, das Shoppen in Wien war toll! Überhaupt der ganze Tag war toll", schwärmt Marie.

Wir haben auch ein wenig Touristenprogramm gemacht, waren aber eigentlich größtenteils shoppen. Marie hat sich noch einen Koffer gekauft, damit sie alles verstauen kann. Ich habe keine Ahnung, wie wir den auch noch in ihr Auto kriegen wollen.

„Triffst du Nick eigentlich heute? Leo und ich verabreden uns meist gar nicht. Er müsste gleich kommen, vielleicht frühstückt er mit uns", sage ich verträumt.

„Das glaube ich nicht", sagt Marie. „Bestimmt werden beide gerade von ihrer Mutter vollgestopft. Wahrscheinlich kommen sie gleich angerollt." Wir müssen beide laut lachen, schlagen uns aber gleich die Hand vor den Mund, als sich die Leute nach uns umdrehen.

„Oh, da sind die beiden ja schon", sagt Marie und bekommt pinkfarbene Wangen. Es ist merkwürdig, Marie so zu sehen, denn tatsächlich habe ich sie noch nie so erlebt.

„Es tut mir leid", beginnt Leo statt einer Begrüßung.

„Guten Morgen?", sage ich und blicke ihn fragend an.

„Was ist los?", fragt Marie direkt.

„Unsere Mutter hat euch zum Mittagessen eingeladen", rückt Nick mit der Sprache raus.

„Ach, so schlimm ist das doch nicht", fange ich an. Schließlich haben wir Leos und Nicks Eltern bereits kennengelernt.

„Das wird heute ein etwas größerer Umfang werden", sagt Leo und sieht so düster dabei aus, dass es beinah komisch wirkt.

„Was bedeutet ein größerer Umfang?", fragt Marie jetzt doch argwöhnisch.

„Keine Ahnung, wie viele Leute meine Mutter eingeladen hat, aber sie hat bereits eine Großbestellung beim Metzger Huber abgegeben und der hat mir heute früh, als ich eingekauft habe gesagt, ich möchte bitte gegen 9 Uhr noch einmal kommen, er hätte jetzt noch nicht alles beisammen", stöhnt Nick.

Ich verstehe immer noch nicht, wieso die beiden das so schlimm finden. Schließlich ist Leo doch nur kurz da, bald wird er doch auch wieder zurück nach Hamburg müssen. Da ist es doch ok, eine kleine Party für ihn zu schmeißen.

„Es tut mir leid, Darie. Wir werden uns erst um 13 Uhr sehen und dann werden wahnsinnig viele Menschen um uns herum sein", entschuldigt sich Leo zerknirscht.

„Das ist natürlich nicht so toll. Aber immerhin sehen wir uns ja. Schonmal Danke für die Einladung", sage ich herzlich.

„Äh, seit wann wisst ihr denn davon?", fragt jetzt Marie inquisitorisch und die beiden zucken merklich zusammen. Für Marie zu arbeiten ist wahrscheinlich nicht so spaßig, befürchte ich. „Und seid ihr überhaupt sicher, dass wir auch dahinkommen sollen?"

„Die Mutter hat es mir erst heute erzählt, weil sie meinte, dass ich doch ohnehin Urlaub hätte und Zeit hätte", nuschelt Leo.

„Schade. Äh, Danke für die Einladung", korrigiere ich mich noch, doch Leo grinst mich verstohlen an.

„Ich muss leider wieder los", sagt er und steht auf. „Ich muss meiner Mutter helfen, weil…"

„Schon klar. Weil du ja Urlaub hast", seufze ich. Auch Nick erhebt sich, küsst Marie jedoch vorher noch schnell auf die Wange.

„Wir sehen uns später. Ich muss Leo unterstützen, befürchte ich", stöhnt er theatralisch.

Und dann sitzen Marie und ich wieder allein am Frühstückstisch und wissen irgendwie nichts mit uns anzufangen.

„Was wollen wir heute machen?", frage ich Marie ratlos.

„Na ja, um 13 Uhr müssen wir ja anscheinend zu einer Party", lacht sie. Erstmal gesättigt stehen wir auf und gehen auf unser Zimmer.

Automatisch greife ich nach meinem Laptop. Mirabell hat anscheinend versucht, mich über Skype zu erreichen.

„Marie, ich würde Mirabell gerne zurückrufen."

„Kein Problem, Darie. Ich mache einfach einen Spaziergang", ruft Marie und ist auch schon wieder weg.

„Danke Marie!", rufe ich, was sie aber wahrscheinlich schon gar nicht mehr gehört hat. Dann rufe ich Mirabell an, sie geht sofort ran.

„Darie. Wie weit bist du mit deiner Weihnachtsgeschichte? Der Verlag war sehr zufrieden mit deinem Exposé." Mein Herz fängt an zu rasen. Sie waren zufrieden, denke ich glücklich. Ich scheine wirklich sehr abhängig von der Meinung anderer zu sein, um mich gut zu fühlen.

„Ich habe jetzt so ungefähr 80.000 Wörter", sage ich stolz.

„Das ist ja schon mal ein Anfang", erwidert Mirabell und ich weiß jetzt gar nicht, ob sie das überhaupt positiv meint.

„Ich habe mit dem anderen Verlag geredet und wir haben dein Buch um ein Jahr verschoben. Wir können das dann, sollte dein Weihnachtsroman dieses Jahr rauskommen, sehr gut damit vor deinen Lesern rechtfertigen."

„Ich weiß immer noch nicht, ob die Leser nicht trotzdem enttäuscht sein werden", gebe ich zu bedenken.

„Das kann natürlich sein, aber du solltest dieses Risiko eingehen. Und völlig davon abgesehen, ist es momentan auch das einzige Skript, das du anzubieten hast." Sachlich formuliert hat Mirabell wie immer recht, aber sie könnte es ruhig mal netter ausdrücken.

„Das stimmt, Mirabell. Und ich gebe ganz bestimmt mein Bestes. Und ich denke, das sollte auch anerkannt werden", gebe ich zu Bedenken und widerspreche ihr damit zum allerersten Mal. Pause.

„Natürlich, sicherlich, Darie. Wenn es denn mal fertig wird", sagt Mirabell eingeschnappt und legt auf.

Also irgendwie fange ich an, an Mirabell zu zweifeln. Ich meine, ich bin ihr für ihre Unterstützung die letzten Jahre wahnsinnig dankbar. Aber seit meiner Schreibblockade ist mir aufgefallen, dass ich mich längst nicht mehr wohl bei ihr fühle. Obwohl sie mir ja diesen Auftrag beschafft hat, allerdings ohne vorher mit mir zu sprechen. Ich habe mich genötigt gefühlt, etwas abzuliefern, dabei ist das Schreiben nicht mein Beruf. Das Schreiben ist anfangs ein super Mittel für mich gewesen, um Dampf abzulassen und um kreativ zu sein. Und es ist immer etwas gewesen, was mir meine Mutter nicht hat negativ reden können, weil sie ja gar nicht weiß, dass ich Bücher schreibe.

Bin ich wirklich so von ihrer Meinung abhängig, dass ich ihr deswegen das Schreiben verheimlicht habe? Weil ich befürchte, dass sie mich mit ihrer Kritik so verunsichert? Denn anscheinend bin ich so unsicher, dass ich das für notwendig halte. Und dann war es auch nur eine Frage der Zeit, bis mal ein Buch von mir nicht so gut läuft und ich durch die schlechten Rezensionen natürlich sofort wieder einklappe, statt mich dagegen zu behaupten. Oder die Kritik einfach anzunehmen und mich dadurch zu verbessern!

Durch die ewigen Kritisierungen meiner Mutter habe ich mich auch irgendwann zurückgelehnt, weil ich nicht mehr davon ausgegangen bin, dass es auch mal berechtigt sein könnte. Doch Madeleine hat mir gesagt, dass mein Buch eben nicht mehr ganz so kreativ war. Die Rezensionen hätten das deutlich netter ausdrücken können, doch mir sollte das doch egal sein. Stattdessen habe ich mich selbst so sehr in Frage gestellt, dass ich nichts mehr zustande gekriegt habe.

Aber wie komme ich jetzt endlich daraus? Ich kann mich doch schlecht nur wegen der Schreiberei an Leo hängen. Wobei das nicht das Einzige wäre. Schließlich klopft mein Herz bereits bei dem bloßen Gedanken an ihn. Trotzdem wäre das unfair und keine gute Voraussetzung für eine Beziehung. Ich kann mich doch nicht so abhängig machen!

Seitdem ich mit Madeleine gesprochen habe, habe ich sogar über Selfpublishing nachgedacht, aber ich scheue die doch recht hohen Kosten: Cover, Lektorat und das ganze Marketing! Die Reichweite, die mein Verlag und auch meine Agentin haben, hat Madeleine eben nicht, hat sie mir erzählt. Sie hat es über Blogger und Instagram geschafft, sich eine solide Fangemeinde aufzubauen. Wobei ich auch durchaus Follower habe.

Darf ich überhaupt einfach selbst meine Sachen veröffentlichen? Ich muss mir dringend den Vertrag durchlesen, den ich mit Mirabell geschlossen habe. Vielleicht habe ich mich die letzten Jahre auch einfach nur zu sehr auf sie verlassen.

Ich schaue auf die Uhr, es ist bereits 11 Uhr! Wo Marie wohl bleibt? Ob sie zu Nick gegangen ist? Und dann direkt eingespannt worden ist?

Aber gut für mich, denn dadurch kann ich das Thema Selfpublishing noch weiter recherchieren. Doch erstmal gehe ich auf Facebook und schaue, ob Madeleine da ist.

„Hallo Darie", schreibt sie.

„Hast du Skype? Reden ist einfacher als Schreiben", schreibe ich ihr zurück.

„Na klar", kommt es prompt zusammen mit ihrem Kontaktnamen zurück.

„Hallo Darie", lacht mich eine hübsche, junge Frau an. Ihre braunen Haare fallen in sanften Locken um ihr herzförmiges Gesicht. Ob sie sehr viel Zeit damit verbringt, sie in Form zu bringen oder ist das etwa alles Natur, denke ich mit einem Anflug von Neid.

„Hi, schön, dass wir uns angucken können", grinse ich zurück. „Übrigens kennen sich unsere Mütter", verrate ich ihr. Ihre braunen Augen werden kugelrund.

„Wir kennen uns? Aber du kommst mir gar nicht bekannt vor, Daria."

„Ich heiße eigentlich Darie Schnitt." Puh. Ich komme mir merkwürdig dabei vor, jemand Fremdes mein Pseudonym zu verraten, wäre mir aber auch sehr komisch dabei vorgekommen, mich weiterhin mit Daria anreden zu lassen.

„Ach, dann ist deine Mutter ja Frau von Waldenstein!", ruft sie begeistert. Nun ja, meine Mutter kann zu Fremden recht umgänglich sein, das habe ich schon oft bemerkt.

„Ja genau. Seit wann kennst du meine Mutter?", frage ich.

„Ach, schon ewig, glaube ich", sagt sie nachdenklich. Merkwürdig.

„Komisch", sage ich ehrlich. „Ich kenne euch gar nicht. Lebt ihr in Pinneberg?"

„In Hamburg. Ich glaube, unsere Mütter haben sich vor Urzeiten mal auf einem Kongress kennengelernt. Meine Mutter hat auch in der Plastikbranche gearbeitet. Bevor deine Mutter damals eine Wohnung in Hamburg gefunden hat, hat sie bei uns gewohnt", erzählt Madeleine, die mir bis jetzt ihren wirklichen Namen noch gar nicht verraten hat, munter drauflos. „Also, dass Wanda deine Mutter ist! Das hätte ich gar nicht gedacht."

„Kennst du denn auch meinen Vater?", frage ich und bin doch sehr verwirrt. Offensichtlich hat meine Mutter immer ein Leben ohne mich geführt, selbst, als ich bereits auf der Welt war.

„Ich glaube nicht. Keine Ahnung, ob sie jemals über ihn gesprochen hat. Ich wusste, dass sie eine Tochter hat, aber ich habe mich nie gefragt, wieso sie dich nicht mitgebracht hat. Als sie bei uns gewohnt hat, war ich erst zehn und als sie nach Hannover gezogen ist, haben sie und meine Mutter sich seltener bei uns zuhause getroffen, sondern meine Mutter ist zu ihr gefahren."

„Sie lebt jetzt übrigens wieder in Pinneberg", erzähle ich locker, so als ob meine Mutter und ich ein super Verhältnis hätten. Madeleine nickt.

„Ja, ich weiß. Hat mir meine Mutter erzählt und sie haben sich auch bereits getroffen. Aber woher weißt du dann, wer ich bin?", fragt sie stirnrunzelnd.

„Meine Mutter hat mir erzählt, dass du neben deiner Doktorarbeit Romane schreibst. Daraufhin habe ich eines deiner Bücher gelesen. Ich fand es übrigens toll!" Madeleine lacht geschmeichelt.

„Vielen Dank. Aber leider hat es bis jetzt keinen Literaturagenten vom Hocker gehauen."

„Trotzdem bist du sehr erfolgreich. Du hast sehr viel mehr Follower als ich", sage ich anerkennend.

„Ach, das heißt leider nichts. Deine Bücher findet man im Buchladen und sie sind ganz oben auf den Listen der Onlineshops. Das kann ich alleine nicht erreichen", sagt sie und klingt auf einmal sehr frustriert.

„Also würdest du eher vom Selfpublishing abraten?", frage ich überrascht.

„Na ja, ich mache das ja nur, weil ich keinen Verlag oder einen Agenten habe finden können, aber trotzdem unbedingt wollte, dass jemand meine Bücher liest. Die Kosten sind erst mit meinem zweiten Buch auch wieder reingekommen. Davor habe ich einfach nur Verluste gemacht."

„Oh, das wusste ich nicht. Heute habe ich überlegt, ob ich nicht auch lieber meine Bücher selbst publizieren möchte. Meinen aktuellen Roman schreibe ich lediglich, weil meine Agentin mit einem Verlag gesprochen hat und die so etwas haben wollen."

„Aber das ist doch riesig!", ruft sie. „Du brauchst keine richtige Bewerbung zu schreiben, sondern sie nehmen deinen Roman bereits!"

„So einfach ist das leider nicht. Natürlich können sie aus verschiedenen Manuskripten auswählen, das muss nicht unbedingt meins sein", sage ich bedauernd.

„Das war mir gar nicht klar. Du musst dich also weiterhin bewerben?", fragt sie überrascht.

„Mit jedem einzelnen Manuskript. Aber natürlich ist es super, dass ich eine Agentin dazwischen habe. Allerdings muss auch sie von dem Manuskript überzeugt sein und das war sie anfangs von meinem aktuellen Roman leider gar nicht. Zum Glück habe ich ein wenig meine Schreibblockade überwinden können", sage ich unbedacht.

„Du hast eine Schreibblockade?", fragt Madeleine und klingt sogar recht mitfühlend dabei.

„Ach, na ja, wir hatten ja über die vielen schlechten Rezensionen gesprochen. Wie war das bei dir? Wie verpackst du schlechte Kritiken?", frage ich. Der Austausch mit Madeleine fühlt sich gut an, denn immerhin weiß sie, wovon ich spreche.

„Es ist natürlich schon frustrierend, aber letztendlich ist das nur eine Frage des Geschmacks", erwidert sie achselzuckend. „Es muss einem immer klar sein, dass das, was man da schreibt, niemals der gesamten Welt gefallen wird."

„Das stimmt. Das weiß ich im Grunde genommen auch. Trotzdem konnte ich lange Zeit nichts mehr schreiben, ohne es sofort wieder zu löschen. Mittlerweile geht es wieder ganz gut", sage ich zögernd und fühle leichte Frustration darüber, dass mir Madeleine bereits so viel mentale Reife voraus hat.

„Und hast du etwas dagegen unternommen?", fragt sie hörbar neugierig.

„Wie man es nimmt. Seitdem ich im Urlaub bin, läuft es irgendwie wieder besser. Und, äh, seitdem ich Leo kennengelernt habe", sage ich nach kurzem Zögern.

„Wer ist Leo?", fragt sie direkt und grinst mich an. Mein Strahlen kann ich leider nicht unterdrücken.

„Mein Urlaubsflirt. Um besser schneebedeckte Landschaften beschreiben zu können, hat meine Freundin Marie vorgeschlagen, in die Berge zu fahren", grinse ich.

„Ah, so wie die Mutter das damals dem Schriftsteller empfohlen hat. Und hast du schon ein Kälbchen kennengelernt und es Eduard getauft?", grinst sie mich an.

„Du kennst das Buch auch?", rufe ich erfreut. Sie nickt.

„Natürlich, ich habe beinah alles von Erich Kästner gelesen. Meine Doktorarbeit beschäftigt sich mit den Unterschieden der kindlichen Sprache in der Literatur im Gegensatz zu Romanen in der erwachsenen Literatur. Wenn man ein Schulbuch konzipiert, ist es natürlich wichtig zu beachten, für welche Altersgruppe es bestimmt ist", sagt sie eifrig.

„Wow, davon habe ich gar keine Ahnung", muss ich zugeben und dass, obwohl ich Lehrerin bin. Upps, das habe ich auch bereits zu Leo gesagt. Vielleicht hat meine Mutter recht und ich sollte mehr lesen. Oder ich sollte mich für unterschiedlichere Themen interessieren.

„Was arbeitest du denn, Daria. Oder lebst du vom Schreiben?", fragt sie ehrfürchtig.

„Davon leben könnte ich leider nicht. Du kannst mich übrigens gerne Darie nennen. Das Pseudonym habe ich, weil es als Lehrerin schwierig wäre, meine erotische Literatur zu rechtfertigen", grinse ich.

„Das verstehe ich gut. Ich heiße übrigens Käthe-Louise, aber Madeleine ist mir, ehrlich gestanden, lieber." Jetzt grinsen wir beide uns vielversprechend an. „Lehrerin. Oh, dann hast du bestimmt demnächst von mir überarbeitete Schulbücher, also wenn du Deutsch unterrichtest."

„Tue ich", sage ich und wieder nicken wir. Sprache ist uns anscheinend beiden wichtig. Schade, dass meine Mutter und ich anscheinend nicht dieselbe Sprache sprechen, obwohl sie Literaturwissenschaften und ich Germanistik studiert habe.

„Wanda hat ja Literatur- und Kulturwissenschaften studiert, wahrscheinlich haben wir von unseren Müttern die Vorliebe für die Sprachen geerbt. Meine Mutter hat in Germanistik promoviert", erzählt sie.

„Wie ist sie dann zu einer Plastikfirma gekommen?", frage ich ehrlich interessiert.

„Tja, das war wahrscheinlich eher aus der Not heraus und weil sie nicht Lehrerin werden wollte", mutmaßt Madeleine. „So genau hat sie mit mir nicht darüber gesprochen, vielleicht, weil sie mir nicht die Zuversicht nehmen will. Ich habe aber auch wirklich Glück gehabt, dass meine Patentante mich für den Schulbuchverlag empfohlen hat, für den sie schon lange gearbeitet hat. Meine Doktorarbeit mache ich im Grunde genommen eher für mich selbst, weil mich das Thema interessiert. Ab dem 1. Oktober werde ich dort anfangen und mal schauen, ob ich die Arbeit überhaupt fertigbekomme."

„Das wäre ja sehr schade. Wie weit bist du denn schon?", frage ich.

Eine Promotion stelle ich mir furchtbar schwer vor. Marie und ihr Vater haben ja beide promoviert, aber mir habe ich das nie zugetraut, mich so lange am Stück mit einem Thema zu befassen.

„Ach, eigentlich bin ich fertig. Vielleicht gebe ich sie doch demnächst ab. Mein Verlobter ist nicht so überzeugt davon", sagt sie und irgendwie schwappt mir auf einmal Unsicherheit entgegen.

„Was macht dein Verlobter? Ist er auch Sprachwissenschaftler?", frage ich neugierig, obwohl ich ja eigentlich weiß, dass er Anwalt ist.

„Er ist Jurist für Arbeitsrecht", seufzt sie. „Er wollte meine Arbeit unbedingt lesen. Wahrscheinlich hat er geglaubt, dass es ein lockerer Roman ist und keine wissenschaftliche Abhandlung darüber, wie die Sprache bei Kindern sich in den letzten Jahrzehnten entwickelt hat."

„Und er meinte, dass die Arbeit nicht so gut sei?", hake ich nach.

„So hat er es eigentlich nicht ausgedrückt. Erstmal hat er alle meine „Rechtschreibfehler" korrigiert. Blöderweise waren viele dieser Wörter aber so richtig geschrieben, weil ich genau die Entwicklung der Orthografie aus den letzten Jahrzehnten damit darstellen wollte."

„Du liebes bisschen", stöhne ich. „Wie ärgerlich. Musstest du alles noch einmal schreiben?"

„Ich habe mir zum Glück ein Verzeichnis gemacht und konnte die Wörter nachschauen. Aber Mehrarbeit war es trotzdem", seufzt sie.

„Und weiß er, dass du Bücher schreibst?", frage ich jetzt.

„Das weiß er nicht. Bestimmt würde er mich nur auslachen", sagt Madeleine ernst.

„Willst du wirklich jemanden heiraten, der nicht alles über dich weiß?", platze ich heraus. An Madeleines Gesichtsausdruck kann ich sofort sehen, dass das eine Spur zu forsch war. Eine riesige Spur zu forsch, befürchte ich.

„Das geht dich doch gar nichts an, Darie!", zischt sie aufgebracht. „Er stammt aus gutem Hause, meine Eltern lieben ihn. Und was spielt das für eine Rolle, dass er nicht alles von mir mag. Schließlich sind wir schon sehr lange zusammen!", brüllt sie mich an.

Dann legt sie auf und entgeistert schaue ich auf meinen Laptop.

Wieso kann ich meine Klappe nicht halten! Aber das ist mir einfach so herausgerutscht. Schnell tippe bei Facebook ein „tut mir leid", doch die Nachricht erreicht Madeleine nicht mehr. Sie hat mich bereits blockiert.

Ihr Profil, an das ich eben noch geschrieben habe, ist verschwunden.

FÜNFZEHN

„Hallo Darie!", ruft Marie und ich schrecke auf. Sie trällert irgendwas, es klingt wirklich gruselig.

„Marie!", rufe ich. „Ist alles ok?"

„Ja sicher. Ich war bei Nick und habe ihm und Leo geholfen. Ich gehe mich nur kurz duschen und dann können wir auch schon los!"

Mit diesen Worten flitzt sie auch schon ins Bad und ich blicke verwirrt auf meine Uhr.

Es ist bereits halb eins! Wie lange Madeleine und ich gesprochen haben, ohne auch nur eine Pause zu machen. Und dann, zack, war es auch schon vorbei.

Das geschieht dir recht Darie, schelte ich mich selbst. Das war unglaublich taktlos von dir! Kopfschüttelnd über mich selbst gehe ich zum Schrank. Als ich die zwei hübschen Kleider sehe, die ich mir in Wien zugelegt habe, schiebe ich meine Frustration über Madeleine beiseite. Das geht mich nichts an, Madeleine muss ihr Leben selbst leben. Nur leider anscheinend mit einem Partner, den sie nicht liebt oder dem sie nicht genug vertraut, um ehrlich zu sein. Wie schade für jemanden, der so schöne Liebesromane schreibt!

Nach nur zehn Minuten erscheint Marie bereits wieder und schnappt sich ihren Föhn.

„Das wird ganz groß", berichtet sie und schreit, um ihren Föhn zu übertönen. „Nicks Mutter hat einen Pavillon im Garten aufbauen lassen. Ein riesengroßer Grill steht auch schon dort und wir haben bergeweise Fleisch vom Metzger abgeholt!"

„Wie viele Leute werden denn kommen?", frage ich verwirrt. Das alles klingt überhaupt nicht nach einer kleinen gemütlichen Gartenparty im Rahmen der Familie. Ich schlucke.

„Bestimmt über fünfzig Leute", schätzt Marie. „Zumindest werden wir dann nicht so auffallen", tut sie das Ganze ab.

Kann sein, aber irgendwie glaube ich das nicht. Bestimmt werden uns ganz viele Leute ansprechen und uns löchern. Und uns vielleicht zu unserem Beziehungsstatus befragen. Den wüsste ich ja selbst sehr gerne.

Nach weiteren zwanzig Minuten sind Marie und ich ausgehfertig. Wir haben beide ein neues Kleid an. Mein Kleid ist zartgelb mit einem superschönen Dekolleté und leicht tailliert. Maries Kleid hingegen ist schwarz, enganliegend und oben geschlossen, hat aber einen offenen Rücken. Sie trägt ihre dunkelbraune Mähne heute offen, sonst hat sie meistens einen Pferdeschwanz oder einen Dutt. Meine schwarze Lockenpracht sieht leider wie sonst aus, total verwurschtelt. Aber das bin eben ich, denke ich resigniert.

Langsam laufen wir auf Highheels zum Haus von Leo und Nicks Eltern. Schon von weitem hören wir Musik. Die unbequemen Highheels habe ich mir ebenfalls in Wien gekauft und bereue es jetzt schon. Aber der Farbton passt so toll zum Kleid!

„Wo müssen wir denn hin?", frage ich Marie, denn ich gehe nicht davon aus, dass die Leute alle ins Wohnzimmer passen.

„Wir müssen nur durch die kleine Pforte, hinter dem Haus ist der Garten", informiert mich Marie.

Plötzlich kommt Nick aus dem Haus und läuft auf uns zu. Er küsst Marie innig und ich sehe, dass sich ihre Wangen wieder leicht verfärben. Wirklich süß die beiden.

„Da seid`s ihr ja", grinst er und packt Maries Hand und läuft mit ihr los.

Ich trabe hinterher, von Leo keine Spur. Bestimmt hilft er noch weiter bei den Vorbereitungen.

Vor mir tut sich ein riesiger Garten auf. Von vorne wirkt das Haus eher schlicht und einfach. Eben ein ganz normales weißgestrichenes Mehrfamilienhaus. Ich hätte niemals so einen riesigen, beinah parkähnlichen Garten erwartet! Buchsbaumhecken, sogar in verschiedenen Formen, säumen kleine Wege, leuchtend rote und gelbe Blumen blitzen aus den Ecken hervor. Und in der Mitte steht ein weißer Pavillon, unter dem Stehtische aufgebaut sind und ein riesiges Buffett. Sowohl unter dem Pavillon als auch außerhalb stehen etliche Leute herum. Nick hat bereits angefangen, Marie herumzuführen. Manchmal bleiben sie stehen und unterhalten sich. Wo ist eigentlich Leo?

Dann sehe ich ihn. An seinem Arm hängt eine brünette Frau in einem ziemlich schicken engen schwarzen Kleid. Im Gegensatz dazu sieht mein gelbes Kleid aus, als ob ich es vom Bauernmarkt hätte. Und genauso fühle ich mich auch: Wie eine Landpomeranze. Das Einzige, das mich aufrechthält ist die Hoffnung, dass es eine Verwandte von Leo und Nick ist. Bestimmt sind doch heute ganz viele Verwandte da und vielleicht sind ja manche welche mit einer schicken Boutique in Wien da und müssen sich daher dementsprechend kleiden.

Langsam laufe ich in den Garten hinein, vorbei an vielen Leuten, die mich neugierig mustern, aber nicht ansprechen. Klar, denn genau das sollte Leo tun. Das, was Nick mit Marie gerade macht: Sie vorstellen und zeigen, dass man zusammen ist.

Doch stattdessen stolpere ich alleine durch diese Menschenmasse und wirke wie ein ungebetener Gast. Leo und die schicke Frau scheinen angeregt in ein Gespräch mit seinem Vater und noch einem älteren Herren vertieft zu sein. Die Frau scheint jetzt Leo etwas ins Ohr zu flüstern, daraufhin geht Leo in Richtung Pavillon.

„Ihr seid so ein schönes Paar", schwärmt der ältere Mann und strahlt die Dame in schwarz an. Mein Herz macht einen sehr unschönen Satz in meinem Magen. Hat er gerade *Paar* gesagt?

Die Dame nickt und Leos Vater stupst den Herren an.

„Das ist einfach eine perfekte Liaison mit euch beiden, Katharina", schwärmt er. Die Dame bekommt eine leichte rosa Färbung, gerade so, dass es niedlich wirkt.

„Und dann hat sich Deutschland auch endlich erledigt!", ruft der ältere Mann und die Dame nickt.

„Ja und dann bauen wir die Praxis bei euch aus, `Sephus", sagt sie begeistert. „Dann können wir eine richtige Familienpraxis daraus machen. Vielleicht überlegt es sich Nick doch noch und steigt auch mit ein. Wir könnten das Erdgeschoss und den Keller dazunehmen. Das wird riesig!", schwärmt sie. Irgendwie muss das doch alles ein riesengroßes Missverständnis sein.

Fragend blicke ich in Richtung Pavillon. Leo sieht mich und scheint förmlich zu erstarren. Sieht so etwa sein Ich-habe-ein-schlechtes-Gewissen-Gesicht aus? Zögernd winke ich ihm, doch er winkt nicht zurück. Zugegeben, das kann er auch nicht, denn er trägt ein Tablett mit Wasser und Sektgläsern, welches er jetzt zu dem kleinen Trupp bringt. Sofort bedienen sich sein Vater und die anderen beiden davon. Leo schnappt sich das Wasserglas und kommt zu mir rüber.

„Darie. Da bist du ja", stellt er fest, allerdings ohne hörbare Freude in der Stimme.

„Ja", sage ich nur. „Da bin ich." Schweigen.

„Es tut mir leid, dass heute diese riesige Familienfeier ist. Aber ich kann es meiner Mutter nicht übelnehmen. Sie liebt solche Partys und eigentlich ist es auch ganz schön, so viele aus der Familie wiederzusehen." Seine Hände spielen mit dem Wasserglas. Er wirkt nervös.

Und er hat mir keinen Kuss gegeben, stelle ich fest. Überhaupt stehen wir uns gegenüber, als seien wir Bekannte. Sind wir ja auch, wir kennen uns doch kaum. Gerade mal drei Wochen.

„Bist du schon ein wenig herumgekommen? Meine Mutter schwirrt bestimmt hier irgendwo herum und mein Vater steht dort drüben neben unserem ehemaligen Hausarzt", informiert er mich. Über die Dame sagt er nichts, fällt mir dabei auf. Was ist hier eigentlich los?

„Habt ihr eine Toilette hier draußen?", frage ich, obwohl ich eigentlich nach der Frau fragen will, mit der er angeblich ein so schönes Paar abgibt. Ich bin ja so ein Feigling!

Leo nickt und zeigt auf ein Dixiklo, das ich bis jetzt noch gar nicht bemerkt habe.

„Aber hier ist der Schlüssel für die Wohnung meiner Eltern, das ist sicherlich angenehmer." Nervös nehme ich den Schlüssel entgegen. Ich kann ihn schlecht fragen, ob er mitkommt, hätte es aber trotzdem gerne.

„Ich gehe dann mal", sage ich zögernd.

„Bis gleich", sagt Leo und wirkt irgendwie zerstreut.

Hastig eile ich durch den Hintereingang, auf den Leo gezeigt hat und laufe die Treppen rauf in den zweiten Stock. Mein Herz klopft, wie verrückt, als ich die Tür öffne, jetzt allerdings, weil ich so außer Atem bin.

Nachdem ich im Bad war, schaue ich aus dem Fenster. Leo steht alleine bei den beiden Männern und gestikuliert wild. Worüber sie wohl reden? Wo ist eigentlich die Dame in Schwarz hin? Ich recke meinen Kopf nach links und rechts, sehe sie aber nicht. Es klopft an der Tür und ich zucke zusammen.

Zögernd gehe ich zur Eingangstür und öffne sie. Davor steht die Dame in Schwarz!

„Hallo. Du musst Darie sein, oder? Ich bin Katharina. Leo hat mir gesagt, dass du oben bist. Ich muss ganz rasch wohin!" Und schon düst sie an mir vorbei.

Soll ich warten oder einfach gehen? Ich könnte sie ja zu ihrem Beziehungsstatus mit Leo befragen, bin mir aber nicht sicher, ob ich die Antwort hören möchte.

„Hallo nochmal", grinst sie wenige Minuten später und reißt mich aus meinen Überlegungen. Die war aber schnell.

Ich drücke ihre dargebotene Hand, die Nägel sind sorgfältig manikürt und glänzen schwach rosa, was mir blöderweise sofort auffällt.

„Ihr habt euch in Oberstdorf kennengelernt, nicht wahr? Leo hat mir davon erzählt", grinst sie. Ich nicke.

„Wieso genau bist du eigentlich hier?" Erst verstehe ich die Frage nicht, weil ich mit gekünsteltem Lächeln beschäftigt bin. Dann trifft es mich.

„Was meinst du?", frage ich vorsichtig.

„Na ja. Leo war dort, um seine Doktorarbeit zu schreiben. Und dann fährst du ihm hinterher? Er hat mir von seinem Touriprogramm mit dir hier erzählt. Aber hoffentlich machst du dir keine falschen Hoffnungen. Es ist längst beschlossen, dass wir hier eine Praxis zusammen aufmachen." Triumphierend blickt sie mich an. „Touriprogramm" trifft es ja irgendwie nicht, zumindest was unsere Küsse betrifft.

„Und was ist mit seiner Praxis in Hamburg?", frage ich, statt zu fragen „Und was ist mit mir?"

„Was soll damit sein? Das war gut für ihn, um Berufserfahrung zu bekommen. Aber er wäre doch blöd, wenn er diese Chance nicht ergreift. Hier ist eine riesige Praxis mit einem enormen Kundenstamm. Und wenn ich da noch mit einsteige, kommen wir richtig groß raus!", sagt sie kühl.

„Das hat irgendwie anders geklungen aus Leos Mund", sage ich und klinge selbst für mich lahm. Vielleicht wollte er uns die kleine Romanze nicht verderben, war aber eigentlich die ganze Zeit in festen Händen?

„Was Leo und mich betrifft, ist es natürlich noch nicht offiziell", fährt sie fort und genießt offensichtlich jedes Wort. „Aber er hat mir längst verziehen, dass ich damals nicht hiergeblieben bin, sondern nach Innsbruck gegangen bin." Affektiert streicht sie sich ihre brünette Mähne nach hinten. „Sogar ins Ausland ist er gegangen, nur weil er so unglücklich darüber war. Doch heute früh haben wir uns endlich ausgesprochen. Unseren gemeinsamen Plänen steht jetzt nichts mehr im Weg!", ruft sie überschwänglich.

Schweigend höre ich ihr zu. Bereits die ganze Zeit über hatte ich das Gefühl gehabt, dass da noch mehr ist, worüber Leo aber nicht hat sprechen wollen. Und jetzt ist es klar: Er hat dieser Katharina nachgetrauert, hat auf sie gewartet und sie hat ihn wohl heute, gnädigerweise, zurückgenommen. Wie schön für ihn.

„Es tut mir leid, wenn du dir falsche Hoffnungen gemacht hast", säuselt sie jetzt und legt mir eine kalte Hand auf die Schulter. Dann blickt sie mir in die Augen, ihre haben so ein stechendes Grünbraun und flackern leicht.

„Wenn ich dir einen guten Rat geben darf, Darie. Du solltest besser gehen. Tu dir das heute nicht an. Leo und ich werden herumgehen und eventuell wird Leo diese Party auch nutzen, um…nun ja. Das kannst du dir ja bestimmt denken", lächelt sie und wackelt mit ihrem Ringfinger vor meiner Nase herum.

„Tja dann. Herzlichen Glückwunsch", sage ich trocken.

Die beiden geben tatsächlich ein schönes Paar ab, denke ich grimmig, als ich aus der Tür hinauslaufe und Katharina einfach stehenlasse.

Aber was war das dann mit uns, also in seinen Augen, frage ich mich verzweifelt und versuche krampfhaft, meine Tränen zurückzuhalten. Ich sollte mit ihm reden. Vielleicht ist das Ganze nur ein riesengroßes Missverständnis. Aber wieso ist Leo dann so komisch zu mir gewesen? Vielleicht hat er schlecht geschlafen oder er wäre eigentlich viel lieber mit mir allein und macht hier nur die gute Miene zum Familientag. Aber das erklärt noch lange nicht sein kühles Verhalten mir gegenüber. Oder Katharina hat die Wahrheit gesagt. Österreich hat gewonnen und er weiß einfach nicht, wie er es mir sagen soll!

Unschlüssig blicke ich mich um. Doch dann fasse ich mir ein Herz und gehe wieder zu dieser monströsen Gartenparty. Mittlerweile stehen Leos Vater und der andere Mann, den Leo als Hausarzt bezeichnet hat, am Grill und haben bergeweise Würstchen und Nackensteaks darauf gehäuft. Von Leo keine Spur.

„Darie!", ruft Marie und zieht Nick hinter sich her.

Wieso wirken die beiden eigentlich bereits so vertraut miteinander, wo es doch laut Marie gar kein Happyend für sie geben wird? Und wieso hat sich mein Happyend gerade in Rauch aufgelöst, obwohl wir doch die besseren geografischen Voraussetzungen gehabt hätten? Das Leben ist wirklich nicht fair!

„Darie! Leo steht übrigens dort drüben", lächelt Nick und umschließt Maries Hand und zieht sie an sich.

„Und wer ist diese Frau neben ihm?", fragt Marie und zeigt mit ihrem Kopf in Richtung totschickes schwarzes Kleid. Anscheinend ist Katharina einen anderen Weg gegangen, sie ist gar nicht bei uns vorbeigekommen.

„Ach, das ist nur Kathi", sagt Nick leichthin, doch seine Stimme hat diesen Unterton.

„Und wer ist das?", hakt meine beste Freundin sogleich nach.

„Sie ist die Tochter unseres Hausarztes bzw. wird jetzt seine Praxis übernehmen. Wir kennen sie schon unser ganzes Leben. Sie wohnt nur zwei Straßen weiter. Sie ist damals für ihr Medizinstudium nach Graz gegangen", erzählt Nick, während er Marie im Arm hält.

„Waren die beiden mal zusammen?", fragt Marie weiter und ich halte die Luft an.

„Ach, das ist so lange her", tut Nick die Frage ab. Doch ich zucke zusammen.

Sie waren mal ein Paar. Und sind es seit heute wieder. Katharina hat die Wahrheit gesagt. Und anscheinend haben er und sie tatsächlich gemeinsame Pläne.

„Wie lange, äh, sind sie denn nicht mehr zusammen?", frage ich und sehe, wie diese Dame mit Leo begonnen hat, herumzulaufen und Gespräche zu führen. So wie Nick das mit Marie, bis eben gemacht hat.

Anscheinend will Leo nicht mit mir zusammen gesehen werden!

Anscheinend möchte mich Leo niemandem hier vorstellen!

Anscheinend war das Ganze hier wirklich nur ein kleiner Urlaubsflirt für ihn.

„Erde an Darie?", höre ich Marie flüstern. Mit einem Ruck blicke ich in Maries graue Augen, die mich besorgt mustern.

„Die beiden sind doch schon so lange nicht mehr zusammen", sagt Nick jetzt.

„Ich gehe mal zu Leo", sage ich entschlossen. Doch innerlich möchte ich eigentlich weglaufen, so wie mir die Dame das ja auch geraten hat.

Was mache ich hier? Wieso will ich mir die offensichtliche Abfuhr auch noch selbst abholen?

„Leo?", frage ich. Doch er hört mich nicht. Also stupse ich ihn an, so dass er sich mit einem Ruck herumdreht.

„Darie", klingt er erstaunt, so als ob wir uns nicht erst vor einer halben Stunde begegnet sind.

„Wir haben noch gar nicht geredet", sage ich zu Leo und komme mir blöd vor, weil ich so einfältig klinge. Die Frau in Schwarz hat sich jetzt auch umgedreht.

„Ach, deine Urlaubsbekanntschaft", grinst sie gehässig.

Bekanntschaft trifft es wahrscheinlich. Leo sagt auch nichts dazu. Marie und Nick stehen neben mir.

„Hab dich schon lange nicht mehr gesehen. Wie geht es dir, Kathi?", fragt Nick und stupst sie leicht in die Seite.

„Och, ich lebe wieder hier. Freund und Job sind in Innsbruck geblieben. Ich habe jetzt offiziell die Praxis meines Vaters übernommen. Aber eigentlich möchte ich eine Familienpraxis aufmachen und suche geeignete Räume dafür", antwortet sie und greift enger um Leos Arm, der ihn nicht wegzieht.

„Interessant", sagt Nick und blickt auf ihren Arm.

„Vielleicht will Kathi die Praxis von unserem Vater kaufen", sagt Leo eifrig.

„Um daraus eine Familienpraxis zu machen?", stellt Nick fest. Offenbar ist bei ihm der Groschen gefallen.

„Das auch. Aber ein Zahnarzt würde auch gut dazu passen", sagt sie mit einem Seitenblick auf Leo. Komisch, ich dachte, sie hätten gemeinsame Pläne? Aber er räuspert sich nur.

„Nun ja", sagt Nick jetzt und ich horche auf. „Wenn du die Praxis kaufst, dann wären Leo und ich doch raus aus der Geschichte."

„Aus welcher Geschichte?", fragt die Dame und runzelt die Stirn.

„Leo hat doch eine Praxis in Hamburg. Unser Vater will unbedingt, dass wir hier übernehmen. Wenn du die Praxis kaufst, sind wir doch aus dem Schneider", strahlt Nick. Leo blickt überrascht in die Runde. Katharina runzelt die Stirn.

„Leo. Das ist doch ganz anders als das, was unsere Väter abgesprochen haben," mault sie wie ein kleines Mädchen.

„Entschuldigt uns bitte", erwidert Leo kurz und führt Katharina fort. Mich blickt er dabei nicht an. Wütend schaut Marie Nick an.

„Ich hoffe nicht, das ist jetzt das, was ich denke!", sagt sie spitz.

„Es ist genauso wie du denkst", sage ich leise zu Marie.

„Was meinst du damit, Darie?", fragt Nick erstaunt, dabei habe ich gedacht, er hätte Katharinas Pläne längst durchschaut.

„Na, dass mir Katharina gerade erzählt hat, dass die beiden planen, eine Praxis aufzumachen. Gemeinsam", zische ich das letzte Wort hervor. Gleißende Wut steigt in mir empor. „Und dass sie damit rechnet, dass Leo es heute offiziell macht, das mit ihnen beiden!"

Nicks Gesicht sieht so komisch aus, dass ich lachen würde, wenn ich könnte. Stattdessen wird es immer schwieriger, meine aufsteigenden Tränen zu unterdrücken. Meine Augen brennen, meine Beine zittern. Ich will einfach nur weg aus Österreich.

„Das glaube ich nicht. Wann hat sie dir das denn erzählt?", fragt Nick und wirkt leicht fassungslos auf mich.

„Gerade eben in der Wohnung eurer Eltern", presse ich hervor. „Und Leo hat mich kaum beachtet. Ich glaube, ich will weg hier, Marie. Bitte, lass uns gehen!", flehe ich.

„Aber solltest du nicht erstmal mit ihm sprechen?", fragt Marie ruhig. „Vielleicht stimmt das so alles gar nicht."

„Genau", pflichtet ihr Nick sofort bei. Ich würde am liebsten schon darüber heulen, dass die beiden so gut zueinander passen und kein Paar werden können.

„Ich denke, ich gehe jetzt", sage ich mühsam beherrscht.

Leo ist nicht wiedergekommen. Er hat sich wohl irgendwohin mit dieser Kathi verdrückt.

„Natürlich, Darie", sagt sie sofort. „Nick, bitte grüß deine Eltern von uns", sagt Marie noch und gibt Nick einen Kuss.

Er drückt sie und will sie gar nicht gehen lassen. Irgendwie ist mir schlecht und ich gehe einfach.

„Warte doch, Darie!", ruft Marie und läuft hinter mir her.

Gemeinsam laufen wir zur Pension. Dort angekommen, kann ich endlich meinen Tränen freien Lauf lassen.

SECHZEHN

Marie lässt mich erstmal in Ruhe heulen. Doch irgendwann kommen einfach keine Tränen mehr. Sie reicht mir eine geöffnete Wasserflasche.

„Hier. Zum Auffüllen." Dankend nehme ich mir das Wasser und trinke in kleinen Schlucken.

„Ich komme mir so dumm vor, Marie. Ich hätte ihm nicht nachreisen sollen", schluchze ich.

„Wieso denn nicht?", fragt Marie. „Er hat doch nichts von einer Freundin erwähnt und dir sogar die Adresse seiner Eltern verraten. Damit hat er dir doch einen klaren Wink gegeben, ihn hier zu besuchen. Und hier hat er sich benommen, wie jemand, der zur Verfügung steht. Schließlich habt ihr euch doch geküsst, oder?" Ich nicke.

„Ja, das haben wir. Und es hat sich so gut angefühlt. Und er hat betont, dass er ja eigentlich in Hamburg bleiben will. Ich habe heute einfach gar nicht damit gerechnet, dass er eigentlich in eine große Praxis einsteigen will. Hat Nick etwas erwähnt?" Marie schüttelt mit dem Kopf.

„Nein. Und heute Vormittag waren wir alle mit den Vorbereitungen beschäftigt. Ich frage mich schon, wann diese Aussprache mit dieser Kathi überhaupt stattgefunden haben soll. Vielleicht ist das alles nur Wunschdenken von ihr", mutmaßt Marie.

„Ich habe gehört, wie ihre Väter davon geredet haben, dass die beiden ein schönes Paar abgeben", seufze ich. „Und dass Deutschland damit endlich raus aus dem Rennen ist. Ich habe dem erst gar keine Bedeutung beigemessen. Doch nachdem mir diese Katharina davon erzählt hat, dass die beiden sich ausgesprochen haben und

Leo mir gegenüber so reserviert war, hat das alles einen Sinn ergeben." Mein Magen krampft sich schmerzhaft zusammen.

„Das klingt alles ganz merkwürdig", schüttelt Marie mit dem Kopf.

„Am liebsten würde ich jetzt einfach nach Hause fahren", stöhne ich und blicke Marie bittend an.

„Willst du es dir denn nicht noch einmal überlegen? Du solltest wirklich noch mal mit Leo sprechen. Nur er kann das schließlich aufklären", versucht mir Marie gut zu zureden.

„Sicher. Ja. Aber was, wenn das alles doch stimmt?", gebe ich zu Bedenken.

„Dann hast du Gewissheit", kontert Marie.

„Worauf ich aber gar nicht so scharf bin. Ich hätte Leo gerne als romantischen Flirt in Erinnerung behalten", flüstere ich heiser.

„Also wenn das alles stimmt, ist er auf alle Fälle ein A.", sagt Marie sauer. „Lass uns heute Abend noch hierbleiben. Wenn Leo sich nicht meldet, dann fahren wir morgen früh direkt los. Versprochen, Darie!"

Wir umarmen uns. Es tut so gut, Marie als Freundin zu haben.

„Danke, Marie", sage ich leise.

„Dafür sind beste Freundinnen da", versichert sie mir. „Wollen wir vielleicht einen Spaziergang machen?", schlägt sie vor und ich nicke.

Frische Luft wird mir eventuell guttun.

Gemeinsam laufen wir nach draußen. Immer weiter laufen wir, ohne zu wissen, wohin.

„Habe ich dir eigentlich von Madeleine erzählt?", frage ich Marie, um mich abzulenken.

„Hast du. Die Dame, die neben ihrer Doktorarbeit exzellente Bücher schreibt und mit einem erfolgreichen Anwalt verlobt ist. Der Traum deiner Mutter", näselt Marie und ich kann sogar ein wenig darüber schmunzeln.

„Genau die. Ich habe mit ihr über Skype telefoniert und jetzt ist sie sauer auf mich", gestehe ich.

„Huch?", fragt Marie gespielt entrüstet. „Was hast du angestellt!"

Ausführlich erzähle ich ihr von dem Gespräch mit Madeleine und schließe mit meinem saudummen Kommentar.

„Tja, da hast du wahrscheinlich genau deinen Finger in die Wunde gelegt", kommentiert Marie das Ganze.

„Ich befürchte, ja. Was mich so erstaunt ist, wie gut sie meine Mutter kennt. Ich habe mir nie Gedanken darüber gemacht, wo meine Mutter gelebt hat, als sie bei uns ausgezogen ist. Sie hat auch nie mit mir darüber gesprochen."

„Du hast sie auch nicht danach gefragt", gibt Marie zu Bedenken.

„Ich war einfach viel zu sauer auf sie", rechtfertige ich mich sofort.

„Das verstehe ich ja. Aber interessant ist es schon, dass sie anscheinend so eine gute Freundin gefunden hat, ihr aber ihre Familie gar nicht vorgestellt hat."

„Das hat mich auch gewundert. Madeleine war damals aber erst zehn und konnte mir nichts Näheres dazu sagen. Und kurze Zeit später hatte meine Mutter wohl auch eine eigene Wohnung in Hamburg. Und später ist sie nach Hannover gezogen. Ich frage mich wirklich, was ich alles von meiner Mutter nicht weiß."

„Und Madeleine hat dich blockiert, nachdem du gesagt hast, dass du es schade findest, dass ihr Verlobter nichts von ihren Büchern weiß?", hakt Marie nach.

„Ja, so ähnlich. Merkwürdig. Wir haben uns so gut verstanden. Und ich konnte ihr gar nicht mehr sagen, wie leid mir mein Kommentar tut."

„Schade", nickt Marie. „Was macht eigentlich deine Schreibblockade? War bestimmt gut, mit einer anderen Autorin über so etwas zu sprechen."

„Das war es wirklich", stimme ich ihr zu. „Ich weiß, dass ich mit dir über alles reden kann. Aber Madeleine hat natürlich ähnliche Erfahrungen wie ich gemacht. Sie hat mir geraten, die Rezensionen weniger ernst zu nehmen."

„Solltest du ja auch. Wie kommst du denn voran?", will sie jetzt wissen und mir fällt auf, dass ich ihr schon seit Tagen nichts mehr darüber erzählt habe.

„Mirabell ist ganz zufrieden mit meinem Ansatz für den Weihnachtsroman. Ich hoffe nur, dass ich wenigstens dieses Buch zu Ende schreiben kann", seufze ich entmutigt.

„Bestimmt, Darie", muntert mich Marie auf.

„Wie das wohl mit meinem Vater und deiner Mutter so läuft?", grinst jetzt Marie und wechselt damit wieder das Thema.

„Ich wäre auf alle Fälle dafür, dass wir uns bei deinem Vater einladen, um uns selbst davon ein Bild zu machen!", sage ich und Marie nickt sofort.

„Super Idee, Darie. Sobald wir da sind, rufe ich ihn an und lade uns bei ihm ein. Kann es sein, dass ich deine Mutter schon ewig nicht mehr gesehen habe?", überlegt sie.

„Zumindest war ich nicht dabei", sage ich schnippisch.

„Ich glaube, das war vor zwei Jahren, nachdem sie dich zu deinem Geburtstag getroffen hat. Dann ist sie bei meinem Vater gewesen und ich war zufälligerweise auch da. Wir haben aber nur wenige Worte gewechselt", erinnert sich Marie.

Plötzlich blicken wir aus unserem Gespräch auf und wissen gar nicht, wo wir sind. Ziellos sind wir durch die Straßen in Nussdorf gewandert. So wie ich vor einer Woche mit Leo. Doch ich schiebe diesen Gedanken sofort wieder beiseite.

„Wo müssen wir eigentlich lang?", frage ich.

Ein Blick auf meine Uhr verrät mir, dass es bereits sieben Uhr abends ist. Kein Anruf, weder von Nick oder von Leo, hat uns erreicht. Traurigkeit macht sich in mir breit, aber auch Wut. Marie dreht sich einmal im Kreis.

„Dort hinten ist ein Schild!", ruft sie.

Gemächlich laufen wir auf das Schild zu. Da sich keiner von den beiden gemeldet hat, haben wir es nicht eilig, zu unserer Pension zu kommen. Gegen acht Uhr sind wir an der Pension. Ein köstlicher Duft steigt uns in die Nase.

„Ich habe Hunger", stöhnt Marie.

„Dann lass uns das Restaurant hier ausprobieren", schlage ich vor. „Immerhin hat sich das Frühstück wieder gebessert, vielleicht ist das Abendessen genauso gut."

„Was das wohl war mit der Köchin?", fragt sich Marie.

Stimmt, Janina hatte lediglich angedeutet, dass der Köchin öfter in letzter Zeit Fehler unterlaufen sind. Doch in den letzten Tagen schienen keine Probleme bestanden zu haben.

Gemeinsam betreten wir den Speisesaal. Ich spüre, wie ich auf einmal riesigen Hunger bekomme. Der Frust über Leo hat mich alles vergessen lassen. Tatsächlich war mein Frühstück die letzte Mahlzeit heute.

„Guten Abend", grüßt Janina und blickt uns überrascht an. „Seid`s ihr nicht auf der Party drüben?" Daran habe ich nicht gedacht, dass es vielleicht merkwürdig kommt, wenn wir ausgerechnet heute hier essen gehen.

„Wir wollten heute mal das Abendessen hier ausprobieren", erwidert Marie freundlich, aber so bestimmt, dass Janina nicht weiter nachfragt.

„Geht es deiner Köchin wieder besser?", erkundige ich mich indiskret, weil ich das wirklich wissen will. Janina schmunzelt.

„Sie hatte Liebeskummer. Ihr Ehemann ist halt schon ein Puderer", grinst sie hinter vorgehaltener Hand. „Aber dass er auch noch Querpudern tut, war mir neu, für sie leider nicht. Sie hat ihn jetzt rausgesetzt und seitdem geht`s ihr deutlich besser." Ich kann nur erahnen, was Janina da gesagt hat. Selbst das Fremdgehen scheint in der Österreichischen Sprache einen niedlichen Ausdruck zu haben, zumindest klingt es deutlich weniger direkt, als wenn man Fremdgänger sagt. Marie schmunzelt, sie scheint das auch sofort kapiert zu haben, war ja klar.

„Setzt`s euch an den Tisch dort drüben am Fenster. Ich bin gleich bei euch!", ruft sie und ist auch schon weggesaust.

Doch kaum sitzen wir, ist sie auch schon wieder da. Wie sie das wohl macht? Rollschuhe trägt sie jedenfalls keine, sondern weiße Turnschuhe zu einem schwarzen Dirndl mit blauer Schürze und weißer Spitzenbluse.

„Ich nehme eine Weißweinschorle", sagt Marie direkt, bevor ich auch nur überlegen kann.

„Das nehme ich auch. Und bitte irgendeine Vorspeise. Ich sterbe vor Hunger!", stöhne ich. Janina schaut mich aus zusammengekniffenen Augen an.

„Ist etwas auf der Party vorgefallen? Mir erzählt ja niemand was. Oder war das Fleisch vom Huber nichts? Dann bestellt lieber heute was Vegetarisches. Unser Fleisch kommt auch von dem!", sagt sie entrüstet.

„Kennst du Katharina?", fragt Marie direkt. Ich zucke zusammen. „Die Tochter eures Hausarztes."

„Oh", sagt Janina verlegen. „Die ist doch aber in Innsbruck."

„Nee, seit heute anscheinend nicht mehr", sage ich trocken.

„Was? Die Kathi ist zurück?", ruft Janina überrascht.

„Genau. Und sie hat anscheinend beschlossen, eine Praxis mit Leo aufzumachen", fasse ich meinen Nachmittag zusammen.

„Ja, natürlich hat sie das. Das haben die beiden damals schon beschlossen, als sie an unterschiedlichen Universitäten studiert haben. Doch als Kathi nach Innsbruck gegangen ist, sind sie anscheinend doch getrennte Wege gegangen. Aber jetzt hat sich Kathi doch für Nussdorf entschieden?", fragt sie überrascht.

„Die beiden waren also nur auf Zeit getrennt?", frage ich mit belegter Stimme.

„Ach, das weiß ich nicht. Ich glaube, Katharina hatte in Innsbruck sogar eine Beziehung. Aber damit scheint es ja nicht weit her zu sein, wenn sie wieder da ist. Und vielleicht haben Leo und sie dadurch wieder zueinandergefunden", schwärmt sie los. „Oh", haucht sie plötzlich und schaut mich an. „Das tut mir leid."

Hitze schießt mir in die Wangen und auf einmal habe ich keinen Hunger mehr.

„Das ist ja Leos Sache", versuche ich, das Ganze abzutun.

„Doof ist sein Verhalten trotzdem. Er hätte mal mit dir sprechen können, bevor du ihn auf der Party mit dieser Kathi siehst!", sagt Marie empört. Janina nickt.

„Er hat nicht mit dir gesprochen, sondern ist einfach mit ihr zusammen aufgetaucht? Das geht gar nicht. Männer!", stöhnt sie. Mir ist schon wieder nach Heulen zumute bei so viel Zuspruch.

„Also ich bringe euch erst mal die Weinschorlen und was zum Knabbern", schließt sie und düst wieder fort.

„Das muss alles nichts heißen", sagt Marie, klingt aber wenig zuversichtlich.

„Muss es nicht. Ich warte bis morgen früh. Wenn sich Leo bis dahin nicht gemeldet hat, fahre ich nach Hause. Du kannst ja noch bleiben, ich kann auch den Zug nehmen", schlage ich vor und schluchze beinah schon wieder auf.

„So weit kommt es noch!" Marie schüttelt ihren Kopf und ihr Pferdeschwanz, den sie sich gerade gemacht hat, fliegt hin und her. „Ich fahre selbstverständlich mit dir nach Hause, Darie. Im Grunde genommen habe ich dich ja dazu überredet, Leo nach Österreich hinterher zureisen." So betrachtet hat sie recht.

„Das ist nett von dir. Was ist eigentlich mit dir und Nick?", frage ich vorsichtig.

„Klar hätte ich es gerne anders. Er auch. Vielleicht telefonieren wir ja ganz oft und es entwickelt sich was daraus. Aber ich habe nicht vor, nach Österreich zu ziehen. Und Nick will nicht nach Deutschland. Selbst wenn Leo hierbleibt, wäre das keine Option für ihn." Marie spricht mit fester Stimme, ich bewundere sie für ihren Pragmatismus. Mir fehlt der leider völlig.

„Hier sind eure Getränke", ruft Janina und stellt klirrend zwei Weingläser ab. „Und hier ist frisches Brot und Griebenschmalz und ein wenig Speck. Wisst`s ihr schon, was ihr essen mögt?" Wir schütteln beide den Kopf und Janina düst wieder weg.

„Am liebsten würde ich jetzt schon fahren", seufze ich. Dann greife ich mir eine Scheibe Brot, beschmiere sie dick mit Schmalz und beiße rein.

„Schmeckt das gut", stöhne ich. Mit jedem Bissen geht es mir besser.

Nicht, weil ich weniger traurig wäre, aber weil ich einfach einsehen muss, dass das hier nichts Bleibendes sein kann. Dann bestellen wir uns noch Palatschinken und Kaiserschmarrn zum Teilen.

„Puh, bin ich satt", stöhne ich kurze Zeit später.

„Es ist schon elf Uhr durch", sagt Marie überrascht.

Schnell zahlen wir. Sieht mich Janina etwa mitleidig an? Kann ich mir aber auch nur eingebildet haben. Dann gehen wir in unsere Abstellkammer. Nach dem Duschen packe ich die meisten Sachen in meinen Koffer, Marie tut es mir nach.

„Vielleicht ist es auch besser so", sinniert sie. „Es ist ohnehin nur temporär gewesen, das war uns doch beiden klar." Ich habe keine Ahnung, ob sie von uns oder von sich und Nick redet.

„Dann können wir doch genauso gut jetzt fahren", zucke ich resigniert mit den Schultern.

„Aber es ist wirklich schon spät", gibt sie zu Bedenken. „Und vielleicht trennt ihr euch dann wenigstens im Guten, Leo und du, wenn ihr morgen noch einmal sprecht", schlägt sie vor.

„Du hast recht, auch wenn ich gar keine Lust dazu habe, mir Leos Zukunftspläne anzuhören", seufze ich.

Kurz überlege ich, ob ich noch meine Mails lese oder noch etwas schreibe. Durch die schneebedeckten Berge sind mir die Landschaftsbeschreibungen viel leichter gefallen. Und die romantischen Szenen, Dank meiner Gefühle zu Leo, auch. Werde ich jetzt wieder nicht mehr schreiben können? Schließlich hat sich das mit meiner Muse gründlich erledigt! Doch die viele Heulerei hat mich ganz müde gemacht. Kaum habe ich es mir auf dem Sessel gemütlich gemacht, schlummere ich auch schon ein.

Trotz der späten Zubettgehstunde, sind Marie und ich um sieben Uhr früh bereits wieder wach. Nach dem Waschen packen wir unseren restlichen Kram ein. Leo hat sich nicht gemeldet.

„Hat Nick etwas geschrieben?", frage ich Marie.

„Ich habe ihn darüber informiert, dass wir heute abfahren werden. Er meinte, er kommt auf alle Fälle zum Frühstück, um uns zu verabschieden", erwidert Marie. Neid kommt in mir hoch. Die beiden scheinen keine Probleme mit ihrer Kommunikation zu haben. Ich könnte Leo eine Nachricht schreiben. Wobei: Nein, Leo hat sich derart danebenbenommen. Soll er sich doch bei mir melden!

Der Speisesaal ist für neun Uhr und Ferien ziemlich voll, wir haben Mühe, einen Tisch zu finden. Ich bediene mich erstmal am Kaffee, Marie häuft sich direkt den Teller mit Rührei und Speck voll. Nur kurze Zeit später kommt Nick herein. Zusammen mit Leo!

„Guten Morgen, die Damen!", ruft Nick gutgelaunt. Die beiden scheinen wirkliche Pragmatiker zu sein. Oder vielleicht ist es eben nicht die große Liebe zwischen Nick und Marie und sie wissen es auch.

„Guten Morgen, Leo", sage ich leise.

Nick und Marie setzen sich nebeneinander und tuscheln. Leo steht neben mir, setzt sich jedoch nicht hin. Seine Distanz schmerzt.

„Darie. Können wir vielleicht einen Spaziergang machen?", bittet er mich. Mein Magen fühlt sich merkwürdig an, ähnlich, als ob eine Hauswand eingestürzt ist.

„Natürlich", sage ich schnell und stehe auf. Essen kann ich ja später noch.

Draußen laufen wir ein Stück, bis Leo unvermittelt stehenbleibt.

„Es tut mir wahnsinnig leid, wie das mit uns gelaufen ist, Darie. Ich habe mich gestern wirklich schlecht gefühlt. Ich weiß, dass ich dich nicht gut behandelt habe", sagt er und blickt mich traurig an. Seine vergissmeinnichtblauen Augen wirken ohne das übliche Strahlen seltsam welk.

„Aber warum, Leo? Wieso hast du mir vorher nicht gesagt, dass wir gar keine Zukunft haben?", wage ich dann doch, nachzufragen. Ich wünschte nur, mit festerer Stimme, stattdessen höre ich mich weinerlich an. Wie peinlich.

„Ich habe gestern noch überlegt, ob ich zu dir gehe, aber ich musste mir erst über so vieles klar werden. Und es war auch schon arg spät. Weißt du, Darie: Die Kathi und ich, wir kennen uns schon unheimlich lange. Ich wusste nicht, dass sie ihre Zelte in Innsbruck abbricht und die Praxis ihres Vaters hier übernimmt. Und so eine

Familienpraxis war schon immer unser gemeinsamer Traum", sagt er und schaut mich beinah bittend an.

„Also bleibst du hier", stelle ich das Offensichtliche fest und komme mir gerade sehr sachlich dabei vor. Er nickt.

„Ja. Das ist so eine tolle Gelegenheit für mich, für uns. Unsere Väter waren gestern so begeistert. Wir haben alle bis tief in die Nacht Pläne geschmiedet. Und es ist genau das, was Kathi und ich schon während der Schulzeit vorgehabt haben."

„Und du und Kathi, ihr seid...?", frage ich, obwohl es mich eigentlich nichts angeht.

„Nein", sagt er ernst und beinah glaube ich es ihm auch. „Das ist lange vorbei. Aber der Ausbau der Praxis, der Kundenstamm und die Expertise unserer Väter sind sehr gute Gründe für mich, um hierzubleiben. Das Gute ist natürlich, dass ich bereits Erfahrungen mit einer eigenen Praxis habe."

„Tja. Ok. Viel Glück, Leo", sage ich kurz und kämpfe mit den Tränen, die ich ihm aber nicht zeigen will. Ich schlucke und schlucke, aber dieser dumme Kloß rutscht einfach nicht hinunter.

„Es tut mir leid", sagt er wieder. „Du bist ein wundervoller Mensch, Darie. Lass dir bloß nichts anderes einreden", sagt er mit belegter Stimme. Plötzlich nimmt er meine Hand und drückt einen Kuss auf meinen Handrücken. Es kribbelt an der Stelle.

„Es wird immer Menschen geben, die deine Arbeit zunichtemachen möchten, nur um sich dadurch besser zu fühlen. Aber das anzunehmen, es besserzumachen oder darüberzustehen, ist deine Entscheidung", sagt er sanft, während er meine Hand festhält. „Auf Wiedersehen, Darie."

Damit gibt er mir meine Hand zurück und geht aus meinem Leben. Nur das leichte Kribbeln auf meinem Handrücken erinnert noch vage an unseren Urlaubsflirt.

SIEBZEHN

Nur eine Stunde später sitzen Marie und ich im Auto. Schweigend. Es gibt auch nichts mehr zu sagen. Das Eine hätte keinen Sinn und das Andere hätte ohnehin keine Zukunft. Doch nach zehn Minuten hat Marie genug.

„Ich bin froh, dass wir es gemacht haben", sagt sie und klingt beinah trotzig.

„Ich denke, in ein paar Tagen werde ich das auch so sehen", seufze ich.

Marie nickt, während sie auf die Straße schaut. Im Moment ist glücklicherweise noch kein allzu großer Verkehr auf den Straßen. Die grässliche grüne Landschaft flitzt an uns vorbei.

„Ich denke, die Strecke ist zu weit, um sie in einem durch zu fahren. Bitte check mal, wo wir am besten übernachten", schlägt Marie wenig später vor.

Ergeben nicke ich, was sie natürlich nicht sieht, denn sie fährt ja. Und nach wie vor will sie mich nicht ans Steuer ihres roten Sportwagens lassen.

„Was macht eigentlich dein Zahn? Hat Nicks Vater alles wieder hinbekommen?", frage ich und bin erstaunt, dass wir gar keine Zeit hatten, darüber zu spreche. Das war aber auch eine aufregende Woche, nur leider mit einem traurigen Ende. Währenddessen schaue ich mir die Route auf meinem Handy an.

„Was hältst du von Nürnberg?", frage ich direkt danach.

„Die Krone sitzt super. Wie weit ist Nürnberg?", will sie wissen.

„Knappe vier Stunden", antworte ich.

„Lass uns noch etwas weiterfahren, damit wir morgen keine so weite Strecke mehr vor uns haben", schlägt Marie vor. Ich scrolle weiter.

„Dann vielleicht Kassel. Ist bestimmt auch billiger, was die Hotels betrifft. Da sind wir in ungefähr sieben Stunden", schlage ich vor.

„Ok, super! Such mal ein Hotel raus!", fordert sie mich auf.

Es verblüfft mich immer wieder, wie einfach Marie die Dinge angeht. Ich hätte erstmal darüber nachgedacht, hätte überlegt und diskutiert, was besser wäre, welche Stadt und überhaupt. Dann wäre ich irgendwann fast am Steuer eingeschlafen, hätte aber im Auto übernachten müssen, weil ich nicht wüsste, wo ich so schnell was zum Schlafen herkriegen soll. Offensichtlich bin ich es einfach nicht gewohnt, schnelle Entscheidungen zu treffen. Und brauche ich etwa immer jemanden, der mich antreibt?

Endlich, nach zehn Minuten finde ich etwas, das trotz Sommerferien noch etwas frei hat.

„Hier ist etwas", sage ich zögernd.

„Dann buch es einfach", gibt Marie zurück. „Bitte mit Frühstück."

Und dann mache ich das einfach.

Nach neun Stunden kommen wir völlig mürbe in Kassel an. Den Ferienverkehr, der sich ab Deutschland aufgetan hat, haben wir nicht kommen sehen, denn die Ferien dauern eigentlich noch an. Aber die Bayern sind anscheinend ebenfalls auf dieser Route unterwegs, zumindest sehen wir viele bayrische BMWs, die uns allesamt überholt haben.

Gegen halb acht abends steigen wir endlich aus diesem Wagen und können ihn beide nicht mehr sehen. Stöhnend nehme ich schon wieder meinen riesigen Koffer aus dem Auto. Bereits zum dritten Mal auf dieser Reise. So langsam habe ich genug davon, unterwegs zu sein. Noch diese Nacht und dann ist diese Reise endlich vorbei!

Irgendwann sollte ich vielleicht meine Mutter anrufen, aber diesen Gedanken schiebe ich erstmal weg. Das kommt frühestens übermorgen auf mich zu. Eigentlich kann ich sie mir gut in Maries Elternhaus vorstellen, weil wir früher ständig dort waren. Kann mir aber nicht vorstellen, dass sie plötzlich dort lebt, womöglich für immer.

„Ich habe uns ein Doppelzimmer gebucht. Ich hoffe, das ist ok", sage ich schüchtern, als wir die Lobby betreten.

„Ja sicher", antwortet Marie. Sie wirkt beinah heiter auf mich. Abe sie wurde ja auch nicht abserviert!

Wir checken ein, bringen unser Gepäck ins geräumige Doppelzimmer, laufen jedoch direkt wieder nach unten, weil wir Durst haben. Uns ist nicht nach Essengehen, also bestellen wir etwas zum Knabbern zu unseren Getränken an der Bar. Marie gönnt sich ein Glass Rotwein, ich kontere mit einer sahnigen Pina Colada. Viel reden wir nicht, sondern hängen einfach nur unseren Gedanken nach. Leos blaue Augen spuken ständig in meinem Kopf herum, ich kann einfach nichts dagegen tun. Hoffentlich lässt das mit der Zeit nach.

Ach, bestimmt. Ist ja nicht so, dass ich keine Erfahrung mit Liebeskummer hätte. Aber die Sache mit Leo ist schon etwas Besonderes gewesen, befürchte ich.

Um zehn Uhr gehen wir erschöpft auf unser Zimmer. Nach einer kurzen Dusche schlüpfen wir ins riesige Bett. Maries Atemzügen zur Folge, schläft sie beinah sofort ein. Ich wünschte, ich könnte auch schlafen. Tief und traumlos und ohne diese Vergissmeinnicht-blauen Augen, die mich ansehen, sobald ich meine Augen schließe!

Am nächsten Morgen sitzen wir bereits sehr früh wieder im Auto.

Marie wirkt total ausgeschlafen. Ihre leicht geröteten Wangen leuchten frisch wie die Morgensonne. Ich hingegen weiß, dass das bei mir nicht der Fall sein kann. Erschöpft döse ich so vor mich hin, während Marie uns nach Hause fährt. Als ich die Schilder nach Hamburg sehe, fange ich an zu heulen, passend zum Regen, der mit meinen Tränen um die Wette das Fenster entlangläuft. Es fließt einfach aus mir heraus, ohne dass ich es stoppen kann.

Marie fährt von der Autobahn ab auf einen kleinen Parkplatz. Plötzlich schluchzt sie ebenfalls los. Einfach so und ohne irgendeine Vorwarnung. Ich weiß gar nicht, wann ich Marie das letzte Mal habe weinen sehen.

„Ist doch irgendwie alles nicht ganz so einfach", schnieft sie und trompetet in ein Taschentuch.

„Wann war es das schon mal?", schluchze ich frustriert zurück.

Nachdem wir uns beide etwas beruhigt haben, fahren wir weiter. Eine halbe Stunde später kommen wir endlich zuhause an. Ein grauer Himmel und Nieselregen empfangen uns, was hervorragend zu unserer trüben Stimmung passt. Auf das norddeutsche Wetter ist zum Glück Verlass. Da wir bereits um acht Uhr losgefahren sind, ist es noch nicht einmal zwölf Uhr mittags.

Zusammen schleppen wir zuerst Maries Gepäck in ihre Wohnung. Im Erdgeschoss zu wohnen ist für so etwas wirklich hilfreich. Danach zerren wir gemeinsam meinen schweren Koffer ins Dachgeschoss. Nach getaner Arbeit geht Marie wortlos wieder nach unten. Wir sind beide müde und haben keine Lust zu reden.

Erleichtert blicke ich mich in meiner Wohnung um. Drei Wochen war ich fort, es fühlt sich wie eine kleine Ewigkeit an. Bestimmt sehe ich ganz anders aus und habe mich stark verändert!

Doch ein Blick in den Spiegel zeigt die gleichen Pausbacken, eingerahmt von zotteligen schwarzen Locken und einer Stupsnase. Dazu ein Hautteint, der aussieht, als ob ich Urlaub in der Antarktis gemacht habe und nicht etwa unter sengender Sonne die Berge hochgekraxelt bin. Alles beim Alten. Nur in meinem Inneren, da sieht es ganz und gar nicht danach aus.

Ich widerstehe dem Drang, Leo anzurufen. Nur noch einmal seine Stimme hören, flüstert meine innere Stimme sehnsüchtig. Aber das wäre doch nur reine Selbstverletzung. Ein glatter Bruch, schnipp schnapp ab!

Stattdessen hole ich beinah widerwillig meinen Laptop hervor und lese mir alles nochmal durch.

Und irgendwie finde ich das alles gar nicht so schlecht, was ich da die letzten drei Wochen über geschrieben habe. Wer, bitte, sind denn diese anderen Leute überhaupt, dass mich ihre Meinung so heruntergezogen hat? Sollen sie doch selbst ein Buch schreiben. Dann werden sie schon sehen, dass das ganz schön harte Arbeit ist!

Mit viel Wut und Dampf im Bauch setze ich mich hin und schreibe meinen Weihnachtsroman weiter.

Ein plötzliches Klingeln an meiner Tür reißt mich aus meinem Arbeitsfluss und ich sehe auf. Es ist bereits sechs Uhr abends! Seit fünf Stunden schreibe ich bereits und habe keine einzige Zeile gelöscht! Seufzend stehe ich auf.

Marie steht vor der Tür.

„Hi, Darie. Ich habe gerade mit meinem Vater gesprochen. Hast du Lust, hinzufahren?" Ungläubig schaue ich sie an.

„Äh, heute noch?", frage ich verstört. Meiner Mutter zu begegnen, stand heute ganz bestimmt nicht auf meiner Agenda! Doch Marie nickt so enthusiastisch, dass ihr strenger Pferdeschwanz hin und her wippt.

„Komm schon. Unsere Eltern leben zusammen, das muss ich mir ansehen!", grinst sie.

Doch ihre Heiterkeit ist nur gespielt. Das weiß ich, weil ich Marie bereits ihr ganzes Leben kenne. Sie will sich ein Bild machen und schauen, ob da etwas läuft zwischen den beiden. Wäre das denn überhaupt so schlimm?

„Uff, Marie. Dann setz dich. Ich muss erstmal duschen, mich schminken und zehn Kilo abnehmen!", raunze ich sie an und flitze ins Bad, um wenigstens die ersten beiden Punkte abzuarbeiten.

Nur eine halbe Stunde später stehe ich geschniegelt und geschminkt vor Marie. Ich wäre stolz auf mich, wenn der Anlass es hergäbe.

„Du siehst gut aus, Darie. Lass uns gehen", sagt sie und knufft mich in die Seite.

Na gut, ich bin auch neugierig, wie das Zusammenleben mit den beiden vonstattengeht.

„Wie schön, dass ihr da seid!", ruft Maries Papa und umarmt uns beide stürmisch.

Er ist etwas größer als Marie, noch hagerer als sie und trägt seine braunen Haare stoppelkurz. Ungewohnt, ihn heute zu sehen, denn meistens treffen wir uns an Geburtstagen oder am 1. Weihnachtsfeiertag. Meine Mutter steht mit verschränkten Armen daneben, Umarmungen waren noch nie ihre Stärke. Wahrscheinlich fehlt ihr die Herzlichkeit dafür oder sie findet es einfach unnötig. Ist es ja eigentlich auch, nett finde ich es trotzdem.

„Hallo Marie. Darie", sagt meine Mutter steif und nickt mir zu.

Gemeinsam gehen wir in das kleine Reihenhaus, das nur wenige Meter entfernt von unserem steht und ganz ähnlich ausschaut. Suchend blicke ich mich um, aber meinen Vater sehe ich nicht.

„Setzt euch, ihr beiden. Seid ihr nicht erst heute heimgekommen?", fragt Maries Vater besorgt und zeigt auf einen riesengroßen Esstisch, auf dem bereits Gläser, Weinflaschen und Wasser stehen. Aus der Küche dringt ein leckerer Duft.

„Hast du etwa gekocht, Werner?", grinse ich. „Ist doch noch gar nicht Weihnachten." Wir lachen alle außer meiner Mutter.

„Also Darie. Sei nicht so frech!", staucht sie mich zusammen.

Irritiert schaut Maries Vater sie an, sagt aber nichts. Klar, er ist das Verhalten meiner Mutter mir gegenüber als Erwachsene ja nicht gewohnt, weil wir, glaube ich, heute das erste Mal seit sehr langer Zeit gemeinsam hier sind. Alle Anwesenden können wahrscheinlich bereits jetzt verstehen, wieso das so ist.

„Ach, wenn mein einziges Kind mal wieder vorbeischaut, muss ich doch etwas anbieten. Und diese Spaghettipackung mit der Tomatensauce ist ja schnell gemacht", spielt er seinen Aufwand herunter.

„Du bist ein Schatz, Papa", grinst Marie.

Wir setzen uns an den riesigen hellen Esstisch. Die Gardinen sind neu, stelle ich auf einmal überrascht fest. Sie sind hellgelb, davor waren sie cremeweiß und hingen bestimmt so lange da, wie ich denken kann.

Werner trägt eine große Schüssel mit Spaghetti und eine weitere mit dampfender Tomatensauce rein und stellt sie auf dem Tisch ab, auf dem eine dunkelblaue Tischdecke liegt.

„Hast du auch Parmesan, Werner?", frage ich treuherzig.

„Natürlich! Steht in der Küche, Darie", antwortet er. Sofort stehe ich auf und hole ihn. Ich liebe Parmesan!

„Wie unhöflich, Darie", meckert meine Mutter, als ich den Parmesan auf den Tisch stelle. Werner runzelt die Stirn.

„Wanda. Ist alles in Ordnung? Fühlst du dich nicht gut?", fragt er sie und mustert sie besorgt.

„Wieso? Alles bestens", erwidert sie erstaunt.

„Dann ist es ja gut. Wie war eure Urlaubsreise, Mädels?", fragt er gutgelaunt und beginnt, uns die Teller vollzuschaufeln.

Natürlich häufe ich extra viel Parmesan auf meine Nudeln, bevor ich sie in Tomatensauce ertränke. Meine Mutter runzelt die Stirn, sagt jedoch diesmal nichts. Ich versuche, mir nichts anmerken zu lassen und futtere drauflos. Marie hat den Mund bereits voll, was sie aber nicht davon abhält, zu antworten.

„Es war echt öde dort. Das nächste Mal brauche ich dringend Meer, Palmen und Strand!", nuschelt sie. Ich nicke. Werner grinst.

„Hat mich sowieso gewundert, wieso ihr da hinwolltet. Ist Oberstdorf nicht eher was für unser Semester?", feixt er mit Blick auf meine Mutter.

„Wir wollten das einfach mal ausprobieren", setze ich Maries Ausführungen fort, und bin dankbar dafür, dass sie anscheinend nichts von unseren Techtelmechteln erzählen will.

„Und wie geht es euch?", platzt jetzt Marie heraus. Meine Mutter wird rot, was für ein merkwürdiger Anblick.

„Och, nichts Neues", tut Maries Vater das Ganze betont gelassen ab.

„Na ja. Vielleicht hat Darie es schon erzählt", räuspert sich meine Mutter. „Aber ich wohne jetzt hier, Marie", erzählt sie, als ob sie ein riesiges Geheimnis enthüllen würde.

„Das wissen die beiden doch schon längst, Wanda", lacht Werner erstaunt.

„Ich wusste nicht, dass es in den Abendnachrichten stand", sagt meine Mutter spitz und schiebt ihren halbvollen Teller beiseite. Sie scheint kaum etwas gegessen zu haben.

„Wie geht es dir, Mama? Hast du nochmal mit Gerd gesprochen?", frage ich sanft. Meine Mutter schluckt hörbar.

„Nachdem ich gesagt habe, dass ich eine gute Anwältin habe, ist er zurückgerudert. Er überweist mir einen Betrag, den die Anwältin abgeschätzt hat, bis das Scheidungsverfahren durch ist. Ich hoffe, der Spuk ist schnell vorbei", schließt sie.

Ich sehe, wie peinlich ihr das alles ist und sie tut mir aufrichtig leid. Werner lächelt ihr aufmunternd zu und gießt ihr das Glas beinah randvoll mit Rotwein.

„Der Sack wird zahlen müssen", sagt er ernst. Hat er gerade „Sack" gesagt?

„Papa. Deine Ausdrucksweise", grinst Marie.

Jetzt lacht auch meine Mutter, irgendwie scheint bereits ein Schluck Rotwein ihre Anspannung zu lösen. Ich hoffe nicht, dass sie das andauernd braucht, um locker zu werden.

„Das ist alles so neu für mich", entschuldigt sie sich jetzt.

„Das ist schon ok, Mama", sage ich herzlich und wir grinsen uns vorsichtig an.

„Ich bin froh, dass ich eine Nacht bei dir bleiben konnte", erzählt sie. „Und es war wirklich entspannend, mal ein Buch zu lesen, ohne dass der Inhalt direkt zur Diskussion stand", stöhnt sie. Wie jetzt?

„Was meinst du damit, Wanda?", fragt Marie verblüfft und gießt sich jetzt ebenfalls Rotwein ein. Wahrscheinlich werden wir hier übernachten oder uns ein Taxi teilen. Ich zeige ebenfalls auf mein Glas und Marie schenkt großzügig ein. Werner schnappt sich direkt die nächste Flasche, entkorkt sie und stellt sie geöffnet auf den Tisch.

„Dieser hoch intellektuelle Haushalt!", ruft sie verbittert. „Dabei habe ich doch sogar einen Hochschulabschluss, aber Gerd und seine Kinder haben immer auf mich herabgeblickt."

„Hat Georg auch zu dir gesagt, dass Geisteswissenschaften studieren quasi nur aus Aufsatzschreiben besteht?", frage ich mitfühlend. Meine Mutter schnaubt.

„Ich glaube, Valentina und Georg wissen gar nichts von meinem Studium, weil ich im Gegensatz zu dieser Familie auch nicht pausenlos damit angebe." Sie trinkt einen großen Schluck, wie, um das zu unterstreichen.

„Ganz schöne Snobs", fasst Marie zusammen.

„Genau!", ruft meine Mutter. „Snobs. Das hast du genau auf den Punkt gebracht, Marie. Siehst du Darie, schneid dir mal eine Scheibe von Maries Ausdrucksweise ab. Oder von dieser Daria Stern. Von der hast du ja haufenweise Bücher bei dir herumliegen!" Ich schlucke. Marie schaut mich an, aber ich schüttele mit dem Kopf und Marie versteht sofort.

„Nun ja, Darie hat Deutsch studiert. Bestimmt kann sie sich ganz hervorragend ausdrücken, wenn es notwendig wird", wirft jetzt Maries Vater, äußerst eloquent, meiner Meinung nach, ein.

„Aus dir hätte so viel werden können", lamentiert sie weiter. „Du solltest nicht dieselben Fehler machen wie ich und in einem sinnfreien Job landen, ohne irgendwelche Zukunftschancen." Vielleicht hatte sie jetzt doch genug Rotwein!

„Also, ich bin ganz zufrieden mit meinem Leben. Und der Lehrerberuf ist doch ein angesehener Beruf. Schließlich bereite ich junge Menschen aufs Leben vor!", schnappe ich empört zurück.

„Aber sieh dir doch Marie an", erwidert sie ehrfürchtig und mir wird leicht übel. „Wie weit sie gekommen ist. Sie ist Abteilungsleiterin mit einer Menge Verantwortung! Deine Mutter wäre so stolz auf dich", sagt sie und plötzlich rollt eine Träne ihre Wange herunter. Schnell wischt sie sie fort.

„Deine Mutter und ich haben uns oft über euch unterhalten. Wie stolz sie immer auf dich war, Marie!" Genau.

Und meine Mutter hatte nichts zum Kontern mit ihrer missratenen Tochter, denke ich frustriert. Werner räuspert sich.

„Aber du kannst doch auch sehr stolz auf Darie sein, Wanda. Sie ist eine äußerst beliebte Lehrerin, hat eine Bücher AG an ihrer Schule ins Leben gerufen und gibt nachmittags kostenlosen Förderunterricht", wirft er ein und ich fühle Wärme in mir aufsteigen. Maries Eltern haben mich immer in allem bestärkt. Wahrscheinlich ist nur deswegen etwas aus mir geworden. Nur eben nichts so Großartiges, also in den Augen meiner Mutter.

„Das wusste ich gar nicht!", entgegnet meine Mutter beinah empört.

„Und deine Bücher, die du schreibst, Darie, sind doch sogar auf den Bestsellerlisten", haut er auf einmal raus und ich erstarre.

„Welche Bücher denn?", fragt meine Mutter verwirrt.

„Woher weißt du…?", stammele ich. Maries Vater grinst und zwinkert mir zu.

„Natürlich weiß ich, dass du Bücher schreibst, Darie. Ich bin doch nicht blöd", schmunzelt er.

„Ich hatte keine Ahnung, dass du Bescheid weißt, Papa!", japst Marie. Dass ihr alter Herr sie mal so überraschen könnte, hätte sie sicherlich nicht gedacht.

„Könnte mich mal jemand aufklären? Du schreibst Bestseller, Darie und hast mir das nicht erzählt?!", ruft meine Mutter mehr empört als erstaunt.

„Äh, ja. Du kennst sie. Du hast sie gelesen", stammele ich.

„Wer…?" Meine Mutter so dermaßen sprachlos zu erleben, sollte sich eigentlich besser anfühlen. Ach was, das tut es auch!

„Ich bin Daria Stern", sage ich feierlich.

„Wow", haucht sie und in mir bricht ein Feuerwerk los. Meine Mutter mag meine Bücher!

„Äh ja. Und deshalb war ich auch in Österreich. Für meinen nächsten Roman brauchte ich Inspirationen über schneebedeckte Landschaften", erzähle ich.

„Im Juli?", fragt Werner entgeistert.

„Sicher", nickt Marie, als ob man das doch wissen müsste. „Wisst ihr etwa nicht, wieviel Arbeit in so einem Roman steckt? Da kann Darie schließlich schlecht erst im Oktober mit dem Schreiben starten."

„Unglaublich, Darie. Ich bin wirklich beeindruckt", sagt meine Mutter und es fühlt sich wahnsinnig gut an, das aus ihrem Mund zu hören.

Doch nachdem wir das verdaut haben, bricht erstmal der Gesprächsfaden ab.

„Wer will Nachtisch?", fragt Werner in unser Schweigen.

„Kannst du etwa Gedanken lesen, Papa?", grinst Marie.

Beide stehen beinah gleichzeitig auf und gehen in die Küche.

„Was muss ich für eine schlechte Mutter sein, wenn du mir so etwas nicht erzählst", seufzt meine Mutter.

„Na ja, du hast dir immer so viel auf eure Intellektualität eingebildet, da erschien es mir unpassend, dir zu erzählen, dass ich erotische Romane schreibe", sage ich achselzuckend.

„Das stimmt. Es tut mir leid, Darie. Ich glaube, man gefällt sich einfach sehr darin, auf andere herabzublicken. Jetzt erst, aus der Ferne betrachtet, wird mir klar, dass diese Familie auch auf mich herabgeblickt hat. Keine Ahnung, was ich an Gerd und dem Rest gefunden habe", stöhnt sie.

„Wann und wo habt ihr euch eigentlich kennengelernt?", frage ich, weil ich mich das eigentlich schon immer gefragt habe.

„Ach. Wir haben uns zufällig kennengelernt, als ich zu einer Routineuntersuchung ins Krankenhaus musste. Als er die Chefarztstelle in Hannover bekam, hat er mich gebeten, mitzukommen. Als seine Frau", sagt sie und schluckt. „Ich war froh, von hier wegzukommen. Seit Gunda tot war, wollte ich einfach nur noch fort von hier." Sie schluchzt leise. Dann räuspert sie sich.

„Das ist doch alles Unsinn, was ich hier erzähle. So war das doch gar nicht!", ruft sie auf einmal.

Marie, die gerade mit ihrem Vater zurückkommt, zuckt zusammen und lässt beinah die Schale Schokopudding fallen. Klirrend stellt ihr Vater eine Schale mit Roter Grütze daneben ab. Wir alle schauen meine Mutter abwartend an.

„Ok", sagt meine Mutter unvermittelt. „Da ist etwas, worüber ich nie mit euch gesprochen habe."

ACHTZEHN

Marie und ihr Vater setzen sich wieder an den Tisch.

„Worüber denn?", fragt Marie.

Der Schokopudding bleibt unangerührt, was für diese Familie eine echte Leistung darstellt.

„Ich, also, ich", beginnt sie. „Darie, ich habe dich angelogen. Wobei, nicht ganz. Ich habe Gerd an einer Klinik in Hamburg kennengelernt. Aber es war nicht meine Untersuchung, sondern Gundas." Pause.

Ich habe überhaupt keine Ahnung, wovon meine Mutter spricht, und schiele vorsichtig in Maries Richtung.

„Wieso musste Mama ins Krankenhaus?", fragt Marie verwundert.

„Und wieso weiß ich nichts darüber?", sagt Werner mit ungewohnter Schärfe in der Stimme, dass selbst meine Mutter zusammenzuckt.

„Ihr Hausarzt hat sie dorthin geschickt. Ihre Blutwerte waren auffällig. Deshalb bin ich mit ihr nach Hamburg zu einem Spezialisten gefahren. Dort haben sie festgestellt, dass sie Bauchspeicheldrüsenkrebs hat." Bei diesen Worten zucke ich zusammen. Entgeistert schauen wir alle meine Mutter an.

„Wanda! Das kann doch nicht sein. Gunda hätte doch mit uns reden müssen!", sagt Werner hörbar verzweifelt und ich fühle mit ihm. Verschwunden ist seine übliche Heiterkeit. Völlig verwirrt blickt er meine Mutter an. Niemand von uns kann diese Worte begreifen, die meine Mutter gerade ausgesprochen hat.

„Ich glaube, sie wollte euch einfach nicht damit belasten", stammelt meine Mutter. „Ich habe so geheult, als sie mir von der Diagnose erzählt hat. Wir haben einfach gar nicht mit so etwas gerechnet, denn eigentlich ging es ihr gut. Vielleicht hatte sie Angst vor einer ähnlichen Reaktion bei euch. Vor allen Dingen standen ihre Heilungschancen extrem schlecht." Sie schluckt hörbar. Dann blickt sie mich beschämt an.

„Gerd war damals der behandelnde Arzt von Gunda. Er war so wahnsinnig einfühlsam und das hat mir imponiert. Er war Oberarzt in dem Krankenhaus in Hamburg, bis er Chefarzt in Hannover wurde." Die letzten Worte sind beinah geflüstert.

„Nochmal zurück zu meiner Mutter!", unterbricht Marie sie scharf und bevor ich auch nur etwas erwidern kann. „Wieso hat sie nicht mit mir geredet, Wanda?" Meine Mutter zuckt zusammen.

„Sie wollte es einfach nicht", sagt meine Mutter hilflos. „Sie hat mich gebeten, es euch nicht zu sagen. Du warst doch erst 16, Marie! Sie wollte dich nicht damit belasten. Letztendlich wollte sie wahrscheinlich nicht, dass ihr jemand beim Sterben zugucken muss, nehme ich an."

Meiner Mutter laufen die Tränen runter. Ich frage mich, wieso sie überhaupt all diese Jahre gewartet hat. Und wieso sie es gerade heute erzählt. Der Grund mit dem Kennenlernen erscheint mir fadenscheinig. Aber vielleicht hat dieser Punkt einfach ihr Fass zum Überlaufen gebracht?

„Zuerst hat sie geschwiegen, weil sie Gewissheit haben wollte. Doch als sie sie hatte… als sie wusste, dass sie wahrscheinlich nicht mehr lange leben würde, hat sie sich einen perfekten Tag von mir gewünscht", fährt meine Mutter leise fort.

„Ihr letzter Wunsch war, dass wir alle Dinge tun, die wir am liebsten zusammen gemacht haben. Wir sind nach Bonn gefahren, waren dort Chinesisch essen, haben bei der Uni vorbeigeschaut und waren im Deutschen Museum", zählt meine Mutter auf und fängt sich dadurch wieder etwas. Stattdessen tritt ein kleines Leuchten in ihre braunen Augen.

„Ihr wart damals auf Klassenfahrt und Werner auf Geschäftsreise. Ich habe deinem Vater gesagt, dass ich bei Gunda übernachte, Darie. Wir waren dann hier und haben zusammen Weihnachten gefeiert."

„Wie jetzt?", frage ich verdutzt.

„Wieso Weihnachten? Wir waren doch nicht im Dezember auf Klassenfahrt", entgegnet Marie erstaunt.

„Nein, das war die Fahrt in der zehnten Klasse. Es war Juni. Dabei haben wir unsere beiden Lieblingsfilme geschaut", erzählt meine Mutter.

„Die Feuerzangenbowle. Und Weihnachten im Juli. Wahrscheinlich", stößt Marie hervor. Ihre Augen sind zwar trocken, aber sie ist ganz blass. Ihr Gesicht wirkt wie eine Maske aus Wachs.

„Genau", nickt meine Mutter. „Wir haben das geplant, nachdem sie die Diagnose bekommen hat. Ich bin zu jedem Gespräch mit ins Krankenhaus gekommen. Wir haben mehrere Male mit dem Arzt, also mit Gerd, gesprochen. Doch es ist einfach viel zu spät erkannt worden." Ihr Stimme klingt rau und gepresst.

Ich warte darauf, dass noch etwas kommt, irgendeine Erklärung, wieso sie ausgerechnet heute damit rausplatzt. Aber ich höre nur ein Schniefen, dass von ihr oder auch von Marie kommen könnte.

„Wieso hast du nicht wenigstens mit mir darüber geredet?", durchbricht Werner anklagend das Schweigen meiner Mutter und durch mich hindurch geht ein Ruck, als ob man mir in den Magen geboxt hat.

„Bis heute habe ich mich immer wieder gefragt, wieso sich Gunda umgebracht hat! Ich war am Boden zerstört, als sie tot war. Wir beide, Marie und ich, wir wussten einfach nicht, wie wir damit fertig werden sollten! Und du hast die ganze Zeit gewusst, was los war, Wanda? Du hättest sie davon abhalten müssen! Du hättest mit mir sprechen müssen! Dann hätten wir wenigstens eine Erklärung gehabt!", schreit er meine Mutter an. Entsetzt blickt sie in seine grauen Augen, die Maries so ähnlich sind.

„Du hättest sofort mit uns reden müssen, Wanda!", brüllt Marie zornig.

Beide stehen gleichzeitig auf und laufen hin und her. Mir wird ganz schwindelig davon. Werner nickt grimmig und fährt sich hektisch über die Augen.

„Wieso heute, Wanda?", fragt er unvermittelt. „Warum ausgerechnet heute? Dann hättest du es auch einfach dabei belassen können. Schließlich hast du 19 Jahre geschwiegen. Was bringt dich heute dazu, es uns zu sagen?", stöhnt er.

Sein Gesicht wirkt völlig verkrampft. Er ist so rot, dass ich Angst davor habe, dass er gleich umfällt. Marie hingegen ist blass wie ein frischgewaschenes Laken. Ihre grauen Augen stechen hervor und lassen sie wie eine Schwarzweißfotografie wirken. Fassungslos blicken die beiden meine Mutter an. Ich weiß überhaupt nicht, was ich sagen soll. Ja, ich hätte es auch gerne früher gewusst.

„Mama hätte es uns sagen müssen!" Tränen spritzen aus Maries Augen, doch ihr Blick sprüht Feuer.

„Ich habe wirklich versucht, sie dazu zu bewegen", versichert ihr meine Mutter. „Wenn ich gewusst hätte, was Gunda vorhat, hätte ich bestimmt versucht, es ihr auszureden", sagt sie verbittert. „Das müsst ihr mir glauben!"

„Nur wenige Wochen später hat sie sich umgebracht", sagt Marie heiser und hält sich an der Stuhllehne fest. Werner nimmt Maries Hand und drückt sie sanft. Marie stützt sich in seine Hand und dann zieht Werner sie in seine Arme.

„Ich hätte es auch gerne gewusst, Marie", sagt er leise, so als ob er nur zu ihr spricht und wir gar nicht mehr da sind. „Es macht mich traurig, dass wir uns nicht gemeinsam voneinander haben verabschieden können."

Dann wendet er sein Gesicht zu uns, also meiner Mutter und mir. Sein Gesicht hat wieder eine halbwegs normale Farbe angenommen, seine grauen Augen blicken uns traurig an.

„Danke, dass du endlich mit uns darüber gesprochen hast, Wanda", sagt Werner mit leiser dunkler Stimme, jedoch weniger frostig als noch Sekunden zuvor.

„Du hättest gerne eher mit uns reden können!", brüllt Marie auf einmal so laut, dass alle zusammenzucken.

„Da hast du völlig recht, Marie. Es tut mir leid", versucht meine Mutter zu entschuldigen, was doch unentschuldbar ist. Marie fährt schonungslos dazwischen: „Ich habe mich immer gefragt, wieso sie das gemacht hat! Wieso sie uns alleine gelassen hat! Und du wusstest die ganze Zeit Bescheid, Wanda!" Sie reißt einen Stuhl hervor und lässt sich darauf platschen. Werner setzt sich langsam auf den Stuhl neben sie.

„Sie hat mich doch darum gebeten. Aber heute sehe ich euch und Darie hat mich gefragt, wo ich Gerhard kennengelernt habe. Ich habe mich so schäbig gefühlt, dich angelogen zu haben, Darie!", stößt meine Mutter aufgebracht hervor.

„Wie schön, dass *du* dich schäbig fühlst!", schreit Marie sie an.

So aufgebracht habe ich Marie noch nie gesehen. Aber das war jetzt auch wirklich eine Keule, die meine Mutter da rausgehauen hat. Und das nach 19 Jahren!

„Es war ein wunderbarer Tag", seufzt meine Mutter, während ein paar Tränen aus ihren Augen laufen. Ich habe sie noch nie so emotional erlebt wie heute.

„Und Gerd war ihr behandelnder Arzt?", frage ich jetzt neugierig und auch, um das Thema zu wechseln. Schließlich ist das Ende uns allen hinreichend bekannt:

Nur zwei Monaten nach diesem „perfekten" Tag, hat sich Maries Mutter vor einen Zug gestürzt.

„Er hat sich damals mit ihrem Fall näher beschäftigt", erzählt sie und bekommt rote Wangen, die aber hoffentlich am Wein liegen. Schließlich ist der Typ ein Windhund. Und so richtig toll hat sich Leo auch nicht verhalten. Männer sind eben doch Schweine.

„Und hattest du dann schon etwas mit ihm?", fragt jetzt Marie schneidend. Upps, das ist jetzt wirklich eine interessante Frage!

„Nein, natürlich nicht", wehrt meine Mutter empört ab. „Aber nach Gundas Tod, war ich wie vor den Kopf gestoßen. Ich war so unglücklich und einsam. Also habe ich Gerds Werben nachgegeben und bin nach Hamburg gezogen. Erst habe ich bei einer Freundin und ihrer Tochter gewohnt, bin aber schnell in eine eigene Wohnung umgezogen. Was du wüsstest, Darie, hättest du mich mal besucht", seufzt sie.

„Nun, ich sah da wirklich keine Notwendigkeit drin, Mama. Schließlich hast du uns verlassen!", rufe ich jetzt mal empört.

„Ich habe doch nicht dich verlassen, Darie", stellt meine Mutter klar. „Ich habe deinen Vater verlassen. Der sich ständig hinter seiner Schulvorbereitung und seinen Korrekturen verschanzt hat!"

„Aber mitgenommen hast du mich auch nicht", sage ich schrill. „Wie hast du denn geglaubt, hat sich Papa um mich gekümmert, als du weg warst? Er hat ja schließlich nicht weniger gearbeitet!"

Doch, mein Vater und ich haben ein gutes Verhältnis, aber eben auf eine sehr ruhige und konfliktfreie Art. Im Grunde genommen war ich mit sechzehn bereits alleine für mich verantwortlich. Denn die Mutter, die sich immer um mich gekümmert hat, hatte sich ja umgebracht.

Die alte Wut kommt wieder in mir hoch. Auch wenn meine Mutter und ich nie gut miteinander zurechtgekommen sind, habe ich ihr Verlassen als etwas Schlimmes empfunden. So, als ob sie uns verlassen hat, weil sie mich nicht für gut oder wichtig genug befunden hat, um zu bleiben. Doch Marie legt ihre Hand auf meine Schulter.

„Es war für uns alle eine harte Zeit, Wanda. Es wäre hilfreich für uns gewesen, hättest du uns wenigstens die Gründe genannt, wieso Mama das getan hat. Wir hätten uns gemeinsam an sie erinnern können", sagt sie jetzt wesentlich gefasster als noch vor wenigen Minuten. Ihre Selbstbeherrschung ist bewundernswert. Ich ringe immer noch mit meiner Fassung und sie ist bereits beinah wieder sie selbst.

„Aber das haben wir doch trotzdem getan", erinnert jetzt ihr Vater sie sanft.

„Das stimmt. Aber oft haben wir uns auch gefragt, wieso sie uns freiwillig verlassen hat. Und wieso sie sich uns nicht anvertraut hat. Ich wäre nie auf die Idee gekommen, dass sie krank war. Denn ich hätte nie geglaubt, dass sie nicht mit uns darüber sprechen würde. Hattet ihr auch einen Tannenbaum?", fragt sie jetzt plötzlich mit glänzenden Augen. Meine Mutter lacht. Es ist ein Lachen, das ich nur selten von ihr höre: unbeschwert und leicht. Irgendwie hat sich die ganze Stimmung im Raum merklich entspannt.

„Nein, wie hätten wir den denn erklären sollen? Und einen zu kaufen, gab es auch nicht im Juni. Aber wir haben ein festliches Essen aus Gänsekeulen, Klößen und Rotkohl gekocht. Deine Mutter mochte ja so ein Essen", sagt meine Mutter kopfschüttelnd. „Und dann haben wir uns die beiden Filme angeguckt. „Ist das Leben nicht schön" haben wir auch noch begonnen zu schauen, doch dabei sind wir auf dem Sofa eingeschlafen. Am nächsten Tag hat mir Gunda mitgeteilt, dass sie die Behandlung gar nicht erst beginnen wird. Nur hätte ich nie gedacht, dass sie ihr Leben selbst beenden würde. Aber wenn wir mal ehrlich sind, entspricht es doch genau ihrer Persönlichkeit", schließt sie achselzuckend. Schweigen.

Ich habe wirklich Mühe, diesen Abend zu verarbeiten. Plötzlich lachen Marie und Werner laut auf und ich zucke zusammen. Während sie lachen, laufen ihnen gleichzeitig Tränen herunter. Das Lachen entspannt die Atmosphäre endgültig und auch ich muss auf einmal leicht bei den trockenen Worten meiner Mutter grinsen.

„Das stimmt!", japst Werner.

„Das passt wirklich zu ihr", schluchzt Marie auf.

Wieder drückt Werner die Hand seiner Tochter. Dann holt er eine Packung Taschentücher aus seiner Hosentasche, zieht sich eines heraus und gibt die Packung dann an uns alle weiter. Marie nimmt sich auch eines und beide, ihr Vater und sie, tröten synchron hinein. Auch meine Mutter und ich bedienen uns und legen unsere Gesichter trocken. Dabei schauen wir uns an. Seit langer Zeit liegt so etwas wie Herzlichkeit in dem Blick meiner Mutter.

„Ich stand damals völlig neben mir, Darie. Ich war so unglücklich in meiner Ehe. Ich habe mich die ganze Zeit gefragt, ob es das schon gewesen ein soll", versucht sie zum ersten Mal, sich mir zu erklären.

„Ich wusste nicht, dass du so unglücklich bei uns warst. Ich wusste nur, dass ich nicht die Tochter war, die du dir wünschst", erwidere ich leise.

„Aber das stimmt doch nicht, Darie. Ich habe mich immer sehr lobend über dich geäußert", rechtfertigt sie sich.

„Mir gegenüber nicht", schnappe ich ungehalten zurück.

„Ja, aber das tut man doch auch nicht. Dann würdest du dich doch nur auf dem Lob ausruhen und überheblich werden", sagt sie schnippisch.

„So ein Unsinn, Wanda", fährt Werner jetzt dazwischen. „Wir haben Marie immer in allem bestärkt, haben sie gelobt und auch mal gemeckert, wenn sie einen Durchhänger hatte. Aber vor allem haben wir immer versucht, ihr klarzumachen, dass sie für sich selbst lernen muss. Nicht für uns oder damit wir damit angeben können." Leise und eindringlich kommen diese Worte raus. Und meine Mutter sieht tatsächlich etwas geknickt aus.

„Ich bin schon so aufgewachsen. Und mir hat es auch nicht geschadet", rechtfertigt sie sich.

„Genau", stimme ich ihr zu. „Deshalb wolltest du ja auch, dass ich etwas aus mir mache und im Gegensatz zu dir in einem Job mit Perspektive lande!" Marie und ihr Vater grinsen mich an.

„Touché, würde ich sagen", grinst Marie. Meine Mutter sieht sie strafend an, sagt aber nichts.

„Ich muss jetzt Pudding essen", stöhnt Marie plötzlich und schnappt sich die Schüssel.

„Gute Idee", seufzt Werner und schnappt sich die Rote Grütze. Danach tauschen sie.

„Der Zucker tut so gut!", stöhnen sie beinah unisono und ich muss einfach lachen über die beiden.

Was meine Mutter heute ausgepackt hat! Man könnte ein Buch darüberschreiben. Nur vielleicht nicht über unsere Beziehungen, denn das mangelnde Happyend verkauft sich ganz bestimmt nicht gut.

Irgendwann gähne ich herzhaft und sehe, dass es bereits ein Uhr morgens ist.

„Bleibt doch beide hier", schlägt Werner vor.

„Ehrlich gestanden möchte ich in mein eigenes Bett", erwidere ich. „Ich war jetzt drei Wochen unterwegs, ich brauche mein Schlafzimmer." Marie nickt und zückt ihr Handy, um uns ein Taxi zu rufen.

„Sei nicht böse, Papa, ich brauche auch meine eigenen vier Wände. Aber wir kommen noch vor Weihnachten vorbei, versprochen", sagt Marie.

„Das will ich hoffen, ist ja erst Anfang August", seufzt ihr Vater.

Meine Mutter sagt nichts dazu. Plötzlich hören wir das Hupen, das uns signalisiert, dass unser Taxi bereits da ist. Schnell drücke ich meine Mutter. Erst rührt sie sich nicht, dann drückt sie mich zurück.

„Schön, dass wir uns gesehen haben. Bis Bald, Marie", sagt sie noch, dann geht sie in ihr Zimmer, bevor ich auch nur etwas erwidern kann.

Marie und ich steigen ins Taxi, nennen die Adresse und hängen unseren Gedanken nach. Ob sie an Nick denkt? Oder vielleicht an ihre Mutter? Ich kann das gar nicht einschätzen, doch ich hoffe, dass wir vielleicht irgendwann darüber sprechen können.

Schweigend lassen wir uns nach Hause fahren, wir müssen beide diesen Abend erstmal verarbeiten. Nachdem wir das Taxi bezahlt haben, stehen wir unschlüssig vor der Haustür. Wir wissen einfach nicht, was wir sagen sollen.

„Hey", sage ich. „Das war wirklich ein heftiger Abend!" Marie nickt.

„Oh ja. Aber das Schlimmste ist eigentlich, dass ich am liebsten Nick sofort alles erzählen will. Wie dämlich ist das denn!", ruft sie empört.

„Das ist überhaupt nicht dämlich, sondern total süß, Marie. Wollt ihr es nicht doch noch einmal versuchen?" Ich habe noch nie erlebt, dass Marie dermaßen in jemanden verschossen ist.

„Vielleicht werde ich schwach und rufe ihn an", seufzt Marie. „Aber jetzt gehe ich erstmal schlafen. Gute Nacht, Darie."

Und dann umarmen wir uns, obwohl gar nicht Neujahr ist, sondern August. Aber man kann ja mal eine Ausnahme machen.

Neunzehn

Müde steige ich die drei Stockwerke nach oben. Das ist auch so ein weiterer Nachteil an meiner Dachgeschosswohnung: Wenn man müde und / oder betrunken ist, dauert es ewig, bis man oben ist. Stöhnend brauche ich zwei Anläufe, bis ich endlich aufgeschlossen habe. Nach einer schnellen Katzenwäsche liege ich endlich wieder in meinem Bett. Ganz tief vergrabe ich mich unter meiner Bettdecke. Ich bin so froh, dass ich wieder zuhause bin.

Dann schließe ich die Augen und sehe ihn. Seine hellblauen Augen erinnern an einen leuchtendblauen Sommerhimmel. Erschrocken fahre ich hoch.

Draußen dämmert es bereits. Habe ich überhaupt schon geschlafen? Zumindest fühle ich mich wieder etwas wacher.

Es ist bereits sechs Uhr, wie mir mein Wecker verrät. Na ja, zumindest scheine ich drei Stunden tief und fest geschlafen zu haben.

Seufzend steige ich unter die Dusche. Danach suche ich nach irgendetwas, was ich noch anziehen kann, das meiste ist im Koffer. Also öffne ich das riesige Ding, das ich mir extra für diesen Urlaub gekauft habe und fange an, zu sortieren. Ich bin wirklich heilfroh, dass ich mittlerweile eine Waschmaschine hier oben stehen habe. Anfangs musste ich dafür immer nach unten in die Waschküche laufen. Dadurch haben sich wahre Wäscheberge bei mir angehäuft, weil ich das Waschen so lange vor mir hergeschoben habe, bis ich nichts mehr zum Anziehen hatte.

Eine halbe Stunde später läuft die erste Ladung und ich sitze endlich bei meinem ersten Kaffee. Dabei öffne ich meine Mails, aber es scheinen nur Spams zu sein. Dann checke ich meine Facebookseite, aber Madeleine hat mich immer noch blockiert.

Dann öffne ich die Datei zu meinem Buch und lege los.

Als ich wieder aufblicke, strahlt mir die Mittagssonne entgegen. Die letzten Stunden sind nur so dahingeflogen. Zwischendurch habe ich die Wäsche in den Trockner gepackt und sofort die nächste Ladung angeworfen. Dann habe ich weitergeschrieben. Es sind jetzt sage und schreibe 550 Seiten plus das Wort Ende!

Ich werde ganz ausgelassen vor lauter Glück!

Endlich habe ich dieses Wort mal wieder unter einen meiner Romane setzen können. Und das nach über einem Jahr!

Plötzlich blinkt mein Skype auf und ich klicke auf den Button.

„Hi Darie", schluchzt Madeleine mir entgegen. „Es tut mir so leid!" Entgeistert schaue ich auf meinen Laptop.

„Madeleine! Mir tut es leid. Ich hätte nicht so direkt sein sollen", sage ich zerknirscht.

„Ich kann dir gar nicht genug danken für deine Ehrlichkeit!", ruft sie, während immer noch Tränen ihre Wangen herunterlaufen. Das sieht wirklich etwas gruselig aus.

„Wenn einem wildfremden Menschen anscheinend sofort auffällt, was in meinem Leben falschläuft. Wenn das so offensichtlich ist! Dann muss etwas dran sein!", schluchzt sie. Ich bin immer noch völlig verdattert.

„Ok?", frage ich und bin eigentlich immer noch sprachlos.

„Als erstes habe ich mit Alexander gesprochen. Und es war, als ob mir die Schuppen von den Augen gefallen sind: Er liebt mich nicht! Er sucht lediglich nach einer guten Partie und jemandem, mit dem er sich zeigen kann. Als ich ihn gefragt habe, wie er unsere Zukunft sieht, hat er lediglich von *seinen* Karriereplänen geschwafelt. Als ich dann von meiner Doktorarbeit erzählt habe und dass ich bald abgeben kann, hat er nur amüsiert gelächelt und gesagt, dass das doch völlige Zeitverschwendung sei. Wir heiraten doch bald und dann müsste ich mich doch um unsere gesellschaftliche Stellung kümmern. Er hätte nun wirklich nichts gegen meinen kleinen Job im Verlag, nur den Haushalt zu führen sei ja nicht ausfüllend. Ich habe ihm zugehört und ihn nicht wiedererkannt! Ich hatte keine Ahnung, dass er so ein Macho ist!" Wütend brüllt sie aus dem Laptop heraus. Ihr hübsches Gesicht ist leicht verzerrt, die braunen langen Haare sind völlig verstrubbelt und ihre Augen erscheinen dunkel.

„Und dann?", frage ich neugierig.

„Ich habe ihn zum Teufel gejagt!", schließt sie und wirkt auf einmal sehr zufrieden.

„Das tut mir leid", sage ich, um etwas zu erwidern.

„Muss es nicht. Danach habe ich mit meinen Eltern gesprochen. Das Gespräch war viel furchtbarer", stöhnt sie.

„Verdammt", keuche ich. „Noch furchtbarer als mit deinem Verlobten Schluss zu machen?" Madeleine nickt grimmig.

„Sie wollen auf alle Fälle das Geld wieder, das sie bereits in diese Hochzeit investiert haben. Ich muss wohl einen Kredit aufnehmen", sagt sie und klingt leicht verzweifelt.

„Einen Kredit? Wo wolltet ihr denn heiraten?", frage ich erstaunt. Ich wüsste gar nicht, wie meine Hochzeit aussehen würde, aber einen Kredit würde ich nicht dafür aufnehmen wollen.

„Es war bereits alles geplant, natürlich ohne, dass ich irgendetwas damit zu tun gehabt hätte. Meine Mutter hat einen Hochzeitsplaner engagiert und alles mit ihm abgesprochen. Ich kann froh sein, dass ich mir mein Brautkleid selbst aussuchen durfte", erzählt Madeleine aufgebracht.

„Dann würde ich das auch nicht zurückzahlen", sage ich unbedacht. Uff, ich bin wirklich vorlaut.

„Meinst du wirklich? Du bist so unabhängig, Darie. Du sagst einfach, was du denkst. Ich wünschte, ich hätte deinen Schneid", seufzt sie. Huch, das hat mir ganz bestimmt noch niemand gesagt, da könnte ich mich sicherlich dran erinnern.

„Wo lebst du eigentlich, Madeleine? Hoffentlich nicht bei deinen Eltern?", frage ich vorsichtig.

„Doch, leider. Es ist keine tolle Atmosphäre, in der ich im Augenblick leben muss. Aber ich muss meinen neuen Job erstmal beginnen, bevor ich an eine eigene Wohnung denken kann."

„Blöd", sage ich ehrlich. „Du lebst also in Hamburg. Hättest du nicht Lust, heute Abend nach Pinneberg zu kommen? Marie, du und ich könnten Tapas essen gehen", schlage ich spontan vor.

„Wirklich?", fragt sie und scheint zu überlegen. „Tatsächlich habe ich festgestellt, dass ich die letzten Jahre nur noch gemeinsame Freunde mit Alexander besucht habe und kaum noch andere Menschen kenne", fährt sie fort. „Du musst mich echt für eine komplette Idiotin halten. Erst blockiere ich dich und jetzt heule ich dir die Ohren voll!", stöhnt sie.

„Das ist schon ok", grinse ich sie an. Dankbar grinst sie zurück und streicht sich ihre braune Mähne aus dem Gesicht.

„Schick mir die Adresse, Darie. So um sieben?", strahlt sie mich aus dem Laptop an.

Nachdem wir aufgelegt haben, schicke ich Madeleine die Adresse auf ihr Handy, denn Nummern haben wir jetzt auch ausgetauscht. Und blockiert bin ich jetzt auch nicht mehr.

Nachdem ich die zweite Wäscheladung in den Trockner geräumt habe, überarbeite ich mein Exposé und schicke den Roman an Mirabell. Unglaublich, wie schnell ich dieses Buch fertiggeschrieben habe!

Und dass ich anscheinend meine Schreibblockade überwunden habe!

Woran liegt das eigentlich? Daran, was Leo zu mir gesagt hat oder Madeleine? Oder dass meine Mutter zum ersten Mal in meinem Leben mir gesagt hat, dass sie stolz auf mich ist? Ein bisschen wohl von allem.

Prompt kommt auf meinem Handy eine Nachricht an: Liest sich super. Ich schicke es ins Rennen! Und ein Daumen hoch Emoji.

Sonst nichts, aber das spricht so viel Anerkennung aus, wie es wahrscheinlich tausend Worte gar nicht ausdrücken könnten. Und von Mirabell ist das wirklich eine Auszeichnung. Ich schreibe ihr einen Smiley und ein „Danke. Für Alles." zurück. Dann greife ich zum Telefon.

„Hallo Marie. Lust, heute Tapas essen zu gehen? Madeleine kommt auch." Stille. Marie ist doch nicht etwa sprachlos?

„Madeleine? Die, die offiziell sauer auf dich ist und dich blockiert hat?", hakt sie nach. Ich lache.

„Genau die. Sie hat anscheinend nur einen kleinen Anstupser gebraucht. Jetzt hat sie ihren Verlobten in den Wind geschossen und ihre Eltern sind stinksauer auf sie und wollen das Geld für die abgesagte Hochzeit zurück", briefe ich Marie für das Essen heute Abend.

„Armes Ding. Ich bin schon total gespannt. Ich hatte auch Tapas vorschlagen wollen. Ich habe heute mit Nick gesprochen", sagt sie wie beiläufig.

„Wow. Du hast es getan? Wie seid ihr verblieben?", rufe ich aufgeregt. Mein ziehendes Herz ignoriere ich einfach.

„Wir wollen telefonieren und äh, schauen, ob wir uns weiterhin etwas zu sagen haben", druckst Marie herum. „Aber ohne irgendwelchen Status. Wenn jemand jemanden kennenlernt, soll er sofort zugreifen." Was für ein komisches Wort.

„Das klingt merkwürdig. Ich weiß", seufzt Marie.

„Ich finde, das klingt nach einem guten Plan. Ihr geht es langsam an und setzt euch nicht unter Druck. Ich finde das super!", sage ich herzlich.

„Meinst du wirklich, Darie?" Marie klingt irgendwie erleichtert.

„Ja, Marie. Bis gleich."

„Hi. Ich bin Käthe-Louise. Aber bitte nennt mich Madeleine", stellt sich Madeleine vor.

„Hallo Madeleine", sagen Marie und ich synchron, als ob wir bei einer Intervention wären.

Sofort müssen wir alle lachen und die anfängliche Befangenheit, löst sich sofort auf. Wir bestellen reichlich Tapas, dazu aber nur Mineralwasser, weil Madeleine noch fahren muss und Marie und ich wahrscheinlich nach wie vor dabei sind, unseren gestrigen Rotwein abzubauen.

„Wenn ihr wüsstet, was das für eine Wohltat für mich ist, einfach mal in dieser Bar zu sein und mit normalen Menschen zu reden!", stöhnt Madeleine nach einer Stunde. Marie und ich schauen uns begeistert an.

„Was machst du denn sonst so in deiner Freizeit?", fragt Marie und spricht damit meine Gedanken aus. Äußerst praktisch.

„Unter der Woche war ich bis vor kurzem immer an der Uni. Am Wochenende waren wir meistens bei seiner oder bei meiner Familie. Am ödesten waren jedoch die beruflichen Partys von Alexander. Ich musste mir immer irgendein langweiliges Kleid in dunkelblau oder schwarz anziehen und mit den Ehefrauen Konversation machen. Total langweilig!", sagt sie nachdrücklich.

„Bäh. Wenn gesellschaftliches Ansehen so aussieht, kann ich da gut drauf verzichten", sage ich angewidert.

„Ich bin auch unglaublich froh, dass ich das jetzt hinter mir gelassen habe. Ich werde mich in nächster Zeit bei meinen ganzen Freundinnen melden, mich entschuldigen und hoffen, dass sie mir noch eine Chance geben", seufzt Madeleine.

„Bestimmt", sagt Marie herzlich. Dann beißen beide gleichzeitig in eine Dattel im Speckmantel. Fasziniert schaue ich den beiden zu.

„Wurdet ihr bei der Geburt getrennt?", frage ich ungläubig. Verwundert blicken die beiden auf die Überreste ihrer Dattel in der linken Hand. Und Dank der dunklen langen Haare ist da wirklich eine gewisse Ähnlichkeit zwischen den beiden.

„Scheint so", grinst Marie und stopft sich schnell den Rest in den Mund. Madeleine lacht ihr melodisches Lachen.

„Ihr seid wirklich super. Kennt ihr euch eigentlich schon lange?", fragt sie.

„Das wäre eine starke Untertreibung", widerspreche ich ihr.

„Ja", versichert ihr Marie. „Wir kennen uns von Geburt an."

„Also seid ihr Geschwister?", fragt Madeleine verwirrt.

„Nee, aber unsere Mütter waren beste Freundinnen. Und wir sind nur ein paar Monate auseinander und mussten dann natürlich auch beste Freundinnen werden", erkläre ich ihr. Marie nickt und wir klatschen uns ab. Tolles Gefühl, so eine Freundin zu haben.

„Ich verstehe", lächelt Madeleine. „Ich wollte immer Geschwister haben. Stattdessen hatte ich nur imaginäre Freunde."

„Die hatte ich auch. Das waren meine ersten Zuhörer für meine Geschichten", erzähle ich. „Ich bin übrigens auch ein Einzelkind. Allerdings haben Marie und ich ab unserem zehnten Lebensjahr beinah nebenan gewohnt."

„Das mit den imaginären Freunden wusste ich gar nicht", sagt Marie stirnrunzelnd.

„Habe ich auch noch nie jemandem erzählt", erwidere ich und versuche, locker dabei zu klingen.

Es stimmt nämlich. Das war mein einziges persönliches Geheimnis, das ich vor Marie hatte. Und jetzt habe ich es einfach herausposaunt, während jemand dabeisitzt, den ich kaum kenne.

„Und hast du denen auch Geschichten erzählt, Madeleine?", fragt Marie mit neutraler Stimme. Ob sie sauer auf mich ist?

„Ach, ich habe alles Mögliche mit ihnen gespielt. Als ich lesen konnte, habe ich ihnen laut vorgelesen. Mit dem Schreiben habe ich erst vor ein paar Jahren begonnen, um meine erotischen Fantasien auszuleben", berichtet Madeleine.

„So richtige Bücher schreibe ich auch erst seit fünf Jahren", werfe ich dazwischen. „Früher habe ich ganz kleine kurze Geschichten geschrieben. Und sie niemandem gezeigt, weil die Lehrerin in der Grundschule sich immer über meine Satzstellungen lustig gemacht hat."

„Das stimmt wirklich. Wir hatten eine echte Hexe als Klassenlehrerin", stöhnt Marie. „Sie hat Daries Aufsätze vorgelesen und uns anhand dessen alle ihre Fehler erklärt. Ich fand das wirklich schlimm!"

„Aber irgendwann hat sie damit aufgehört", sage ich nachdenklich.

„Natürlich hat sie das", schnaubt Marie empört. „Ich habe meiner Mutter für den Elternsprechtag gesagt, dass sie ihr sagen soll, dass sie das seinlassen soll!"

„Das hast du mir nie erzählt", stottere ich.

„Tja, wir haben alle unsere Geheimnisse", sagt Marie selbstzufrieden. Madeleine blickt zwischen uns hin und her wie bei einem Tennismatch.

„Ihr seid wirklich schon sehr lange befreundet. Ich bin ja so neidisch!", seufzt sie.

„Ich habe immer wieder meiner Mutter von dieser Lehrerin erzählt", sage ich leise. „Sie meinte nur, dass ich weniger Fehler machen soll, dann hätte sie auch keinen Grund, etwas von mir vorzulesen."

Es war wirklich schrecklich. Jedes Mal hatte ich Angst vor einer neuen Schikane von dieser furchtbaren Frau. Heute noch höre ich das hässliche Lachen, wenn sie sich über meine Fehler lustig gemacht hat. Selbst als sie damit aufgehört hat, habe ich noch monatelang Angst gehabt, dass sie wieder etwas über mich sagt. Bestimmt rührt ein Teil meiner Unsicherheit auch aus dieser Erfahrung her.

„Meine Mutter hat ihr ein paar Takte dazu gesagt. Sie kam nach Hause und meinte, dass sie ihr erklärt hat, dass sie als Lehrerin eine Vorbildfunktion hat. Und was sie wohl davon halten würde, wenn wir so über ihre Fehler reden würden oder würde sie sich etwa für unfehlbar halten. Und dass man gute Beispiele vorlesen sollte, damit man weiß, wie man es richtig machen soll. Alles andere wäre nur Mobbing. Meine Mutter war einfach großartig", schließt Marie leise.

„Das war sie", seufze ich zurück.

„Das war wirklich super von ihr. Meine Mutter hätte mir nie mit so etwas geholfen. Sie fand immer, dass Lehrer Respektpersonen sind. Und die haben eben immer recht. Deine Mutter scheint wirklich super zu sein, dass sie Darie dabei geholfen hat. Du musst froh sein, dass du so eine tolle Mutter hast", sagt Madeleine überschwänglich.

„Sie ist tot", erwidert Marie kalt. Madeleine zuckt sichtbar zusammen.

„Das tut mir leid", entschuldigt sich Madeleine.

„Muss es nicht. Sie war sehr krank und hat sich umgebracht. Sie wollte einfach nicht dahinsiechen", sagt Marie gedankenverloren und eher so, als ob sie es zu sich selbst sagt.

„Sie war wirklich großartig. Ich habe mir immer gewünscht, dass sie auch meine Mutter ist", lächle ich. Marie lächelt dankbar zurück.

„Danke für diesen tollen Abend mit euch, Mädels. Aber ich muss leider nach Hause. Es ist schon spät", entschuldigt sich Madeleine.

„Es war nett, dich kennengelernt zu haben", sagt Marie herzlich. „Frag deine Eltern doch einfach, was ihnen wichtiger ist: Dein Glück oder, dass du einen Mann heiratest, der dich nicht respektiert." Madeleine lacht laut.

„Das werde ich. Bitte lasst uns das baldmöglichst wiederholen." Bittend schaut sie uns an.

„Klar. Sehr gerne", sage ich schnell, meine es aber auch so.

„Na klar", sagt auch Marie und lächelt.

Wir zahlen, getrennt heute und bringen Madeleine zu ihrem Auto, das drei Straßen weitersteht.

„Mein Roman ist übrigens fertig", sage ich beiläufig, während wir den kurzen Weg nach Hause laufen. Marie bleibt abrupt stehen und blickt mich groß an.

„Herzlichen Glückwunsch, Darie! Das ist wirklich unglaublich. Wie hast du das so schnell geschafft?!", ruft sie.

„Ich weiß es, ehrlich gestanden, auch nicht. Aber die gesamte Geschichte stand so klar vor mir. Ich brauchte sie quasi nur abzuschreiben", sage ich achselzuckend.

„Was sagt Mirabell dazu?"

„Sie hat mir einen Daumen hoch Emoji geschickt. Und dass sie die Geschichte dem Verlag jetzt doch anbieten wird", sage ich unsicher.

„Wow, super. Ich drücke dir ganz fest die Daumen, Darie!", sagt Marie herzlich.

„Was hat Nick eigentlich gesagt? Und wann hast du ihn angerufen?", frage ich jetzt.

Wir schließen erst die Haustür und dann Maries Wohnungstür auf. Ihr übliches Chaos quillt mir entgegen und ich schiebe ein Handtuch beiseite, bevor ich mich auf ihr Sofa setze.

„Ich habe ihn heute Mittag angerufen. Er meinte, er hatte sich von Stunde zu Stunde gehangelt, war aber auch schon drauf und dran, mich anzurufen." Maries Wangen röten sich leicht.

„Hat er etwas von Leo erzählt?", frage ich heiser.

„Nein. Das solltest du mit Leo selbst abklären", sagt Marie bestimmt.

„Du hast sicherlich recht. Aber, ich werde ihn nicht anrufen. Das kann er selbst tun. Wird er aber nicht. Er hat ja jetzt seine Kathi!", rufe ich zornig.

„Ärgere dich nicht, Darie. Du weißt ja. Andere Mütter…", lächelt Marie.

„…haben auch schöne Söhne", vervollständige ich ihren Satz.

Und natürlich werde ich jemand anderen finden. Zwar nicht mit solchen Augen und dieser dunklen angenehmen Stimme. Und niemand so verständnisvollen und mit diesem Humor.

„Lass dir Zeit", sagt Marie sanft. Ächzend erhebe ich mich aus Maries Sofa.

„Ich gehe dann mal meine Wäsche fertigmachen. Ich hatte beinah gar nichts mehr zum Anziehen." Marie grinst.

„Das kann mir nicht so schnell passieren." Recht hat sie. Um einen Engpass zu bekommen, müsste Marie mindestens drei Monate wegfahren.

Nachdenklich stiefele ich nach oben. Als ich auf der letzten Treppenstufe stehe, klingelt mein Handy.

ZWANZIG

Verwundert blicke ich auf das Display. Meine Beine werden weich, beinah falle ich die Treppe runter. Ich lasse das Handy klingeln und schließe erstmal meine Tür auf. Dann gehe ich ran.

„Hallo Leo", keuche ich, was blöd ist, denn das tue ich schließlich nur, weil ich gerade die Treppen heraufgegangen bin und nicht etwa, weil *Er* anruft! Höchstens ein wenig, aber das soll er doch nicht merken.

„Wie geht es dir, Darie?", höre ich leise seine dunkle Stimme, die immer noch für Gänsehaut bei mir sorgt.

„Och, ganz gut", antworte ich betont locker. „Ich habe meinen Roman fertiggeschrieben", erzähle ich beiläufig und jetzt sogar, ganz ohne kurzatmig zu sein. Schließlich soll er nicht glauben, dass ich mich pausenlos nach ihm verzehre und womöglich den ganzen Tag nur so vor mich hin schmachte!

„Das ist großartig, Darie! Herzlichen Glückwunsch", ruft er eine Spur zu laut.

„Danke schön." Pause. Niemand sagt etwas.

Soll ich ihn fragen, wieso er mich anruft? Nö, das kann er doch freiwillig tun. Und überhaupt: Er hat doch angerufen. Soll er doch selbst für den Gesprächsfluss sorgen.

„Also", räuspert er sich und ich lausche gespannt. Kommt da noch etwas?

„Wie war denn eure Rückfahrt? Anscheinend seid ihr gut angekommen", stellt er fest. Smalltalk also, wie frustrierend.

„Ja, das sind wir", erwidere ich kühl. „Wir haben in Kassel übernachtet." Man, wieso erzähle ich ihm das eigentlich?

„Genau, also, ich weiß. Nick hatte ja mit Marie gesprochen. Und ja, da habe ich…also ich. Es tut mir leid, Darie", stammelt er.

„Das hast du schon gesagt, Leo", sage ich frustriert. Ich bin es auch, denn schließlich purzeln Schmetterlinge in meinem Magen herum, seitdem wir miteinander sprechen. Und ein Gespräch ist das noch nicht einmal, sondern eher ein Gestammel.

„Ich glaube, das wird nichts mit der Familienpraxis", sagt Leo und klingt so enttäuscht dabei, dass es mir schwerfällt, das als gute Nachricht aufzufassen.

„Wo ihr doch so ein schönes Paar seid", ätze ich und möchte es sofort wieder zurücknehmen, weil ich wie eine Zicke rüberkomme.

„Ja, das ist genau das Problem. Katharina glaubt, dass wir einfach nahtlos dort weitermachen können, wo wir damals vor unserem Studium aufgehört haben. Aber ich will einfach nur diese Familienpraxis mit ihr eröffnen. Ich habe keine Gefühle mehr für sie. Meine Gefühle gehören doch… Also, jedenfalls haben wir uns nur noch gestritten, weil unsere Familien glauben, dass wir demnächst heiraten werden. Katharina scheint das auch zu denken. Wir haben es noch nicht einmal mehr geschafft, weiter über unsere Baupläne zu sprechen." Er holt tief Luft.

In meiner Magengrube rüttelt es. Was soll das alles bedeuten?

„Und jetzt?", frage ich unwirsch. Wieso erzählt er mir das überhaupt?

„Ich habe unseren Familien mitgeteilt, dass ich Katharina ganz bestimmt nicht heiraten werde. Unter gar keinen Umständen." Wieder holt er tief Luft. Er scheint sie zu brauchen.

„OK", erwidere ich, um die erneute Pause zu füllen.

„Es tut mir leid", sagt er verzweifelt. „Ich habe mich so dumm benommen. Ich meine, wir kennen uns doch erst so kurz. Ich wollte meine beruflichen Pläne nicht deswegen aufgeben. Das musst du doch verstehen!", sagt er und seine Verzweiflung klingt echt.

„Das tue ich", flüstere ich in den Hörer, wenngleich ich es nicht tue. Ich bin immer noch sehr enttäuscht von Leo. „Aber wieso meldest du dich eigentlich bei mir und erzählst mir das alles?", frage ich ungeduldig. Ich will das alles nicht hören!

„Weil ich dir sagen will, wie unglaublich leid es mir tut. Und dass ich einen riesengroßen Fehler gemacht habe." Ich horche auf.

„Leo", sage ich langsam. „Sag mir endlich, was du von mir willst!" Letzteres kommt dann doch ziemlich laut raus.

„Ich vermisse dich, Darie!", ruft er verzweifelt. Schweigen.

„Darie?", flüstert Leo. „Bist du noch da?"

„Ich. Leo. Ich weiß nicht…", beginne ich, weiß aber tatsächlich nicht, wie ich gleichzeitig meine Enttäuschung und meine Sehnsucht in einen anständigen Satz reinbringen soll.

„Darie. Ich komme zurück nach Hamburg. Und dann lernen wir uns besser kennen", schlägt Leo vor. „Wie wäre das? Gibst du mir eine zweite Chance?", stößt er hervor.

„Und was ist, wenn Katharina sich damit abfindet?", frage ich schneidend zurück. Was glaubt Leo denn: Ein Fingerzeig und ich lasse mich wieder auf ihn ein? Um dann womöglich wieder enttäuscht zu werden, weil Miss Hochnäsig sich zum Schein darauf einlässt, um ihn zurückzuholen!

„Womit?", fragt Leo erstaunt.

„Na, vielleicht willigt sie doch ein und ihr könnt eure Praxis bauen, ohne zusammen zu sein", sage ich und spüre förmlich, wie ich mir selbst Schmerzen damit zufüge. Aber ich muss das abklären, bevor ich mir wieder Hoffnungen auf Leo mache.

„Ich habe das beendet", versichert er. „Das und auch die Baupläne. Katharina wird die Praxis ihres Vaters übernehmen oder sonst etwas damit tun. Das weiß ich nicht und es ist mir auch egal. Ich hätte mich von Anfang an nicht darauf einlassen sollen. Aber ich habe angenommen, dass das auch für sie nur als eine rein geschäftliche Beziehung angedacht ist. Darie, ich verspreche dir: Österreich ist keine Option mehr für mich!" Ich atme aus. Jetzt erst stelle ich fest, dass ich die Luft angehalten habe.

„Aber eigentlich kommst du nur zurück, weil das mit Katharina nicht geklappt hat", stelle ich sachlich fest. Dann muss ich bei diesen Worten heftig schlucken. Tränen steigen in mir hoch. Klar hat er gesagt, dass er es versuchen will, aber die Begründung ist doch ziemlich fadenscheinig.

„Aber Darie! Nein, ich meine, es geht doch in erster Linie um dich, also um uns!", ruft Leo hörbar entsetzt. „Ich hätte anders anfangen sollen", seufzt er.

„Ach ja?", frage ich ärgerlich. Enttäuschung, Wut und Verzweiflung steigen in mir hoch, wobei ich eigentlich nicht weiß, was ich erwartet habe. Nun, das irgendwie nicht, denn das klingt, als ob ich nur die zweite Wahl bin.

„Darie. Ich habe dich wahnsinnig vermisst! Du musst mir glauben, dass ich jeden Tag an dich gedacht habe und ständig alles hinschmeißen wollte!", ruft er.

„Ja, aber das hast du nicht", erinnere ich ihn hitzig.

„Doch", versichert er mir. „Ich habe das doch wegen *dir* beendet. Weil *du* mir so viel bedeutest!"

„Dann hättest du vielleicht damit anfangen sollen", sage ich genervt.

„Ich weiß. Es tut mir leid. Bitte, lass es uns versuchen. Ich bin übrigens wieder in Hamburg. Wenn du mir deine Adresse verrätst, komme ich jetzt sofort vorbei."

Ich horche auf. Er hat jetzt gesagt. Meint er etwa damit: Sofort?

Leo ist bereits in Hamburg. Demnach sind das vielleicht doch keine leeren Worte?

„Du bist in Hamburg?", frage ich ehrlich überrascht.

„Gib mir eine Stunde und ich bin bei dir!", ruft er.

Nach einer schier endlos andauernden Stunde klingelt es endlich. Natürlich habe ich in der Zeit Marie angerufen, die aber bereits von Nick wusste, dass Leo heute früh abgereist ist. Und dass die Baupläne beendet sind.

„Das ist so schön für euch, dass Leo wieder da ist", hat sie zwar gesagt, aber dabei hörbar geschluckt. Ich glaube, sie ist froh gewesen, dass ich sie nur angerufen habe und ihr Gesicht nicht dabei sehen konnte.

Im Spiegel checke ich ganz schnell noch mein Gesicht, allerdings habe ich keine Zeit, mich großartig zu schminken. Meine Haare lasse ich auch einfach an der Luft trocknen, zumindest kräuseln sie sich so frisch gewaschen ja ganz nett. Dann zupfe ich an meinem roten gepunkteten Kleid herum, welches ich bei unserem ersten Date angehabt habe und das jetzt zum Glück wieder sauber und frisch gebügelt ist.

Mein Herz klopft heftig, als ich zur Tür laufe. Dann hole ich tief Luft und öffne die Tür. Leo steht vor meiner Tür!

Wir blicken uns an. Seine himmelblauen Augen mustern mich vorsichtig, so als ob er fürchtet, dass ich die Tür gleich wieder zuhaue. Mein Herz schlägt mir bis zum Hals.

„Leo", flüstere ich.

Er streckt seine Arme aus und zieht mich hinein. Wir küssen uns heftig. Er schiebt er mich in die Wohnung und stößt die Tür mit seinem Fuß zu.

„Darie", seufzt er und greift in meine schwarzen Locken. „Bin ich froh", stöhnt er und küsst mich weiter. In mir ist es heiß und kalt zugleich. Gänsehaut breitet sich auf meiner Haut aus. Wie Ertrinkende klammern wir uns aneinander und scheinen uns gegenseitig Luft zu geben.

Später liegen wir aneinander gekuschelt auf meinem Sofa.

„Schön, dass du da bist, Leo", sage ich leise.

„Ich musste einfach herkommen. Wenn du mir keine zweite Chance gegeben hättest, hätte ich Marie nach deiner Adresse gefragt und Rosen und eine Gitarre mitgebracht. Dann hätte ich mich vor deinem Fenster postiert und so lange gespielt, bis du mit mir geredet hättest", sagt er ernst, während er mit meinen Haaren spielt.

„Du spielst Gitarre?", frage ich überrascht.

„Äh, nein", gibt er zu.

„Dann hätte das vielleicht nicht ganz so gut geklungen", schmunzele ich.

„Aber sagt man nicht, dass der gute Wille zählt?" Ich nicke.

„Aber schade ist das schon", merke ich an.

„Dass ich nicht Gitarre spiele", sagt er bedauernd.

„Nee, dass du mir keine Rosen mitgebracht hast", meckere ich. Leo guckt mich zerknirscht an.

„Wollte ich ja. Aber blöderweise hatte selbst die Tankstelle um 11 Uhr abends keine Blumen mehr. Ich habe extra nachgeschaut", beeilt er sich zu sagen.

„Na gut. Dann muss ich wohl mit dir vorliebnehmen", grinse ich und küsse ihn wieder. Es tut so gut, ihn wieder spüren zu können. Kann man wirklich so viel für jemanden empfinden, den man erst seit drei Wochen kennt? Zumindest fühlt es sich unglaublich an, wieder in Leos Armen zu liegen. Und eigentlich möchte ich gar nicht damit aufhören.

„Bleibst du?", frage ich schüchtern.

„Habe ich doch schon gesagt", erwidert Leo und schmust meinen Hals.

„Ich meinte damit, hier. Bleibst du über Nacht?", frage ich ungeduldig, weil ich es mir nicht anders überlegen will. Weil mich vielleicht sonst noch meine Schüchternheit übermannt.

„Das würde ich sehr gerne", grinst er.

Ich ziehe ihn direkt ins Schlafzimmer, denn, wie gesagt: Meine Schüchternheit ist bestimmt da irgendwo und bereit, alles zu beenden. Also fange ich an, Leo auszuziehen. Er zögert nicht lange und tut es mir gleich. Dann kuscheln wir auf meinem großen Bett, das wirklich hervorragend für so etwas geeignet ist und ziehen meine riesige flauschige Bettdecke über uns. Das ist so schön, denke ich als letzten Gedanken, als ich neben Leo einschlummere.

EINUNDZWANZIG

„Was ist dann passiert?", haucht Madeleine begeistert, als ich damit fertig bin, von Leos Besuch zu berichten.

„Mädels. Ihr habt ja wohl ein wenig eigene Fantasie", grinse ich die beiden vielsagend an.

Heute sitzen wir alle zusammen in meinem riesigen Wohnzimmer und feiern eigentlich Madeleines Abgabe ihrer Doktorarbeit.

„Ich habe die ganze letzte Woche Tag und Nacht an dieser Arbeit geschrieben und meine ganze Frustration daran ausgelassen", berichtet sie uns. „Heute Morgen habe ich sie dann dem Professor zugeschickt. Vielleicht ist meine Verteidigung bereits im Oktober!", schließt sie aufgeregt.

„Glückwunsch und ganz viel Erfolg!", sagt Marie herzlich. Sie weiß, wovon sie redet, denn sie hat ja auch einen Doktortitel. Im Grunde genommen bin ich die Einzige, die hier keinen hat. Sowohl Madeleine als auch Leo werden zumindest in absehbarer Zeit einen Dr. soundso am Namen kleben haben.

Seit er wieder in Hamburg ist, haben wir uns jeden Tag gesehen. Das ist auch der Grund, wieso ich erst am Wochenende den Mädels davon ausführlich berichten kann. Obwohl Marie natürlich bereits davon weiß, denn sie telefoniert ja jeden Tag mit Nick. Leo und Nick scheinen wirklich keine Geheimnisse voreinander zu haben.

„Ich komme immer noch nicht darüber hinweg, dass du mir das nicht sofort selbst erzählt hast", meckert Marie, während sie sich ein Würstchen im Schlafrock nach dem anderen in den Mund schiebt. Zum Glück habe ich reichlich gemacht, denn Madeleine steht Marie essenstechnisch in nichts nach. Und auch ihr sieht man das nicht an. Unglaublich!

„Aber Nick hatte dir bereits erzählt, dass Leo seine Zelte abgebrochen hat. Und ich war ziemlich beschäftigt. Am nächsten Tag musste Leo nach Hamburg und ich bin einfach mitgefahren und habe meinen Laptop mitgenommen. Ich habe übrigens jetzt angefangen, meinen fünften Roman weiterzuschreiben", schiebe ich lässig noch hinterher, um meine nervöse Anspannung zu überspielen.

„Wow! Hast du nicht gerade erst deinen letzten Roman beendet, Darie?", sagt Madeleine bewundernd. Das geht runter wie Öl!

„Und läuft es jetzt besser mit dem Schreiben?", fragt Marie beinah gleichzeitig. Ich genieße diese Aufmerksamkeit!

„Na ja, ich brauchte wohl eine kleine erotische Auffrischung. Leo ist wie eine Muse für mich", seufze ich und strahle dabei sicherlich wie eine 1000 Watt Birne.

„Wie romantisch", quietscht Madeleine. „Hab schon ewig nichts mehr geschrieben. **Ich** war so sauer auf meinen Exfreund, dass ich mich erstmal in meine Promotion gekniet habe. Ich denke, meine Patentante wird es auch freuen, wenn ich ihr das erzähle. Sie hat ihre Doktorarbeit damals mittendrin abgebrochen, als sie schwanger wurde und es immer bedauert, sie nicht beendet zu haben."

„Ist das für das Verlagswesen denn notwendig?", fragt Marie interessiert.

„Ich glaube, im Wissenschaftsbereich durchaus. Sie hat in dem Schulbuchverlag, bei dem ich im Oktober anfangen werde zu arbeiten, aber trotzdem Karriere gemacht. Allerdings ist das jetzt auch schon wieder dreißig Jahre her", seufzt Madeleine. „Ich weiß auch noch gar nicht, was mein Professor davon hält. Vielleicht muss ich wieder ganz von vorne anfangen", stöhnt sie.

„Das glaube ich nicht. Oder ist das bei euch so üblich?", fragt Marie. „Mein Professor hat meine Arbeit nur einmal gelesen. Ich habe seine Anmerkungen eingearbeitet, die Arbeit angemeldet und dann irgendwann den Termin für meine Verteidigung bekommen. Schließlich kann man da noch einmal so richtig mit seinen Ergebnissen angeben", schmunzelt sie.

„Wie lang ist deine Arbeit geworden?", frage ich, um auch mal etwas zu sagen. Ich war froh, als mein Studium fertig war. Keine Sekunde habe ich über weitere Qualifikationen nachgedacht. Das Referendariat war auch nochmal heftig viel Arbeit. Da ich kein Prüfungsmensch bin, war ich wirklich erleichtert, als ich mit all dem durch war.

„Im Augenblick sind es 250 Seiten. Ich muss noch eine Zusammenfassung und eine Danksagung schreiben", zählt Madeleine auf.

„Das hatte ich auch ungefähr", nickt Marie und irgendwie fühle ich mich ausgeschlossen. Als ob sie es gespürt hat, fragt Marie:

„Worüber wird dein aktueller Roman handeln, Darie? Konntest du weiterschreiben oder hast du ganz von vorne angefangen?"

„Ich habe wieder auf Seite eins angefangen. Aber diesmal habe ich erstmal versucht, mir die Personen ganz genau vorzustellen. Die Frau hat eine sehr schlimme Ehe hinter sich und beginnt nur sehr langsam, wieder Vertrauen aufzubauen. Der Mann, den sie kennenlernt, arbeitet als Buchhalter, platziert jedoch auch illegale Wetten. Natürlich geht es heiß zur Sache zwischen den beiden. Doch dann findet sie alles über ihn heraus." Ich schlucke und blicke vorsichtig zwischen den beiden hin und her.

„Was haltet ihr davon?", frage ich schüchtern.

„Klingt sehr spannend. Ganz anders als deine anderen Romane", sagt Madeleine erstaunt.

„Das stimmt. Aber Mirabell hatte dir ja ohnehin vorgeschlagen, auch spannende Sachen mit reinzunehmen", erinnert sich Marie.

„Genau. Mal schauen, wer draufgehen wird", sage ich vergnügt.

„Was?", ruft Madeleine entsetzt. „Da werden Leute umgebracht?"

„Sicher. Aber es wird auch viel Erotisches passieren", versichere ich ihr.

„Ich bin gespannt, aber werde mich bestimmt die ganze Zeit beim Lesen fürchten", stöhnt sie. „Ach, jetzt wo die Arbeit erstmal weg ist, schaffe ich es vielleicht auch, wieder zu schreiben. Vielleicht könnte ich auch versuchen, Thriller zu schreiben. Die Hauptprotagonisten könnten männermordende Frauen sein", grinst sie.

„Worüber schreibst du denn sonst, Madeleine?", fragt Marie, die das eigentlich von mir weiß.

„Ach, so Schnulzen würde meine Mutter das wohl nennen", tut Madeleine ihre tollen Bücher ab.

„Das vielleicht", sage ich amüsiert. „Aber wahnsinnig romantische Schnulzen. Was du vor allen Dingen kannst, ist Schauplätze zu beschreiben. Du schaffst es, selbst eine kleine Zweizimmerwohnung so darzustellen, dass ich sie lebhaft vor meinen Augen sehe! Und diese kleine romantische Stadt in der deine Geschichten spielen, die hat mich echt berührt!", sage ich überschwänglich. Madeleines Wangen färben sich pink.

„Das ist wirklich lieb von dir, das zu sagen, Darie", sagt sie verlegen.

„Uff, ich muss anscheinend dringend ein Buch von dir lesen", lacht Marie. Gleichzeitig greifen sie und Madeleine nach einem Stück Kuchen und lachen, als sie aneinanderstoßen.

Irgendwie fühle ich mich außen vor, aber das ist bestimmt nur meine Unsicherheit. Madeleine hat eben Eigenschaften und gemeinsame Interessen mit Marie und mit mir. Vielleicht macht das ein nettes Kleeblatt aus uns.

Komischer Gedanke. Natürlich haben Marie und ich auch Freunde aus dem Studium oder aus dem Job, aber unsere Freundschaft haben wir eigentlich nie geteilt oder erweitert. Aber Madeleine scheint wirklich gut zu uns zu passen.

„Was macht eigentlich deine Wohnungssuche, Madeleine?", frage ich.

„Frag nicht! Ich habe schon zig Wohnungen angeschrieben, aber die meisten melden sich gar nicht erst zurück. Es ist furchtbar. Aber zuhause herrscht nach wie vor Eiszeit. Wir sprechen nur das Nötigste. Meine Patentante hat mir vorgeschlagen, zu vermitteln, aber das erscheint mir albern."

„Wieso?", fragt Marie erstaunt. „Deine Patentante kann zu deinen Eltern als Erwachsene sprechen. Du wirst immer ihr Kind sein, von dem sie glauben, dass sie Entscheidungen für es treffen müssen", erklärt Marie. Madeleines Augen werden tellergroß.

„Echt? Das habe ich mir noch nie so überlegt. Ich frage sie gleich heute Abend und bitte sie, zu uns zu kommen", stöhnt sie.

„Hat sich denn dein Ex mal gemeldet?", frage ich neugierig. „Wie lange wart ihr eigentlich zusammen?"

„Kennen tun wir uns schon seit dem Kindergarten, aber ein Paar sind wir ungefähr seit Beginn unseres Studiums", seufzt Madeleine. „Ich habe darauf gehofft, dass er sich meldet. Es kommt mir immer noch, wie ein böser Traum vor, dass ich mich so in ihm getäuscht habe", sagt sie mit belegter Stimme.

„Das tut mir leid", sage ich aufrichtig.

„Ja", nickt Marie und steht auf. „Mir auch. Aber ich gehe jetzt nach unten. Ich will noch schnell mit Nick telefonieren, bevor ich schlafen gehe. Das machen wir jeden Abend", seufzt sie. Madeleine und ich grinsen uns vielsagend zu.

„Ich werde auch fahren. Es wäre so toll, in eurer Nähe zu wohnen", sagt sie.

„Vielleicht findest du hier sogar leichter etwas", überlege ich laut und recke und strecke mich etwas.

Leo wird heute in Hamburg schlafen, aber die bloße Vorstellung daran, dass er so nah an mir dran wohnt, verursacht mir ein prickelndes Gefühl im Bauch.

„Deine Romanidee klingt übrigens super. Ich bin gespannt, was deine Agentin dazu sagen wird", sagt sie herzlich. „Ähm, meinst du, du könntest vielleicht...?", fragt sie auf einmal und bricht ab. Aber ich verstehe sofort, was sie möchte.

„Na ja, hast du dich denn dort schon mal beworben, Madeleine? Ich würde vorschlagen, ich lese dein Exposé und dann schickst du es Mirabell zu. Was hältst du davon?", schlage ich ihr vor.

Nicht, dass ich Madeleine nicht helfen möchte, aber ich denke, es ist wichtig, dass Mirabell ihr Exposé unvoreingenommen liest. Hinterher nimmt sie es ihr übel, dass sie mich gefragt hat.

„Das ist lieb von dir, Darie. Ich habe ja jetzt Zeit. Ich schicke es dir zu, aber im Augenblick habe ich nur einen angefangenen Roman", sagt sie mutlos.

„Komm erstmal wieder rein ins Schreiben", schlage ich ihr vor. „Vielleicht könntest du deinen Ex ins Buch integrieren und ihn foltern", sage ich ernst.

„Das ist auch eine gute Idee! Ich befürchte nur, dass ich mich bei jedem Wort gruseln würde, wenn ich anfange, so etwas zu schreiben", stöhnt Madeleine, grinst aber dabei. „Danke Darie. Ich bin echt froh, dass du mir mein Verhalten nicht nachträgst." Wir umarmen uns, ohne dass es komisch ist.

Sobald Madeleine aus der Tür ist, räume ich ein wenig auf. Nächste Woche beginnt wieder der Unterricht, aber eigentlich habe ich das Schreiben immer trotzdem hinbekommen. Nur, dass jetzt auch noch Leo da ist, für den ich ausreichend Zeit haben will. Aber das findet sich schon. Schließlich kriegen das andere Paare auch hin.

Mein Handy klingelt und mein Herz macht sofort einen Satz, aber es ist nur Mirabell und es plumpst enttäuscht zurück.

„Darie. Der Verlag hat sich gemeldet und ist begeistert. Der Weihnachtsroman soll Ende November erscheinen. Also muss das Manuskript spätestens Anfang Oktober fertig sein!"

„Echt?", sage ich überrumpelt. „Dann schicke ich es der Lektorin zu und hoffe, dass sie es reinquetschen kann. Übrigens habe ich wieder mit meinem aktuellen Roman begonnen."

„Wow, du scheinst deine Schreibblockade wirklich überwunden zu haben, Darie!", sagt Mirabell und klingt für ihre Verhältnisse wirklich erfreut.

„Ja, im Moment fließt es wieder", sage ich vorsichtig, weil ich mir irgendwie überheblich vorkomme. Aber ich darf doch auch mal positiv über mich sprechen. Wieso soll ich mich denn immer kleinmachen?

„Das freut mich wirklich, Darie", sagt sie herzlich und legt auf. Ich seufze, dann rufe ich Leo an.

„Ich wollte nur gute Nacht sagen", grinse ich in den Hörer.

„Das finde ich schön, Darie", schnurrt Leo. „Bist du schon im Bett?", fragt er. Ich werde rot, obwohl wir ja nur telefonieren.

„Natürlich", erzähle ich, während ich mir meine Schlafsachen anziehe und unter die kalte Bettdecke schlüpfe. Trotzdem erzähle ich etwas von heißer Unterwäsche, die ich mir gerade ausziehe und wo ich ihn berühren würde, wäre er gerade da und, nun ja, er teilt mir ebenfalls seine Fantasien mit und ich schlafe erst sehr viel später ein.

ZWEIUNDZWANZIG

Ereignislos startet meine erste Arbeitswoche nach den Sommerferien. Es ist August, schrecklich heiß und niemand so recht bei der Sache. Nur langsam rutschen die Schüler und ich zurück in unseren Alltag. Natürlich lasse ich sie ihre Ferienerlebnisse erzählen und auch Aufsätze darüberschreiben. In Erdkunde sehen wir uns sämtliche Länder im Atlas an, in denen die Schüler waren. Ich mache tüchtig Werbung für meine Bücher AG, die in der zweiten Woche starten wird und erzähle von dem Roman, den ich dafür ausgesucht habe. Dank etlicher Bücherspenden und auch von mir gespendeten Büchern, aus Bücherschränken zusammengesammelt, quillt unsere Bibliothek schier über vor Büchern. Daraus wähle ich ein geeignetes Buch und weiß dann auch, dass genügend Exemplare zur Verfügung stehen.

In der AG reden wir ganz persönlich über die Bücher, die wir lesen. Das ist bis jetzt bei den Kindern sehr gut angekommen, weil es hier nicht um richtig oder falsch geht, sondern einfach nur um die eigene Meinung zu der Geschichte. Es macht mir riesigen Spaß, die Kinder einfach nur ans Lesen zu kriegen und dabei Freude zu empfinden, ohne dass es ein „gutes Buch" von einem längst verstorbenen deutschen Schriftsteller sein muss.

Meine Nachhilfe wird auch irgendwann wieder starten, spätestens nach den ersten Klassenarbeiten werde mich Eltern und Kinder bitten, ihnen zu helfen. Wenn mich Kinder fragen, biete ich ihnen immer an, mir ihre Hausaufgaben abzugeben. Dann korrigiere ich sie zuhause. Meistens hilft das bereits ungemein, kostet aber natürlich wahnsinnig viel Zeit. Auch Leo ist wieder völlig eingespannt in seiner Praxis und wir schaffen es kaum unter der Woche, uns persönlich zu treffen. Aber zumindest telefonieren wir jeden Abend stundenlang und ich genieße jede Sekunde davon. Im Grunde genommen gefällt es mir, wie es zwischen uns läuft. Aber trotzdem wäre es mir lieber, Leo persönlich zu sehen. Die Wochenenden verbringen wir in Hamburg oder in Pinneberg. Und so weit ist Hamburg ja nicht. Nicht so weit wie Salzburg. Marie hingegen wirkt traurig und in sich gekehrt.

„Wie geht es eigentlich deinem Bruder?", frage ich Anfang September Leo, als wir in seiner Wohnung auf seinem Sofa sitzen und Händchen halten.

„Wie kommst du denn jetzt darauf?", schmunzelt Leo und lässt dooferweise meine Hand los. So war das jetzt nicht gedacht. Also kuschele ich mich an seine Brust, obwohl es echt warm heute ist.

„Marie wirkt so traurig. Ich wollte nur wissen, ob es Nick auch so geht", erkläre ich ihm meine Neugier.

„Ich glaube, über das Telefon kriege ich das nicht so mit", sagt Leo achselzuckend. „Aber ich denke, er hätte es auch lieber anders."

„Schade, dass ihr nicht noch mehr Geschwister habt", sage ich unbedacht.

„Wieso?", fragt Leo argwöhnisch.

„Dann könntet ihr hier eine Praxis aufmachen und deine Eltern wären nicht allein", erkläre ich.

„Das stimmt. Wobei meine Eltern ohnehin nie alleine wären, wie du ja gesehen hast", sagt er und ich spüre sein Schmunzeln im Rücken.

„Würdet ihr das denn machen, also eine gemeinsame Praxis eröffnen?", frage ich neugierig und setze mich mit einem Ruck auf.

„Keine Ahnung. Wir sind völlig verschieden", räuspert sich Leo.

„Abgesehen von eurem Aussehen und euren Berufen?", frage ich zurück. Leo lacht.

„Genau. Nick ist akkurat und sehr strukturiert. Ich bin total chaotisch und würde ihn wahrscheinlich in den Wahnsinn treiben wie damals in der Schule."

„So chaotisch erscheinst du mir gar nicht", sage ich und blicke mich in seiner aufgeräumten Wohnung um. Dann küsse ich ihn und lasse von diesem Thema ab. Schließlich müssen Marie und Nick das selbst entscheiden, Leo und ich können uns mit angenehmeren Dingen beschäftigen. Trotzdem geht mir Maries Traurigkeit schon nah. Nur zu gerne würde ich ihr helfen, weiß aber gar nicht wie.

„Madeleine hat übrigens ihren Verteidigungstermin für Mitte November", berichte ich.

„Super", lächelt Leo und beginnt, mich mit dem Mund hinter meinem Ohr zu kitzeln. Erotische Szenen zu schreiben, bereitet mir im Moment absolut keine Schwierigkeiten!

„Und du? Wann ist deine Prüfung?", frage ich und genieße das Prickeln an meinem Ohr.

„Das wird noch dauern, befürchte ich. Bis jetzt habe ich noch gar nichts weiter gehört. Kann sein, dass meine Prüfung erst im Dezember oder nächstes Jahr sein wird. Nick hat über ein halbes Jahr warten müssen, bis er seinen Termin bekommen hat."

„Dann scheinen die Linguisten ja schneller zu lesen als die Zahnärzte", grinse ich.

„Was ja auch irgendwie Sinn ergibt", stellt Leo fest. Und dann widmen wir uns mehr den angenehmen Dingen. Viel mehr davon.

„Auf Frau Dr. Käthe-Louise von Hohenstein!", proste ich Marie und Madeleine zu. Natürlich sitzen wir in „unserer" Tapasbar.

„Danke schön, Mädels", ruft Madeleine mit pinkfarbenen Wangen. Dann räuspert sie sich. „Es gibt gleich mehrere Neuigkeiten", eröffnet sie und macht eine Pause.

„Welche?", frage ich sofort und Marie nickt.

„Mach`s nicht so spannend", meckert sie.

„Ich arbeite zwar erst gut seit einem Monat beim Verlag, aber bis jetzt macht es mir wirklich Spaß", beginnt sie. Das ist ja nicht zum Aushalten.

„Wissen wir doch", murre ich. Marie pufft mich in die Seite.

„Psst, Darie. Bring sie nicht raus", weist mich Marie zurecht.

„Ich wollte eigentlich noch meine Probezeit abwarten, aber das Angebot war so gut, dass ich einfach zugegriffen habe!" Pause. Die Luft knistert vor Spannung, obwohl es recht laut um uns herum ist.

„Was denn für ein Angebot? Du hast doch gerade erst angefangen, dort zu arbeiten", fragt Marie jetzt erstaunt.

„Doch kein Jobangebot", widerspricht Madeleine und grinst. „Ein Wohnungsangebot!", haut sie die Neuigkeit endlich raus.

„Du ziehst aus? Ein Glück!", rufe ich.

Die letzten Wochen müssen furchtbar für Madeleine gewesen sein. Das, was sie angedeutet hat, klang echt schauderhaft. Die vielen Vorwürfe, dass sie sich ihr Leben versaut, müssen sie ganz schön fertig gemacht haben.

„Ich hoffe, die Wohnung ist schön weit weg von deinen Eltern", merkt Marie an. „Allerdings hast du es dann weiter bis zur Arbeit."

„Das ist theoretisch ein Nachteil", stimmt Madeleine ihr zu. „Wobei ich auch nicht zwangsläufig nah an meiner Arbeitsstelle wohnen muss. Etwas Abstand dazu ist durchaus sinnvoll." Pause. Es ist offensichtlich, wie sehr sie das alles hier genießt. Würde ich auch, zugegeben.

„Wo ist denn jetzt deine Wohnung und wann ziehst du ein?", frage ich ungeduldig.

„Etwa zehn Minuten von hier", sagt sie.

„Woohoo", ruft Marie und mir wird nur langsam klar, was sie damit sagen will.

„Du hast eine Wohnung in Pinneberg gefunden?", frage ich nach. Madeleine nickt.

„Habe ich. Die Miete ist erschwinglich. In Hamburg hätte ich wahrscheinlich noch weiter wegziehen müssen, um es mir leisten zu können. Jetzt wohne ich immerhin direkt an einer Bushaltestelle und komme schnell zum Bahnhof. Ab Mitte Dezember kann ich rein", strahlt sie.

„Herzlichen Glückwunsch. Läuft", nickt ihr Marie zu.

„Genau. Läuft", stimmt ihr Madeleine zu. „Ich habe jetzt eine Agentur gefunden."

„Wow! Das auch noch!", rufe ich. „Hat Mirabell sich bei dir gemeldet?" Madeleine nickt.

„Hat sie. Sie hat Interesse an meinem Exposé. Also habe ich mich hingesetzt und mein drittes Buch fertiggeschrieben. Sie will jetzt versuchen, es unterzubringen", strahlt sie.

„Ich freue mich so für dich, Madeleine", sage ich aufrichtig.

Ehrlich gestanden habe ich immer geglaubt, dass Mirabell von Madeleines Büchern begeistert sein wird. Und ohne meine Zusprache fühlt es sich jetzt auch sicherlich besser für Madeleine an.

„Ich habe ihr übrigens erzählt, dass wir uns kennen", berichtet Madeleine und zwinkert mir zu.

„Jetzt hat sie uns beide", strahle ich sie an. Ich habe auch Grund dazu, denn ich bin mit meinen letzten Überarbeitungen für meinen Weihnachtsroman fertig. Er wird am ersten Dezember herauskommen, allerdings doch erst im nächsten Jahr. Das haben Mirabell, der Verlag und ich so entschieden.

Und auch meine neue Romanidee haben sowohl Mirabell als auch dem Verlag gefallen. Mit diesem haben wir jetzt den Oktober nächsten Jahres festgelegt, denn zum Glück kann man erotische Thriller das ganze Jahr über vermarkten. Läuft, um es mit Maries Worten auszudrücken.

„Tja, wo wir jetzt bei großen Neuigkeiten sind", beginnt auf einmal Marie. Überrascht blicke ich sie an. Wieso hat sie nicht erst allein mit mir gesprochen?

„Ich hatte gestern ein Interview mit einem Pharmakonzern in Salzburg." Schweigen. Wieso Salzburg? Und dann haut es mich um.

„Du willst nach Salzburg ziehen?", frage ich erstaunt und bin schon froh, dass es nicht zu entrüstet klingt. Schließlich ist das Maries Entscheidung, erinnere ich mich rechtzeitig daran.

„Du ziehst weg?", fragt jetzt Madeleine und guckt überrascht zwischen uns hin und her.

„Es ist noch nichts beschlossen und ein Angebot habe ich auch noch keins. Ich weiß selbst nicht, wieso ich euch bereits davon erzähle. Eigentlich hatte ich erst abwarten wollen, ob sie mich überhaupt haben wollen. Aber ich wollte euch fragen, was ihr dazu sagt?", schließt sie und wirkt auf einmal gar nicht mehr so selbstbewusst, wie ich sie seit 35 Jahren kenne.

„Was sagt denn Nick dazu?", fragt jetzt Madeleine, die dank unserer vielen Gespräche bestens über unsere Leben informiert ist.

„Er würde sich freuen, hat er gesagt. Aber er meinte natürlich auch, dass ich hier ein gewohntes Leben aufgeben würde. Vielleicht würde das unsere Beziehung sehr unter Druck stellen, wenn ich meine Zelte hier abbreche und es klappt dann doch nicht mit uns." Schweigend hören wir Maries Ausführungen zu. Im Grunde genommen brauchen wir gar nichts dazu zu sagen, denn Marie hat wie immer den Überblick und kennt bereits alle Seiten.

„Ich würde dich sehr vermissen", sage ich vorsichtig. „Aber ich freue mich auch sehr für dich, wenn es klappt." Madeleine nickt.

„Genau. Wenn Nick auch so empfindet für dich, dann wäre es eine tolle Möglichkeit für euch. Glaubt mir. Wenn ich auch nur irgendeinen Zuspruch von Alexander bekommen hätte, hätte ich diese Verlobung nicht einfach gelöst!", sagt sie heftig.

Merkwürdig. Ihren Ex-Verlobten hat Madeleine schon länger nicht mehr erwähnt, aber offensichtlich ist sie doch noch nicht über ihn hinweg.

„Habt ihr eigentlich mal geredet, also du und dein Ex?", fragt jetzt Marie. Anscheinend hat sie sich jetzt ihre Sache von der Seele geredet. Bei Marie geht das immer sehr schnell und kommt auch so gut wie nie vor, weil sie meistens alles mit sich alleine ausmacht. Es wundert mich ohnehin, dass sie uns überhaupt mit einbezogen hat. Ich nehme mir vor, später in Ruhe mit ihr über ihre Pläne zu sprechen. Madeleines Augen füllen sich mit Tränen.

„Ich habe überlegt, ob ich ihn anrufe. Aber sähe das nicht wie Betteln aus, wenn ich mich bei ihm melde?", schluchzt sie los. Marie hält ihr ein Taschentuch hin.

„Ist jetzt die Frage, ob du überhaupt noch etwas in euch siehst, um euch eine Chance zu geben. Abstand hattet ihr ja jetzt genug", stellt Marie sachlich fest.

„Vielleicht überwiegen jetzt die positiven Dinge in eurer Beziehung?", nehme ich den Faden auf. Ich werde Marie sogar sehr vermissen, durchfährt es mich.

Als sie für das Studium weggegangen ist, hat sie mir immer gesagt, dass sie plant, zurückzukehren. Doch diesmal wäre es für immer, befürchte ich. Madeleine trompetet in das Taschentuch.

„Ich bin mir gar nicht so genau klar darüber, ob ich ihn nicht liebe", sagt sie umständlich. „Wenn ich an ihn denke, prickelt es immer noch", sagt sie schwärmerisch und ein Glanz tritt in ihre Augen. Tja, Beziehungen sind halt nicht schwarz oder weiß, befürchte ich.

„Ruf ihn doch heute Abend mal an", schlägt Marie vor.

Plötzlich fällt ein Schatten auf unseren Tisch und wir blicken auf.

„Liesel. Wir müssen reden!", fordert eine äußerst melodische Stimme.

Ein sehr attraktiver Mann mit kurzen dunklen Haaren und einer großen schlanken Statue in einem sehr teuer aussehenden dunkelbauen Anzug, steht vor unserem Tisch und blickt Madeleine zornig an.

„Alexander?", fragt sie erstaunt. „Was machst du hier?"

„Was ich hier mache?", erwidert er mit unterdrückter Stimme. „Was machst du hier? Was machst du die letzten Monate? Ich erkenne dich nicht wieder, Liesel!" Was für ein niedlicher Kosename, passt irgendwie gar nicht zu dieser steifen Attitüde und zu Madeleine passt es auch nicht.

„Nenn mich nicht Liesel. Du weißt, dass ich das nicht mag!", erwidert Madeleine und sieht ebenfalls sehr zornig aus.

Marie und ich blicken zwischen den beiden hin und her und denken sicherlich dasselbe: Bitte geht nicht aus dem Lokal, um zu reden, sondern sprecht hier weiter, wo wir alles mitbekommen können! Vielsagend blinzeln wir uns zu.

Madeleine bleibt sitzen und blitzt sauer diesen schönen Mann an.

„Setz dich doch, sonst bekommen noch alle anderen mit, dass wir streiten. Das möchtest du doch sicherlich nicht", sagt sie honigsüß und in gemäßigter Lautstärke. Juchu, Danke! Oder vielleicht erhofft sie sich auch unsere Unterstützung? Jedenfalls bin ich sehr gespannt auf dieses Gespräch.

Besagter Alexander setzt sich tatsächlich zu uns. Vorher fragt er höflich am Nachbartisch, ob er sich den Stuhl nehmen darf, gute Manieren gehen bei dem wohl immer vor. Ich fange an zu erahnen, wie anstrengend gewisse Handlungen mit ihm wohl gewesen sein müssen.

„Liesel", beginnt er.

„Alex!", schimpft Madeleine und er zuckt zusammen.

„Gib mir nicht solche Proletennamen. Und wieso willst du hier reden? Lass uns besser rausgehen", schlägt er vor.

„Du bist so ein Snob. Alle Welt nennt sich Alex. Und wieso soll ich deine Wünsche berücksichtigen, während du mich weiterhin Liesel nennst? Das klingt nach einem kleinen Mädchen. Und selbst als ich klein war, hat mich niemand so genannt!", erwidert Madeleine heftig.

„Aber ich mag den Namen", sagt er und klingt jetzt irgendwie kleinlaut. „Und Käthe kann ich dich nennen, wenn wir 50 Jahre verheiratet und alt und grau sind", sagt er verschmitzt. An Madeleines Gesicht sehe ich, dass das ganz bestimmt die falschen Worte waren, die sie hören wollte.

„Falls es dir entgangen sein sollte: Ich habe mich von dir getrennt!", erinnert sie ihn schnippisch. Er zuckt zusammen.

„Aber das meinst du doch nicht so. Ich habe mit deiner Mutter gesprochen und sie hatte mir geraten, dir etwas Zeit zu geben. Sie hat mir auch verraten, dass du hier bist. Sie dachte, das sei eine romantische Geste", verrät er und wirkt echt plump. Marie und ich schlagen uns synchron vor die Stirn bei so viel Blödheit. Irritiert schaut er uns an, Madeleine lacht.

„Oh Mensch, Alexander. Das ist doch nicht dein Ernst. Wieso erzählst du das denn überhaupt? Das klingt nicht danach, als ob du mich lieben würdest." Die letzten Worte klingen geschluckt und heiser. Alexander schaut sie empört an.

„Das sollten wir dann doch an einem etwas privateren Ort klären, Käthe-Louise. Und ich finde es keinen schlechten Gedanken, deine Mutter, um Rat zu fragen. Schließlich ist sie der Mensch, der dich am besten kennt."

„So ein Blödsinn", schnaubt Madeleine. „Der beste Mensch, der mich kennt, sollte doch wohl ich sein. Du hättest doch schon längst mit mir reden können. Oder hattest du zu viele gesellschaftliche Verpflichtungen?", fragt sie spöttisch.

„Ich wusste einfach nicht, wie ich mit dir reden soll, Käthe-Louise. Und dieser Name ist schrecklich. Ich will dich nicht so nennen", sagt er aufgebracht.

„Aber so heiße ich nun mal", stellt sie fest. „Ich soll dich doch auch Alexander nennen. Und wieso hast du geglaubt, dass wir wieder zusammenkommen? Du hältst doch gar nichts von mir, weder von meinen Plänen noch von meinen Träumen." Madeleines Stimme ist jetzt sehr ruhig, klingt jedoch wie kurz vor einem Sturm.

„Aber das sind solche Hirngespinste, Li...Käthe", stottert er. „Liebesromane schreiben, das sollen irgendwelche unterprivilegierten Hausfrauen tun. Du kannst doch besseres mit deiner Zeit anfangen, Louise."

„Und das wäre?", fragt Madeleine ihn jetzt direkt. Das hier ist so viel besser als Kino!

„Woher soll ich das denn wissen? Ich kann dir doch nicht vorschreiben, was du in unserer Ehe tun sollst. Meine Mutter engagiert sich in vielen wohltätigen Stiftungen. Erst letztes Jahr hat sie viele Gelder für den Bau eines Krankenhauses in Afrika gesammelt", erzählt er stolz. Was für ein Muttersöhnchen!

„Das ist lobenswert", stimmt Madeleine ihm erstaunlich ruhig zu. „Ist aber nicht meine Passion. Ich arbeite sehr gerne für den Schulbuchverlag. Und die Agentin, die mich jetzt unter Vertrag genommen hat, ist schwer angetan von meinem Liebesroman. Und siehst du denn nicht, dass das genau unser Problem ist, Alexander? Wieso soll ich einen Mann heiraten, für den nichts gut genug ist, was ich tue, der aber permanent Unterstützung für seinen Kram bei mir einfordert?" Ich sehe genau, dass auch Marie dem ganzen sehr gebannt folgt. Ich halte die Luft an und bin gespannt, was Alexander erwidern wird.

„Es tut mir leid. Ich habe wenig Freiheiten bekommen. Es war immer klar, dass ich Jura studiere und eines Tages in der Kanzlei meines Vaters einsteigen würde. Unsere Familien kennen sich schon ewig. Und ich habe dich bereits im Kindergarten als meine Frau angesehen. Einfach, weil mir nie etwas anderes in den Sinn gekommen wäre. Ich kann mir eine Zukunft ohne dich nicht vorstellen", schließt er leise und wirkt zum ersten Mal ein wenig emotional. Ich sehe, wie Madeleine förmlich schluckt.

„Seit dem Kindergarten?", fragt sie erstaunt. Alexander nickt.

„Ich habe dich doch immer verteidigt, hab dir deinen Rucksack abgenommen und dich geküsst", erinnert er sie.

„Iiih, ja, da kann ich mich noch dran erinnern", stöhnt Madeleine. Dieses Gespräch ist so toll, es hat einfach alles, hoffentlich auch ein Happyend.

„Das war voll ekelig. Du hattest ein Käsebrot gegessen und rochst auch danach", sagt sie naserümpfend.

„Vielleicht war unser erster Kuss nicht der Tollste. Aber der zweite damals nach unserem Abiball, der hat dir doch ganz gut gefallen." Mit diesen Worten sieht er sie herausfordernd an und Madeleines Wangen färben sich rosa. Das sieht niedlich aus und ich muss mich bemühen, ernst zu bleiben.

„Ja, das war er. Aber das reicht nicht, wenn du mich nicht respektierst", sagt sie nachdrücklich.

„Und wenn ich daran arbeite?", fragt er und blickt ihr dabei tief in die Augen, dass selbst mir schwummerig wird. „Meine Eltern leben eher nebeneinanderher, deshalb sieh es mir bitte nach, wenn ich etwas naiv in solchen Dingen bin. Ich dachte immer, dass Ehen so aussehen. Aber tatsächlich empfinde ich äußerst viel für dich. Es tut mir leid, wenn dir das nicht reicht!" Mit diesen Worten steht er auf und geht einfach. Moment mal! Wo bitte bleibt das Happyend?

„Warte!", ruft Madeleine erschrocken und springt ebenfalls auf. Diese Dramatik zwischen den beiden ist der Wahnsinn!

„Die sind so niedlich", seufzt Marie, nachdem beide das Lokal verlassen haben. Ich hoffe sehr, dass es doch mit den beiden klappt. Zum Schluss wirkte Alexander gar nicht mehr so schnöselig, sondern eher wie jemand, der endlich mal über seinen Tellerrand geblickt hat und die Welt da draußen kennengelernt hat.

„Ich werde nach Österreich gehen", sagt Marie unvermittelt. „Sonst werde ich mich immer fragen, was gewesen wäre."

DREIUNDZWANZIG

„Ich rechne fest mit euch als Brautjungfern!", sagt Madeleine nachdrücklich und händigt uns Vorschläge für Einladungskarten aus. Die sehen alle toll aus, so auf Büttenpapier und die Schrift erst! „Ich bin mir noch nicht sicher, welche ich nehme. Deshalb habe ich einfach mal alle Vorlagen mitgebracht!"

„Na klar", sagt Marie und betrachtet die Karten nachdenklich. Was wohl in ihr vorgeht? Außer darüber, dass dieser Pharmakonzern in Salzburg sie unbedingt will und in Verhandlungen mit ihr getreten ist, haben wir nicht weiter über dieses Thema gesprochen.

„Natürlich machen wir das. Wie ging es denn dann eigentlich weiter zwischen euch?", frage ich jetzt direkt nach.

Madeleine hat sich die letzten drei Wochen ganz schön rar gemacht, Marie und ich haben vermutet, dass sie und Alexander zu beschäftigt waren, einander wieder zu finden, aber genaues wussten wir natürlich nicht. Doch gestern hat sie uns spontan angerufen und uns in ihre neue Wohnung eingeladen.

Madeleine bekommt prompt einen verträumten Gesichtsausdruck.

„Ich bin ihm nachgelaufen. Und dann haben wir es in seinem Auto getrieben", schwärmt sie und ich pralle zurück.

„Am helllichten Tag!", ruft Marie begeistert. Genau, das wollte ich auch gerade sagen.

„Ich wusste auch nicht, dass Alexander so etwas draufhat", seufzt sie. „Es war so wahnsinnig erotisch", stöhnt sie. „Bis jetzt haben wir uns eher im Dunkeln geliebt und dann so etwas! In seinem Auto!", wiederholt sie. Ihre Augen strahlen.

„Wow", hauche ich.

„Dann sind wir zu ihm gefahren und haben geredet, stundenlang. Und er hat mir zugehört. Also so wirklich zugehört. Wir haben jetzt die Hochzeit auf nächsten September verschoben, um uns erstmal richtig kennenzulernen. Ich weiß, dass das merkwürdig klingt. Theoretisch kennen wir uns ja schon ewig. Ab nächsten Sonntag werden wir gemeinsam Tennis spielen gehen", schließt sie ihren Redeschwall. Ich habe Mühe, ihr zu folgen.

„Aha. Ein gemeinsames Hobby also", stelle ich fest.

„Hat uns unsere Therapeutin empfohlen", zuckt Madeleine mit den Schultern.

„Ihr geht zur Paartherapie?", fragt Marie erstaunt. „Bevor ihr überhaupt verheiratet seid?"

„War die Idee seiner Mutter", stöhnt Madeleine. „Wir waren jetzt einmal bei ihr und eigentlich war es gar nicht so schlecht. Wir sollten nämlich den jeweils anderen vorstellen und dabei ist dann gleich aufgefallen, wie wenig Alexander mich kennt", sagt sie und klingt sehr zufrieden.

„Aber ihr seid zusammen und du denkst, dass er sich ändern wird?", frage ich zweifelnd. So sehr ich Madeleine gewünscht habe, dass sich alles fügt, denke ich doch, dass eine Veränderung kein guter Anfang für eine Beziehung ist. Schließlich sollte man jemanden erstmal so akzeptieren, wie er ist, sonst bekommt man hinterher womöglich jemand ganz anderes, nachdem er sich verändert hat. Und ob man den dann noch mag, ist die Frage.

„Eigentlich will ich gar nicht, dass er sich ändert", sagt Madeleine nachdenklich. „Ich habe mich einfach viel zu wenig von ihm ernstgenommen gefühlt. Und das kommt wohl daher, dass er gar nicht darüber nachgedacht hat, sondern sich so verhalten hat, wie er es von seinen Eltern kennt. Wir müssen beide daran arbeiten, uns gegenseitig ernst zu nehmen. Wenn ich seine Arbeit und die gesellschaftlichen Anlässe, die ihm so wichtig sind, verurteile, bin ich auch nicht besser als er", seufzt sie.

Überrascht blicken Marie und ich uns an. Das klingt eigentlich sehr vernünftig. Plötzlich muss ich an meine Eltern denken. Vielleicht hat sich meine Mutter von meinem Vater auch nicht ernst genommen gefühlt. Wobei sie ihn dann anscheinend gegen einen ziemlichen Snob ausgetauscht hat. Aber das war ihr anfangs vielleicht nicht so klar.

„Ich würde mich auf alle Fälle freuen, wenn ihr zu meiner Hochzeit kommt. Allerdings befürchte ich, dass ihr eure Kleider nicht selbst werdet aussuchen dürfen.

Meine Mutter und ihr Hochzeitsplaner haben da sehr genaue Vorstellungen", beginnt Madeleine. Dann stockt sie plötzlich.

„Mein Gott was tue ich hier? Ich muss meiner Mutter dringend sagen, dass sie das lassen soll!", ruft sie empört. Mir schwirrt der Kopf bei so viel Selbsterkenntnis.

„Gut. Du rufst deine Mutter an. Brauchst du uns als seelische Stütze?", biete ich ihr an. Sie schüttelt den Kopf.

„Mache ich heute Abend. Dann kann ich hoffentlich noch etwas retten. Und dafür sorgen, dass dieser Hochzeitsplaner gefeuert wird. Sein vorgetäuschter französischer Akzent geht mir echt auf die Nerven!", schnaubt sie.

„Was ist mit Salzburg?", wechselt sie das Thema. Marie zuckt zusammen.

„Ich bin noch in Verhandlungen", sagt sie vage.

„Und was sagt Nick dazu?", fragt Madeleine.

Ich halte mich zurück, obwohl mich das auch interessiert, ich aber Marie ihren Freiraum lassen wollte. Aber Madeleines direkte Fragen kommen mir dann doch sehr gelegen.

„Ich habe noch nicht weiter mit ihm darüber gesprochen", sagt Marie leise.

„Echt?", frage ich erstaunt. „Du hast ihm nichts von deinen Plänen erzählt?" Marie wirkt auf einmal sehr angespannt.

„Er weiß natürlich von dem Interview. Und das Angebot ist gut, ohne Frage. Ich wollte es ihm Weihnachten sagen, dass ich plane, es anzunehmen. Das ist ja schon in einer Woche und wir feiern doch alle zusammen bei meinem Vater. Deine Eltern werden übrigens auch da sein, Darie", informiert sie mich, ohne den kleinsten entschuldigenden Tonfall in der Stimme, den ich eigentlich erwarten dürfte.

„Ok", sage ich überrumpelt. „Das wusste ich nicht." Ich wusste es nicht und ich weiß auch gar nicht, ob ich da so scharf drauf bin, mit meinen Eltern Weihnachten feiern zu müssen, also alle beide zusammen am selben Baum.

„Mein Vater hat mich heute angerufen und gefragt, ob ich in Österreich Weihnachten feiern werde. Leo und Nick haben geplant, am zweiten Weihnachtsfeiertag nach Salzburg zu fliegen und ich werde wohl mitkommen", sagt sie und klingt irgendwie traurig.

„Und wann wirst du den neuen Job beginnen?", fragt Madeleine neugierig. Irgendwie habe ich plötzlich das Gefühl, dass Marie und ich in den letzten Wochen kaum miteinander gesprochen haben. Wie sollen wir das denn hinkriegen, wenn sie gar nicht mehr im selben Land lebt? Werden wir dann keine Freundinnen mehr sein? Der Gedanke tut schrecklich weh.

„Das steht noch gar nicht fest", sagt Marie schnell. „Wie gesagt, ich habe auch noch gar keinen Vertrag unterschrieben. Deshalb rede ich auch ungern darüber. Und eine Kündigungsfrist in Hamburg habe ich ja auch noch einzuhalten. Wirst du denn in Pinneberg wohnen bleiben, wenn ihr verheiratet seid, Madeleine?", fragt sie und signalisiert damit deutlich, dass sie jetzt einen Themenwechsel will.

„Ich werde erstmal hier wohnen bleiben. Für mich ist das eine gute Erfahrung, alleine zu leben", erklärt Madeleine. „Bei meinen Eltern auszuziehen, um dann mit Alexander zusammen zu ziehen, wäre wirklich blöd gewesen." Sie schüttelt den Kopf.

Wir nicken. Schließlich sind Marie und ich relativ früh von zuhause ausgezogen, Marie bereits mit 19 nach Aachen und ich mit 25, nachdem ich die feste Lehrerstelle bekommen hatte.

„Wie läuft es eigentlich mit dir und Leo?", fragt Marie unvermittelt und auch das zeigt, wie wenig wir anscheinend die letzten Wochen miteinander geredet haben.

„Es läuft super", sage ich vorsichtig und weil ich einfach nicht zu euphorisch rüberkommen will. Wir sind ja schließlich noch nicht wirklich lange zusammen.

„Das freut mich", sagt Marie zerstreut.

Ich werde stutzig. Irgendwie klingt das ganz schön langweilig. Sind Leo und ich etwa bereits beim Alten-Ehepaar-Status angekommen?

„Es läuft mehr als gut. Aber wir sehen uns nur an den Wochenenden. Dadurch, dass wir beide pünktlich um 8 Uhr anfangen müssen zu arbeiten, ist es unter der Woche nur selten möglich, uns zu sehen", schwafele ich los.

„Es ist doch schön, wenn bei euch keine Dramen los sind", lächelt Madeleine. „Wobei ich für mich schon etwas Aufregung brauche", gibt sie zu. „Manchmal breche ich einfach einen Streit vom Zaun, um Alexander aus der Reserve zu locken. Wenn er seine Steifheit ablegt ist er so viel heißer", schmunzelt sie.

„Ich glaube, ich stehe da nicht so drauf", sage ich stirnrunzelnd. „Ich mag es lieber ruhig und harmonisch."

„Nick und ich fetzen uns manchmal am Telefon", verrät jetzt Marie. „Und dann bedaure ich, dass wir uns nicht in die Arme schließen können, wenn wir uns wieder vertragen. Wir haben uns schon so lange nicht mehr gesehen", schluckt sie.

Seitdem wir wieder in Deutschland sind, ist sie erst einmal hingeflogen und Nick war vor zwei Wochen da. Er kann seine Praxis nie lange zumachen und Maries Abteilungsleiterjob ist sicherlich auch sehr aufwendig. Wobei der neue Job bestimmt ebenfalls sehr zeitintensiv werden wird. Aber das weiß ich ja nicht, denn Marie hat gar nichts darüber erzählt. Was aber auch eigentlich typisch für sie ist.

„Und wollt ihr nicht auch zusammenziehen, also du und Leo?", fragt Madeleine mich jetzt direkt. Dabei schnappt sie sich eine weitere Frühlingsrolle. Großer Pluspunkt an ihrer Wohnung: Unser Lieblingschinese liefert auch zu ihr!

„Keine Ahnung", sage ich überrascht. „Ich glaube, so weit sind wir noch nicht. Wir haben uns doch erst vor fünf Monaten kennengelernt." Das wird man dann schon sehen, denke ich und bin auf einmal nervös.

„Ich hoffe, Nick und ich haben uns noch etwas zu sagen, wenn ich dorthin ziehe. Was mache ich, wenn es nicht funktioniert und ich dann alleine in Salzburg leben muss?", jammert Marie auf einmal los. Ok, dieses Verhalten ist sehr merkwürdig und sieht Marie überhaupt nicht ähnlich. Die Liebe scheint einen völlig anderen Menschen aus ihr zu machen.

„Vielleicht suchst du dir erstmal eine eigene Wohnung in Salzburg", schlägt Madeleine vor und nestelt dabei an ihrem Handy herum. „Könntet ihr nicht vielleicht doch mitkommen, wenn ich mit meiner Mutter spreche?", fragt sie schüchtern.

Marie und ich lachen, schon, weil es von unseren Problemen ablenkt. Wobei ich ja keine habe. Mein Freund wohnt schließlich weniger als 50 Kilometer von mir entfernt und aktuelle Dramen bestehen auch keine zwischen uns.

Ob ich deswegen vielleicht Schuldgefühle gegenüber Marie habe? Ich schiebe diesen absurden aber vielleicht nicht völlig abwegigen Gedanken beiseite und nicke Madeleine aufmunternd zu.

„Na klar kommen wir mit. Aber vielleicht jetzt nicht mehr, denn es ist bereits zwei Uhr morgens", erinnere ich sie. Mit diesen Worten verabschieden Marie und ich uns und steigen schweigend in ihren Firmenwagen.

„Den werde ich vermissen", sagt sie unbestimmt und ich schaue sie überrascht an, während sie den Motor startet.

„Den Wagen?", frage ich zur Sicherheit nach, wobei mir eigentlich klar sein sollte, dass das nur eine Metapher sein kann. Alles andere kann doch nicht ihr Ernst sein!

„Sicher. Und alles andere. Ich mag mein Team und ich mag die Firma. Die Firma in Dortmund war die reinste Katastrophe, aber hier in Hamburg sind die Leute viel netter. Wahrscheinlich, weil alle von irgendwo hergezogen sind. In Salzburg sind es womöglich wieder so alteingesessene und ich kriege gar keinen Anschluss."

Da Madeleine wirklich nur zehn Minuten von uns entfernt wohnt, parkt Marie bereits vor unserem Haus.

„Du könntest auch ein Sabbatical nehmen", sage ich unvermittelt. „Und schauen, wie es in Salzburg läuft. Aber dann wäre es nicht so endgültig." Überrascht schaut mich Marie an.

„Das wäre vielleicht wirklich eine Möglichkeit, Darie!", sagt sie aufgeregt.

„Denk drüber nach, Marie", rate ich ihr und komme mir sehr weltgewandt dabei vor, was ja normalerweise ihr vorbehalten ist. „Aber jetzt sollten wir schlafen gehen. Schließlich haben wir gerade Madeleine zugesagt, sie morgen zu ihren Eltern nach Hamburg zu begleiten", erinnere ich Marie.

„Wir sind echt zu gute Menschen", stöhnt sie auf.

„Vielleicht spricht man uns ja heilig, wenn wir gestorben sind", verabschiede ich mich und gehe rauf in meine Wohnung.

Ja, ich werde Marie vermissen. Ich werde es vermissen, an ihrer Wohnung vorbeizulaufen und mir zu überlegen, ob ich mich kurz bei ihr einlade und wir über unseren Tag quatschen wollen. Aber unsere Freundschaft hat auch die Zeit in Aachen und in Dortmund überstanden, überlege ich weiter, während ich mich umziehe, mir die Zähne putze und mich prüfend im Spiegel betrachte.

11 Jahre war Marie fort. Allerdings waren wir damals erheblich jünger als heute. Was, wenn die beiden Kinder bekommen? Dann kann man nicht mal so eben nach Deutschland reisen. Und was, wenn Leo und ich Kinder bekommen?

Bei diesem Gedanken fängt mein Herz auf einmal an zu rasen. Könnte Leo wirklich der Richtige sein? Ja, flüstert meine innere Stimme. Wow, denke ich. Wie Leo das wohl sieht? Am liebsten würde ich sofort mit ihm darüber reden. Aber bestimmt schläft er schon. Schade, dass wir uns nicht gesehen haben, aber so ein Mädelsabend ist wichtig, da hat mir Leo zugestimmt. Wobei ich natürlich danach noch hätte zu ihm fahren können. Und ich doch ohnehin in ein paar Stunden nach Hamburg fahre!

Begeistert setze ich mich auf, um dann resigniert wieder in mein Bett zu plumpsen. Ich kann Leo doch nicht um diese Uhrzeit aus dem Bett klingeln. Mein Herz rast und rät mir zu Spontaneität. Wieder setze ich mich auf. Ich wäre so gegen 4 Uhr morgens da. Worauf wartest du!

Also rase ich ins Bad, greife mir Anziehsachen und sitze zwanzig Minuten später im Auto in Richtung Hamburg.

Die Straßen sind verlassen und nur spärlich beleuchtet, was sich aber rasch ändert, als ich die Stadtgrenze überquere. In so einer riesigen Stadt ist immer etwas los.

Natürlich ist die Straße vollgeparkt, trotzdem finde ich wenig später einen Parkplatz. Vielleicht ein positives Zeichen oder auch einfach nur Glück, wer weiß das schon so genau. Mit klopfendem Herz nähere ich mich dem Haus, in dem Leo wohnt und drücke auf die Klingel. Hoffentlich ist das nicht so eine Klingel, die man im ganzen Haus hört!

Stille umgibt mich. Nur mein rasender Puls rauscht in meinen Ohren. Dann plötzlich ertönt der Summer und ich bin so erstarrt, dass ich erstmal vergesse, die Tür aufzudrücken. Verdammt!

Also klingele ich wieder und werfe mich direkt gegen die Tür. Im Hausflur mache ich das Licht an und laufe die Treppen rauf in den zweiten Stock. In der Tür steht Leo und sieht mich reichlich zerknautscht an.

„Darie! Ist etwas passiert?", fragt er mit kratziger Stimme. Der Blauschatten am Kinn lässt ihn ein wenig verwegen aussehen. Steht ihm äußerst gut.

„Ich wollte dich überraschen", sage ich vorsichtig.

Er zieht mich an sich und drückt mich.

„Ich hatte mir gerade überlegt, dasselbe zu tun", raunt er in mein Ohr und küsst mich an dieser besonderen Stelle. Dabei zieht er mich in seine Wohnung, deren Geruch mir bereits so vertraut erscheint, nach Leo und ein wenig nach Zahnarzt und Moschus.

„Wie schön, dass du da bist", sagt er und fängt an, mich auszuziehen.

VIERUNDZWANZIG

Nach einem gefühlvollen Abschied verlasse ich Leos Wohnung. Er hat sich mehrfach letzte Nacht dafür erkenntlich gezeigt, dass ich die Fahrt zu so später Stunde zu ihm auf mich genommen habe. Und später werde ich wieder zu ihm fahren. Das Leben ist kurz, wieso sollten wir den Rest unseres Sonntags nicht gemeinsam verbringen? Mein Körper prickelt, wenn ich an die letzte Nacht denke. Wie gut wir uns mittlerweile kennen. Aber natürlich heißt das nicht, dass auch Leo bereits die Hochzeitsglocken hören muss. Ich finde das selbst auch stark übertrieben von mir, habe mich jedoch die letzten Tage dabei ertappt, auf Hochzeitsseiten im Internet gestöbert zu haben. Ob mir so etwas überhaupt stehen würde?

Die Parkplatzsituation in diesem schmucken Teil von Hamburg, in dem Madeleines Eltern leben, reißt mich aus meinen romantischen Gedanken. Die Frage wäre ja auch, wo man sich heiraten würde, also, wenn man sich dazu entschließen würde. Nußdorf wäre natürlich viel hübscher anzusehen. Aber ob meine Freunde die weite Fahrt auf sich nehmen würden? Und wieso mache ich mir überhaupt diese Gedanken!

Rasch laufe ich ein paar Meter weiter. Im Vorgarten steht ein stattlicher Springbrunnen, die Fassade des gar nicht so kleinen Einfamilienhauses ist weiß gestrichen.

Ich weiß gar nicht so genau, was Madeleine von uns erwartet. Und ein eventuelles Vorabgespräch habe ich jetzt natürlich verpasst. Suchend blicke ich mich um und sehe prompt Maries roten Sportwagen aufleuchten. Dieses Auto sieht man immer sofort, überall. Nach ein paar Minuten kommen die beiden angewetzt.

„Hallo Darie", keucht Madeleine, sie scheint ähnlich unsportlich wie ich zu sein. Marie läuft locker auf ihren Highheels neben ihr her.

„Tut mir leid, ich bin spontan nach Hamburg letzte Nacht gefahren", entschuldige ich mich, obwohl niemand etwas gesagt hat. Die beiden grinsen sich vielsagend an.

„Haben wir uns gedacht, Darie", sagt Madeleine und läuft den kleinen gekiesten Weg hinauf und klingelt.

Die große schwarze Tür öffnet sich und eine gepflegte Dame mit einem strengen schwarzen Bob und Chanel Kostüm öffnet die Tür.

„Käthe-Louise? Wieso klingelst du denn, du hast doch einen Schlüssel!", sagt sie zur Begrüßung. Sie klingt irgendwie eisig dabei. Das lässt ja nichts Gutes erwarten.

„Hallo Mama", sagt Madeleine zaghaft und gibt ihrer Mutter links und rechts einen Kuss auf die Wangen, als ob sie ein lieber Besuch sei. „Das sind Marie und Darie, zwei Freundinnen von mir. Darie ist übrigens die Tochter von Wanda. Können wir bitte reinkommen?" Sie winkt uns herbei, wahrscheinlich schon, damit sie nicht so alleine vor ihrer Mutter stehen muss.

Gemeinsam gehen wir in den Eingangsbereich. Blöderweise machen wir gleich Matschflecken auf den weißen Fliesen, aber hey: Es ist schließlich Ende November. Da ist doch meistens Matschwetter. Ich frage mich, wieso es überhaupt so sauber ausgesehen hat. Aber vielleicht waren Madeleines Eltern noch nicht draußen. Wir beschließen dann doch, unsere Schuhe auszuziehen, weil Madeleine das auch so macht. Hektisch drückt sie uns graue Besucherpantoffeln in die Hand.

„Bitte anziehen", flüstert sie uns rasch zu und läuft auch schon voraus. Marie und ich blicken uns kurz an, dann rutschen wir auf dem glatten Boden in den Pantoffeln vorsichtig Madeleine hinterher.

„Und Sie sind also Wandas Tochter?", fragt Madeleines Mutter und mustert mich kritisch, nachdem sie uns zur Couch gewunken hat. Wahrscheinlich würde sie gerne ihre Tochter zusammenstauchen, um ihr mitzuteilen, dass sie hätte anrufen können, bevor sie ihr Gäste anschleppt. Meine Mutter hätte das getan, aber es birgt auch Vorteile, immer die äußere Fassade aufrecht erhalten zu wollen. Wahrscheinlich kriegt Madeleine ihren Einlauf, sobald wir wieder weg sind.

„Genau. Guten Tag, Frau von Hohenstein", begrüße ich die streng aussehende Frau. „Und das ist Frau Dr. Marie Ebert", stelle ich Marie bewusst mit Titel vor.

Diese Leute halten viel von so etwas, da bin ich mir sicher. Das Gesicht von Madeleines Mutter bekommt auch gleich einen etwas milderen Zug.

„Oh, guten Tag Frau Dr. Ebert." Sie gibt Marie die Hand, mir nicht. Was meine Mutter ihr wohl über mich erzählt hat?

„Mutter", beginnt Madeleine, aber sie wird sofort unterbrochen.

„Sei doch nicht so unhöflich, Käthe. Willst du deinen Gästen denn nichts zu Trinken anbieten?" Äh, eigentlich sind wir ja eher ihre Gäste, denn Madeleine lebt ja schließlich nicht mehr hier, aber ich schenke mir diesen Kommentar.

„Einen Augenblick, bitte", sagt Madeleine schuldbewusst und geht in Richtung Küche. Ihre Mutter folgt ihr und sofort hören wir aufgeregtes Getuschel. Oh je.

„Ob wir Madeleine zur Hilfe eilen sollten?", fragt mich Marie und blickt besorgt in Richtung weiße offene Landhausküche.

„Keine Ahnung. Die Dame scheint recht kühl zu sein", zische ich Marie zu. Kaffeeduft erfüllt plötzlich das Haus. Madeleine schiebt einen kleinen Teewagen zu uns, auf dem Plätzchen, Teller und Tassen stehen.

„Tee und Kaffee kommen sofort", sagt sie und wirkt wie ein kleines Mädchen, dass zuhause hilft. Ich glaube, sie braucht wirklich unsere Unterstützung!

„Bitte nehmen Sie sich Gebäck. Ich bestelle es direkt in Dänemark. Es ist sehr exquisit", preist Madeleines Mutter ihre gekauften Kekse an, greift aber selbst nicht zu.

„Danke Mama", piepst Madeleine. „Äh, hast du schon mit dem Hochzeitsplaner gesprochen? Alexander und ich haben die Hochzeit auf September nächstes Jahr verschoben…", beginnt sie.

„Das habt ihr doch nicht zu entscheiden", unterbricht ihre Mutter sie sofort. „Wir müssen schließlich alles neu koordinieren sowohl mit unserer als auch mit Alexanders Familie. Schließich arbeiten eure Väter sehr hart und haben viele Termine außerhalb Deutschlands. Der Termin im Oktober war von langer Hand abgesprochen, aber du musstest ihn ja unbedingt absagen. Jetzt fangen wir alle wieder von vorne an, Käthe!" Ihre Worte rauschen wie ein eisiger Nordwind durch den Raum. Betreten blicken Marie und ich diese kühle Person an, der ein wenig Gefühl nicht schaden würde. Es klingelt.

„Erwartest du Besuch?", fragt Madeleine erstaunt.

„Tue ich", sagt ihre Mutter ungehalten.

Nur wenige Minuten später kommt sie mit meiner Mutter zurück. Wieviel Pech kann ein Mensch eigentlich haben. Da hat sich meine Mutter ausgerechnet diesen Tag ausgesucht, um bei ihrer Freundin vorbeizuschauen!

„Darie? Marie!", ruft meine Mutter verblüfft.

„Hallo", rufen wir artig im Chor.

„Wanda. Es tut mir leid. Käthe ist ohne Ankündigung vorbeigekommen und hat auch noch zwei Freundinnen mitgebracht!", informiert sie meine Mutter und schafft es kaum, ihre Empörung aus der Stimme herauszuhalten.

„Wenn es gerade nicht passt, komme ich gerne später wieder", bietet meine Mutter freundlich an.

„Aber nein. Setz dich ruhig. Der Tee und auch der Kaffee sind fertig. Wir sprechen gerade über Käthes Hochzeit. Dadurch, dass sie den Termin abgesagt hat, müssen wir quasi von vorne beginnen!" Damit rauscht sie in die Küche und meine Mutter setzt sich auf die andere Seite des Sofas.

„Wie schön, dass du und Alexander wieder zueinander gefunden habt", sagt meine Mutter herzlich. Ich finde es jedes Mal wieder merkwürdig, sie so freundlich zu erleben. Madeleine wird leicht verlegen.

„Ich freue mich auch darüber. Es tut mir leid, dass alle so viel Mühe damit haben", sagt sie schuldbewusst.

„Ach was", sagt meine Mutter aufmunternd. „Das kann doch unmöglich so schwer sein. Die Kleider sind gekauft und falls du dich nicht zu sehr in die Breite entwickelst, wird auch alles noch passen."

„Bloß nicht, Käthe! Sieh bloß zu, dass du nicht zunimmst!", ruft ihre Mutter und an Madeleines Gesichtsausdruck kann ich deutlich sehen, dass es ihr reicht.

„Selbst wenn ich zunehme, dann ziehe ich eben etwas anderes an!", brüllt sie auf einmal ihre Mutter an. Schmerz, Wut und jahrelange Unterdrückung höre ich aus diesen Worten. Ihre Mutter blickt sie entsetzt an.

„Käthe. Was ist das für ein Ton! Ich erkenne dich nicht wieder. Dann heirate doch im Kartoffelsack. Ich gebe mir so viel Mühe mit dir. Alle geben sich so viel Mühe, damit es der schönste Tag in eurem Leben wird…", lamentiert sie, doch wird ausnahmsweise von Madeleine unterbrochen.

„Genau. Du sagst es, Mutter!", speit sie ihr entgegen. „*Euer* schönster Tag! Sollten wir nicht schon deshalb mehr Mitspracherecht daran haben? Und hier siehst du übrigens meine Brautjungfern. Und sie werden anziehen, was ihnen gefällt. Ich kann weder Britta noch Vera oder wie sie alle heißen, die du ausgesucht hast, leiden! Ich verstehe nicht, wieso ich mir das nicht selbst aussuchen darf! Von mir aus, ladet ein, wen immer ihr wollt, aber sollten unsere Freunde nicht auch dort sein!" Madeleine schreit sich immer mehr in Rage. Das hat wohl schon seit 29 Jahren in ihr geschwelt und schießt jetzt aus ihr heraus wie aus einem Vulkan.

„Dein Vater und ich werden für diese Hochzeit ein Vermögen ausgeben. Wir haben bereits ein Vermögen ausgegeben, weil wir manche Dinge gar nicht mehr stornieren konnten! Und trotzdem sehen wir dir das nach und planen jetzt die nächste Hochzeit für dich. Wage es ja nicht, die auch noch abzusagen!", zischt ihre Mutter in Zimmerlautstärke.

„Du hast mich nie gefragt, wie ich heiraten möchte, Mutter!", brüllt Madeleine sie jetzt an. Ihre Mutter zuckt zurück.

„Natürlich nicht. Wie gesagt, wir zahlen ja auch dafür!", sagt sie empört.

„Dann zahlt die Hochzeit eben nicht", sagt Madeleine und ist plötzlich gefährlich ruhig. „Ich habe euch nie darum gebeten. Dieser ganze Wirbel hat mir eher Angst gemacht!"

„Jetzt gibst du uns die Schuld an deiner Absage, Käthe?", ruft ihre Mutter empört.

„Unsinn", sagt Madeleine streng und ich bewundere sie sofort, dass sie sich endlich ihrer Mutter entgegenstellt. „Ich wollte Alexander nicht heiraten, weil er mich nicht ernstgenommen hat! Aber dieses ganze Spektakel, dass du meine Hochzeit nennst, ist mir völlig zuwider! Ich will nicht auf einem Schloss heiraten und ich will auch keine hochrangigen Politiker dabeihaben! Entweder, ich werde mit einem neuen Hochzeitsplaner unsere und damit meine ich Alexanders und meine Hochzeit planen oder wir brennen durch!" Sie ringt nach Luft, ihr Gesicht ist mittlerweile krebsrot.

Klar. Ist auch wirklich eine Leistung, einfach mal die Teenagerzeit zu beenden und seiner Mutter erwachsen entgegenzuwirken. Ich habe das noch nicht geschafft, befürchte ich. Meine Mutter blickt ratlos zwischen den beiden hin und her. Wahrscheinlich ist es neu für sie zu sehen, dass auch gut betuchte Familien so ihre Problemchen haben.

„Wie kannst du mir so ein Ultimatum setzen, Käthe! Das ist so undankbar und so typisch für dich! Ich weiß wirklich nicht, womit dein Vater und ich das verdient haben!", stöhnt sie.

„Und womit habe ich euch verdient?", fragt Madeleine jetzt direkt zurück. Damit habe ich jetzt nicht gerechnet. Wirklich ganz großes Kino!

„Glaub nur nicht, dass es toll war bei euch. Nö, in einem teuren Kleid sich artig hinsetzen zu müssen, ohne spielen zu dürfen, ist wirklich ätzend. Ich habe mich teilweise gefragt, wieso du mich nicht hinter Glas gesperrt hast, machen durfte ich ohnehin nichts selbst. Aber meine Hochzeit, die plane ich. Notfalls machen Alexander und ich das alleine!", droht Madeleine.

„Hast du vergessen, aus was für einer Familie Alexander kommt? Du glaubst doch nicht, dass er sich darauf einlässt!" Der Triumph in ihrer Stimme erscheint beinah makaber und selbst meine Mutter wirkt leicht entsetzt bei so viel Kaltschnäuzigkeit.

„Da haben wir bereits drüber gesprochen", sagt Madeleine knapp.

Dann wendet sie sich uns zu.

„Ich denke, das führt hier zu nichts. Kommt, Mädels. Ich brauche Alkohol!"

Mit diesen Worten stürmt sie an ihrer verblüfften Mutter in den Eingangsbereich, schnappt sich ihre Schuhe und ihre Jacke und geht. Marie und ich beeilen uns, ihr zu folgen, finden aber noch Zeit, uns von den beiden Damen zu verabschieden.

Draußen stehen wir neben Madeleine und starren sie groß an.

„Das war absolut bühnenreif", lobe ich sie. Sie strahlt.

„Ich habe mich schon lange nicht mehr so großartig gefühlt. Wobei, nachdem wir es in Alex Auto getrieben haben auch, aber das hier heute war noch mal etwas anderes!"

„Würde Alexander denn wirklich mit dir durchbrennen?", fragt Marie jetzt vorsichtig. Das Strahlen weicht augenblicklich aus Madeleines Augen.

„Ich habe keine Ahnung", stöhnt sie. „Marie. Kannst du mich bitte zu Alexanders Wohnung bringen?"

„Na klar. Darie, fährst du zurück zu Leo? Grüß ihn von mir", lächelt sie verhalten und dann laufen wir zu unseren Autos.

Was für ein Tag! Ich bin gespannt, was Madeleines Mutter tun wird. Allerdings finde ich es gut, dass Madeleine irgendwann das Gespräch beendet hat. Man konnte sehen, dass die beiden angefangen hatten, sich im Kreis zu drehen. Vielleicht sollte ich auch mal aus diesem Kreis zwischen meiner Mutter und mir ausbrechen, wir scheinen auch nur Runden zu drehen und nicht von der Stelle zu kommen. Wobei ich das letzte Treffen als durchaus gut in Erinnerung habe, schließlich hat sie mich endlich mal gelobt. Und vielleicht hat ihr ihre zweite kaputte Ehe auch endlich mal gezeigt, dass auch bei reichen Leuten mehr Schein als Sein herrscht. Schließlich hat mein Vater so etwas ganz bestimmt nie gemacht, glaube ich.

Nur eine Viertelstunde später befinde ich mich wieder bei Leo zuhause.

„Marie überlegt, nach Salzburg zu ziehen", beginne ich und puste in meine Teetasse. Leo schmunzelt.

„Das freut mich zu hören. Und sei es, damit Nick endlich damit aufhört, mir die Ohren voll zu heulen, weil er sie so vermisst", stöhnt er.

„Na ja, er könnte auch nach Pinneberg ziehen", gebe ich zu Bedenken. Leo nickt.

„Klar, die Möglichkeit besteht auch. Ist aber deren Entscheidung", gibt er zu bedenken.

„Und was ist…", ich schlucke. Plötzlich ist mein Mund völlig trocken. „Und was ist mit uns?", frage ich und weiß nicht, welche Antwort ich hören möchte. Leo blickt mich an.

„Ich bin wahnsinnig gerne mit dir zusammen, Darie. Ich habe so etwas bis jetzt noch nicht erlebt", sagt er und hebt wie zur Unterstreichung die Schultern. „Selbst mit Katharina war das nicht so und wir kannten uns ewig." Was will er mir denn damit sagen?

„Wirklich?", frage ich und meine Stimme geht irgendwie nach oben, so voller Glücksgefühl bin ich auf einmal.

„Wirklich", nickt er und küsst mich. „Eigentlich will ich keine Sekunde ohne dich sein." In meinem Kopf klingelt es, Glocken oder irgendetwas, das laut ist.

„Dann sollten wir zusammenziehen", sagen wir gleichzeitig.

FÜNFUNDZWANZIG

Auch wenn Leo und ich uns einig sind, dass wir zusammenziehen wollen, ist das doch einfacher gesagt als getan. Die Frage nach dem wohin ist noch gar nicht mal geklärt, völlig davon abgesehen, dass wir erstmal eine vernünftige, bezahlbare Wohnung finden müssen. Bis dahin wechseln wir uns eben mit den Wohnungen ab, so schlimm ist das auch wieder nicht. Zumindest steht der Ort für unser erstes gemeinsames Weihnachtsfest selbstverständlich fest: Wir werden bei Maries Vater feiern, wie jedes Jahr nur diesmal mit Anhang und meinen kompletten Eltern.

Aber das ist ja zum Glück noch etwas in weiter Ferne. Es ist ja erst Anfang Dezember.

Doch auch wenn wir noch keine konkrete neue Adresse haben, haben wir für heute beschlossen, schonmal die Möbelhäuser zu durchstreifen. Ein neues Bett muss her, hat Leo vehement betont, wobei ich ihm nicht gesagt habe, dass mein Bett bisher nur wenig solche Erfahrungen gesammelt hat und diese ausschließlich mit ihm. Soll er doch ruhig finden, dass wir einen kuscheligen neuen Ort für uns schaffen müssen. Ich wäre ja für weichen Samt und ganz viele Kissen!

„Was hältst du von diesem Bett?", fragt Leo und klingt irgendwie verführerisch dabei. Ich schnappe aus meinen lustvollen Gedanken und erstarre beim Anblick dieses Bettes. Denn das ist mit Abstand das hässlichste Bett, das ich jemals gesehen habe! Lediglich ein metallenes Gestell mit einer Matratze drauf steht vor mir. Es ist schwarz, mehr ist dazu nicht zu sagen. Kein Schnick und kein Schnack, von Romantik ganz zu schweigen.

„Nun ja, wir können uns ja noch weitere ansehen", schlage ich vor und bin sehr angetan von meiner diplomatischen Antwort. Leo schnappt sich meinen Arm und zusammen schlendern wir durch die Gänge. Ein herrliches Gefühl!

„Vielleicht dieses Bett?", frage ich vorsichtig und zeige auf ein Himmelbett. Der Rest sieht ähnlich aus wie das Bett von gerade eben, schwarzes Metall, aber mit einem hübschen Baldachin und süßen weißen Gardinen drumherum. Das wäre doch ein guter Kompromiss, finde ich.

„Doch kein Himmelbett", sagt er naserümpfend und zeigt anklagend auf die Vorhänge. „Wir sind doch nicht die Sissi und der Franzl", grinst er. Selbst wenn, die Betten in den Filmen fand ich immer sehr romantisch und schön, aber diesen Satz verkneife ich mir dann doch lieber.

„Hier, das wäre doch ganz nett anzusehen", sagt er und zeigt auf ein klobiges Bett aus heller Kiefer mit übergebauten Regalen. Wäre es in Eiche rustikal, wäre es identisch mit der Schlafzimmereinrichtung meiner Großeltern. Ich kann mein Entsetzen wirklich kaum noch unterdrücken.

„Das Bett finde ich toll!", sage ich ein paar Meter weiter über ein weinrotes, gemütlich aussehendes Polsterbett und versuche es, mit Enthusiasmus zu unterstreichen, ohne vor Begeisterung los zu quietschen. Schließlich suchen wir hier Möbel für unsere gemeinsame Wohnung aus, da sollte ich mich etwas erwachsener verhalten.

„Das ist ja noch kitschiger als das Himmelbett", stöhnt Leo mit hörbarem Entsetzen in der Stimme. Kitschig?!

„Das ist doch kein Kitsch!", sage ich erbost. „Nur weil etwas mehr Polster drumherum sind und man keine Angst zu haben braucht, dass man sich an etwas Hartem stößt, ist das doch kein Kitsch!", rege ich mich auf. Dabei wirken die Polster derart flauschig, dass ich mich am liebsten daran entlangreiben möchte. Dazu liegen haufenweise kuschelige Kissen auf dem Bett. Ein Traum, wenn man mich fragt.

Die Leute drehen sich bereits um, aber das ist mir egal. Wenn ich mich hier nicht durchsetze, wird mich Leo womöglich nie ernstnehmen! Er wird mich immer unterbuttern! Wie meine... Ich glaube, ich schweife ab.

„Darie? Das kannst du doch nicht ernst meinen. Das sieht nicht aus wie ein Bett für ein normales Schlafzimmer, sondern eher wie aus einem Stundenhotel!", meckert er und ich spüre, dass ich auf hundertachtzig bin.

„Wie findest du denn dann mein Bett?", frage ich angriffslustig.

„Nun ja. Ich hatte eben gehofft, dass wir uns auf etwas geschmackvolleres einigen könnten", sagt er knapp. Geschmackvolleres?! Ok, jetzt sehe ich endgültig rot.

„Vielleicht sollten wir dann nicht zusammenziehen!", rufe ich entnervt und setze mich in Bewegung. Ich habe keine Lust auf Zeugen bei unserem ersten Streit.

Doch als ich wieder am Ausgang bin, sehe ich, dass Leo mir gar nicht gefolgt ist. Suchend blicke ich mich um, doch von Leo keine Spur. Wo ist er? Habe ich etwa gerade Schluss mit ihm gemacht? Ich zücke mein Handy und drücke auf seine Nummer. Ich höre seinen Klingelton. Da drüben steht er!

„Leo?", rufe ich. Er blickt mich an.

„Lass uns später reden", sagt er ziemlich kühl, wie ich finde. „Ich muss zu einem Notfall in die Praxis. Auf Wiedersehen, Darie!" Und damit lässt er mich einfach stehen!

Wutentbrannt laufe ich zur Straßenbahnhaltestelle und fahre zu Leos Wohnung, wo mein Auto steht. Mittlerweile habe ich zwar einen Schlüssel für Leos Wohnung, aber irgendwie will ich nicht dort auf ihn warten. Kurzentschlossen fahre ich nach Hause. Dort klingele ich sofort an Maries Tür, doch sie macht nicht auf. Mist, wahrscheinlich ist sie noch auf der Arbeit, denke ich frustriert. Schließlich ist es gerade mal fünf Uhr nachmittags an einem Freitag. Das Möbelhaus war allerdings schon sehr voll. So kurz vor Weihnachten haben bestimmt viele bereits Urlaub.

Zuhause koche ich mir erstmal einen Tee. Leo hat mich einfach stehengelassen, denke ich enttäuscht.

Na gut, er musste zu einem Notfall, erinnere ich mich. Und eigentlich habe ich ihn doch zuerst stehengelassen, flüstert so eine lästige innere Stimme in mir. Dann wähle ich Leos Nummer, aber nur kurze Zeit später geht die Mailbox ran.

Ob er wirklich noch in der Praxis ist? Haben Zahnärzte nicht normalerweise Freitag nachmittags zu und hatte er nicht genau deshalb auch bereits Zeit? Hinterher wollte er sich einfach nicht mit mir auseinandersetzen und hat das alles nur vorgeschoben!

Verärgert setze ich mich kerzengerade auf und starre in meine Teetasse. Wenn er das gemacht hat, dann sollten wir wirklich nicht zusammen sein. So kann man doch keine Konflikte austragen. Mein Vater sucht auch nie die Konfrontation, sondern geht einfach weg. Er hat so gut wie nie mit mir gestritten, schon gar nicht, nachdem meine Mutter weg war. Meine Mutter und ich haben uns andauernd gestritten, aber so toll fand ich das jetzt auch nicht. Ich stehe, wie gesagt, eigentlich nicht so auf

Dramen. Aber aktuell befinde ich mich wohl in einem. Aber wohl nur einseitig, denn Leo hat sich ja aus dem Staub gemacht!

Ich atme tief durch. Ich muss jetzt mit jemandem reden. Diese Selbstgespräche führen doch zu nichts, denn meine innere Stimme will mir so gar nicht zustimmen. Resigniert wähle ich erneut Maries Nummer. Vielleicht habe ich ja Glück und sie ist mittlerweile zuhause. Schließlich ist es bereits nach sechs Uhr Abend. Wohl überflüssig zu erwähnen, dass sich Leo nicht gemeldet hat.

„Hallo Darie!", meldet sich Marie. Ein Glück!

„Bist du zuhause? Leo und ich haben uns gestritten", schluchze ich los, weil ich mir auf einmal selber sehr leidtue.

„Das tut mir leid, Darie. Eigentlich wollten Nick und ich heute in ein Wellnesshotel fahren. Es ist schon alles gebucht, aber blöderweise hat er heute Bereitschaft, weil ein Kollege krank geworden ist. Eigentlich wollte ich gerade anrufen und sagen, dass wir erst morgen kommen können und dass sie das Zimmer nicht absagen sollen. Was ist denn überhaupt passiert?", fragt sie besorgt.

Ich schlucke. Marie wäre eigentlich gar nicht dagewesen. Da kann ich mich ja gleich daran gewöhnen, dass Marie zukünftig nicht mehr zur Verfügung steht.

„Ach. Das ist schwer zu erklären so am Telefon", seufze ich und wische mir meine Tränen weg.

„Dann lass uns jetzt sofort losfahren!", ruft Marie. Ich kann ihr nicht folgen.

„Wohin?", frage ich entgeistert.

„Na, da Nick erst morgen kommt, könntest du doch mit mir dorthin fahren", entgegnet sie, als ob es das Selbstverständlichste auf der Welt wäre.

„Meinst du das ernst, Marie?", frage ich überrascht.

„Natürlich, Darie. Wie gesagt, Nick kommt erst morgen."

„Aber ich kann doch nicht in euer Romantikwochenende reinplatzen", schniefe ich.

„Na ja, es wäre schon schön, wenn du morgen wieder abreist", lacht Marie. „Aber heute Abend machen wir uns einen netten Abend und du erzählst mir ganz in Ruhe, was vorgefallen ist. Bis gleich, Darie!"

In mir macht sich nervöse Anspannung und Freude gleichzeitig breit. Marie ist so ein Schatz. Nachdem ich erneut Leo versucht habe, anzurufen und wieder auf die Mailbox umgeleitet werde, packe ich kurzentschlossen einen Badeanzug, einen Bademantel und Wechselklamotten ein. Ich werde ihn nicht mehr anrufen, zumindest heute nicht mehr!

Rasch stiefele ich die Treppen runter. Unten steht bereits Marie mit einem kleinen Koffer. Ich habe nur einen Rucksack gepackt. Morgen würde ich schon irgendwie wieder nach Hause kommen, wobei mir auffällt, dass ich gar nicht weiß, wohin wir fahren. Egal, alles ist besser als alleine zuhause zu sitzen und dieses Gedankenkarussell ertragen zu müssen!

Während der Fahrt hüllen wir uns beide ins Schweigen, wobei mir Marie wahrscheinlich einfach nur Zeit geben will, um mich zu sammeln.

Ist es wirklich richtig, einfach wegzufahren? Was, wenn mich Leo erreichen will? Doch ich höre kein Klingeln, obwohl ich bestimmt jede Sekunde auf mein Handy schiele. Auf Höhe des Hamburger Tierparks stehen wir natürlich prompt im Stau. Marie schaut mich an. Soll ich jetzt loslegen? Aber wie?

Um halb acht parkt Marie ihren roten Flitzer vor einem traumhaft schönen riesigen Fachwerkhaus und gemeinsam gehen wir durch eine schimmernde Glastür ins Foyer. Warmes Licht umfängt uns. Es riecht nach Aromaölen, alles ist in braun und gelb gehalten und wirkt freundlich und ist theoretisch bestimmt entspannend.

„Guten Tag, ich habe die Romantik Suite gebucht, auf den Namen Frau Dr. Ebert", erzählt Marie gerade dem Empfangschef, der Marie auch beinah sofort im Computer findet. Danach greift er hinter sich und reicht ihr einen Herzanhänger mit zwei Schlüsseln dran.

„Hier, Frau Dr. Ebert. Ich wünsche Ihnen und Ihrer Partnerin einen schönen Aufenthalt", sagt er herzlich. Moment. Hat er uns jetzt wirklich für ein Pärchen gehalten? Und wenn schon!

Wir laufen zum Aufzug und sind Minuten später im 3. Stock. Beim Anblick der romantisch ausgestatteten Suite muss ich schlucken.

„Äh, ist das wirklich ok, dass ich hier bin?", frage ich Marie, entsetzt beim Anblick der langstieligen Rosen und dem Sektkübel.

„Aber Darie. Nick und ich hätten den Abend heute doch ohnehin nicht genutzt", beruhigt sie mich. Dann greift sie sich an den Magen.

„Uff, ich habe einen riesigen Kohldampf", stöhnt sie. „Lass uns essen gehen!"

Obwohl sich mein Magen eher verknotet anfühlt, folge ich ihr in den wunderschönen Speisesaal. Die Tische sind festlich eingedeckt und die Leute unterhalten sich so leise, dass man nur ein gepflegtes Raunen vernimmt. Leise klimpert stimmungsvolle Pianomusik von einem echten Pianisten zu uns herüber. Eine Dame führt uns zu einem Tisch.

„Wünschen Sie die Weinkarte?", fragt sie und Marie nimmt sie ihr direkt aus der Hand.

„Danke, ja", antwortet sie.

Gerade nehme ich die Speisekarte in die Hand, da klingelt plötzlich mein Handy. Ungewöhnlich laut wirkt der Klingelton in dieser gepflegten und romantischen Atmosphäre. Sofort ernte ich empörte Blicke. Aus einem Reflex heraus, drücke ich es aus. Jetzt kann er mal darauf warten, dass ich rangehe!

„War das Leo?", fragt Marie und studiert die Speisekarte.

„Ja", sage ich grimmig. „Aber jetzt will ich nicht mit ihm reden!"

„Magst du mir jetzt endlich erzählen, was vorgefallen ist?", fragt Marie vorsichtig.

„Na ja, also. Wir haben nach Betten geschaut", druckse ich rum, weil ich gar nicht mehr so recht weiß, wie ich das erklären soll. Vielleicht steckt doch mehr Dramaqueen in mir als gedacht.

„Und ihr habt festgestellt, dass du mehr auf Polster stehst und Leo mehr auf Metall", schlussfolgert Marie direkt. Wie kann sie das denn wissen?

„Äh ja, so ungefähr", sage ich unwirsch. Schließlich ist das doch nur die Spitze des Eisbergs!

„Aber er hat mich einfach stehengelassen!", sage ich empört.

„Ungeheuerlich!", ruft Marie empört und ich kann leider hören, dass das sehr aufgesetzt klingt.

„Er musste zu einem Notfall in die Praxis", setze ich leise hinzu. „Und seitdem konnte ich ihn nicht mehr erreichen. Wir sollten uns doch irgendwie einig werden, aber ich glaube, wir passen einfach nicht zusammen." Jetzt laufen schon wieder Tränen an mir herunter. Marie reicht mir ein Taschentuch.

Erstmal bestellen wir uns etwas zu essen, auch wenn ich eigentlich keinen Hunger habe. Aber es duftet so fantastisch hier und mein Magen knurrt. Also bestelle ich mir Zürcher Kalbgeschnetzeltes. Das Essen kommt zum Glück recht zügig. Schweigend essen wir. Das warme Essen tut gut. Leo hat sich nicht wieder gemeldet.

„Was hältst du davon, wenn wir gleich in den Whirlpool steigen?", schlägt Marie vor. Ich nicke, jedoch ohne Begeisterung.

Ergeben folge ich ihr. Die Suite ist wirklich traumhaft, das Bett eine Wucht. Leo fände es sicherlich zu kitschig, denke ich grimmig und schlüpfe in meinen Badeanzug und meinen Bademantel, denn der Bademantel, der auf dem Bett liegt, gehört schließlich Nick.

Gemeinsam spazieren Marie und ich ins Spa, Aromadüfte und Wärme schlagen mir entgegen. Wir nehmen im Whirlpool Platz. Das Wasser ist kochend heiß und sprudelt angenehm um uns herum. Meine Anspannung lässt augenblicklich nach.

„Entschuldige bitte, Marie. Irgendwie klingt das alles auf einmal so trivial", seufze ich.

„Ach was, Darie. Bestimmt renkt sich das wieder ein. So ein Wellnessabend hilft dir bestimmt, den Kopf wieder freizukriegen. Wahrscheinlich hattest du eine Achterbahn im Kopf", stellt sie fest.

Ich bin wohl ein offenes Buch für Marie, sie kennt mich in und auswendig. Ich wünschte, ich könnte das auch über Marie sagen, aber sie ist einfach verschlossener als ich.

„Du sagst es. Irgendwann hat sich alles nur noch gedreht!", seufze ich. Marie nickt.

„Jetzt komm erstmal runter. Ist es nicht herrlich hier?", sagt sie begeistert.

„Ist es. Danke, dass ich mitkommen durfte", sage ich treuherzig und Marie lacht.

Nach einer halben Stunde fühle ich mich beinah besser. Wir hüllen uns in die Bademäntel und wandern zu einer kleinen Bar und bestellen jeder ein großes Glas Rotwein.

„Prost!", sage ich und wir lassen die Gläser klirren.

„Wann habt ihr die Reise eigentlich gebucht?", frage ich neugierig. Und wieso hat Marie mir gar nichts über diesen bevorstehenden Wellnesstrip erzählt?

„Wir waren für dieses Wochenende verabredet und eigentlich wollte ich nach Salzburg fliegen. Aber dann hat mir meine Arbeitskollegin von diesem Hotel vorgeschwärmt. Also habe ich spontan angerufen, es war allerdings nur noch die Romantiksuite frei", grinst sie.

„Und du willst wirklich bis Weihnachten warten, um ihm von deiner Zusage zu erzählen?", frage ich ungläubig. Ich könnte mit so etwas nie warten. Beim Gedanken an Leo schmerzt mein Herz und mein Magen zieht sich zusammen, was bestimmt nicht an diesem köstlichen Essen von gerade eben liegt.

„Ich will erst alles abgesprochen haben. Ich verhandele immer noch das Gehalt und sämtliche Randbedingungen. Und ich bin mir nicht sicher, ob ich die Stelle wirklich zusagen will, denn mein jetziger Job gefällt mir wirklich gut", sagt sie ausweichend, was gar nicht ihre Art ist.

„Und die Stelle in Salzburg. Welcher Bereich wäre das eigentlich?", frage ich, weil mir auffällt, dass Marie noch überhaupt gar nichts darüber erzählt hat.

„Man würde mir die Leitung der kompletten pharmazeutischen Forschung übertragen. Auch superspannend, aber ohne Firmenwagen und eben sehr viel wissenschaftlicher orientiert. Es wird viel um das Beantragen und das Verteilen von Forschungsgeldern gehen", sagt sie abwertend.

„Klingt nach viel Schleimerei", mutmaße ich.

„Genau", seufzt Marie.

„Und du fragst dich jetzt, ob es das wirklich wert ist", folgere ich. Marie nickt zaghaft, sagt aber nichts weiter.

Schweigend trinken wir unseren Rotwein aus. Irgendwie haben wir wohl schon genug geredet.

Obwohl es erst elf Uhr ist, beschließen wir, aufs Zimmer zu gehen. Ich bin unendlich müde. Hoffentlich kann ich morgen mit Leo reden.

Zusammen laufen wir zurück zur romantischen Suite. Nach einer kurzen heißen Dusche schlüpfe ich in meinen Pyjama und lege mich auf das gemütliche Sofa in diesem gigantischen Zimmer. Doch kaum habe ich mich hingelegt, klopft es plötzlich energisch an der Tür. Erschrocken fahre ich nach oben.

„Erwartest du jemanden, Marie?", frage ich in die Dunkelheit.

„Na ja", beginnt Marie. „Ich habe Nick von dir und Leo erzählt."

Mein Herz beginnt auf einmal ganz ähnlich laut zu klopfen. Beinah falle ich von der Couch, so schnell versuche ich, zur Tür zu kommen. Ich reiße die Tür auf und davor steht tatsächlich Leo!

„Ich habe mir solche Sorgen gemacht. Zum Glück hat mich Nick angerufen und mir gesagt, wo du bist", stöhnt er und drückt mich sofort an sich.

„Tut mir leid", wispere ich in sein Ohr und lege meinen Kopf an seine herrlich starke Brust. Jetzt stehen wir allerdings im Gang herum mit mir im Schlafanzug.

„Hier stehen wir vielleicht etwas ungünstig", gebe ich zu Bedenken.

„Das stimmt. Wenn du magst, fahren wir nach Hause. Am besten zu mir, da sind wir in einer halben Stunde", schlägt Leo vor. Ich nicke und reibe dabei meinen Kopf an seine Brust. Dann schlüpfe ich zurück ins Zimmer.

„Ich fahre mit Leo nach Hause", raunze ich Marie zu und werfe schnell im Dunkeln meine Sachen in den Rucksack, tapse ins Bad, putze mir die Zähne und packe alles ein. Nach rekordverdächtigen zehn Minuten oder so stehe ich fertig angezogen wieder vor Leo und ziehe vorsichtig die Zimmertür zu. Marie hat mir nur ein verschlafenes „Viel Spaß", zugeraunt.

Die kühle Dezemberluft macht mich schlagartig wieder wach.

„Wie schön, dass du hierhergekommen bist, Leo", sage ich.

„Was war das denn heute im Möbelhaus mit uns? Es ging doch nur um ein Bett, oder?", fragt er ernst, während er in sein Auto steigt. Zum Glück ist es noch relativ warm von der Herfahrt.

„Ich fühlte mich irgendwie bevormundet", stottere ich, denn bis jetzt ist mir das gar nicht so klar gewesen. Langsam fährt Leo uns vom Parkplatz herunter. Obwohl es bereits Mitte Dezember ist, ist es eigentlich gar nicht so kalt. Nur, dass ich bis eben auf einer gemütlichen Couch herumlag.

„Du hast mich so runtergemacht, als ob meine Meinung gar nicht zählt!", haue ich plötzlich heftig heraus. Leo zuckt leicht zusammen, muss sich aber auf die Straße konzentrieren, die pechschwarz vor uns liegt. Doch in der Ferne sehe ich bereits ein Lichtermeer.

„Das tut mir leid. Das war nicht meine Absicht, Darie. Wahrscheinlich hätte ich es etwas netter ausdrücken können. Nick sagt mir oft, dass ich zu barsch rüberkomme, aber ich bin einfach nur ehrlich." Verschämt reibt er sich über seinen Nasenrücken.

„Nick ist wohl eher der Frauenversteher von euch", stimme ich ihm zu.

„Das befürchte ich auch. Ich würde sagen, wir versuchen das mit den Möbeln im Neuen Jahr noch mal. Und ganz bestimmt gibt es irgendetwas zwischen schlicht und pompös", grinst er und fährt auch schon in die Straße zu seiner Wohnung. Einen Parkplatz finden wir beinah sofort. Wenn das mal nicht Schicksal ist.

Nach nur einer Viertelstunde liegen wir bereits in Leos gemütlichem Bett. Kommt ja eigentlich auch eher auf die Matratze an und die fühlt sich himmlisch an, zugegeben. Eng umschlungen liegen wir aneinander gekuschelt, beinah döse ich weg, als ich Leos leise Stimme fragen höre:

„Kann es sein, dass du dich schnell verunsichern lässt, Darie?" Ich seufze.

„Ich weiß. Ich wünschte, ich könnte das irgendwie abstellen. Das war wahrscheinlich auch der Grund, dass ich auf die schlechten Rezensionen so überreagiert habe!", sage ich plötzlich laut und setze mich auf.

„Aber jetzt hast du sie überwunden, oder?", sagt er sanft, setzt sich ebenfalls auf und nimmt mich in den Arm.

„Irgendwie ja. Aber heute habe ich mich wieder so zurückgesetzt gefühlt. Und dann hast du mich auch noch stehengelassen!", sage ich sauer.

„Aber ich sagte doch, dass ich zu einem Notfall muss", sagt er ärgerlich. „Ein Patient hatte einen eitrigen Abszess. Ich war froh, dass er noch in die Praxis gekommen ist und glücklicherweise meine Sprechstundenhilfe auch noch da war. Das hätte bös ins Auge gehen können."

Er hat also doch die Wahrheit gesagt, durchfährt es mich. Wie habe ich bloß an ihm zweifeln können?

„Hast du etwa geglaubt, ich wollte mich nur aus der Affäre ziehen?", fragt er enttäuscht.

„Nicht direkt", sage ich beschämt. „Ich wusste es doch nicht. Und ich konnte dich einfach nicht erreichen. Und außerdem ist es doch Freitagnachmittag", schluchze ich los.

„Der Eingriff hat einfach etwas gedauert, Darie. Du musst wirklich mehr Vertrauen haben, sonst funktioniert das nicht mit uns!" Sein strenger Ton lässt mich aufhorchen.

„Es tut mir leid. Ich weiß nicht, woher meine Unsicherheit kommt. Nur, dass mir meine Mutter immer gesagt hat, dass andere Leute besser sind als ich, und zwar in allem. In ihrem Aussehen, in ihrer Ausdrucksweise und auch in allem, was sie tun. Und dadurch denke ich natürlich schnell, dass andere Menschen mich ebenfalls für nicht gut genug halten. Komischerweise ist das als Lehrerin aber nie so für mich gewesen. Wenn ich vor einer Klasse stehe, sind meine Selbstzweifel immer wie weggeblasen. In der Schule komme ich mir wie die beste Version von mir vor!", sage ich überschwänglich. Dann schlage ich mir auf den Mund und blicke Leo an.

„Das klang jetzt bestimmt arrogant", seufze ich.

„Überhaupt nicht, Darie. Das zeigt nur, dass du eigentlich äußerst selbstsicher sein kannst. Am besten du besinnst dich immer wieder darauf, wie du eigentlich bist und nicht, wie deine Mutter dich eventuell sieht", schlägt Leo sanft vor.

Wir legen uns wieder hin und kuscheln uns aneinander. Vielleicht hat Leo recht und ich lasse mich zu schnell in die Ansicht, die mir meine Mutter über mich vermittelt hat, schieben.

Ich muss lernen, mich endlich davon zu lösen!

Sechsundzwanzig

Unglaublich, dass heute bereits der 24. Dezember und das Jahr beinah rum ist! Nachdenklich betrachte ich mich in meinem Garderobenspiegel, weil es der einzige Spiegel ist, in dem ich mich komplett in meinem neu erworbenen dunkelblauen Samtkleid bewundern kann. Dazu trage ich eine kleine goldene Kette mit meinem Anfangsbuchstaben daran, die mir Marie mal irgendwann geschenkt hat. Leo tritt hinter mich und sieht atemberaubend in seinem dunkelblauen Anzug aus.

„Du sieht hübsch aus, Darie. Darf ich dich nicht vielleicht jetzt schon auspacken?", fragt er lüstern und knabbert an meinem Ohr. Das prickelt so angenehm. Doch entschlossen winde ich mich aus seiner Umarmung.

„Vielleicht geht es ja nicht so lange, dann haben wir später noch Zeit für uns." Sein Gesicht ereilt ein Hoffnungsschimmer und lässt seine hellblauen Augen so herrlich strahlen.

„Meine Mutter freut sich übrigens sehr, dass du jetzt doch am 2. Jänner mitkommst", sagt er.

„Ich habe die Hälfte meines neuen Romans fertig und erstmal eine Pause verdient", strahle ich ihn an. Hoffentlich kann, er wie geplant, im Oktober veröffentlicht werden. Ich kann es selbst kaum glauben, wieviel ich dieses Jahr doch noch geschrieben habe!

„Ich bin wirklich stolz auf dich, Darie. Lass mich dir zeigen, wie sehr", verspricht Leo und drückt mich an sich.

„Danke schön, Leo", sage ich atemlos. „Aber jetzt sollten wir wirklich los. Schließlich müssen wir noch Marie und Nick einsammeln." Leo verzieht das

Gesicht, schlüpft jedoch brav in seine Schuhe und in seinen Wintermantel, der natürlich viel zu warm ist für die milden zehn Grad heute. Meine zum Kleid passenden dunkelblauen Pumps haben kleine funkelnde Sterne im Samt und fühlen sich an wie Pantoffeln, ich liebe sie!

Händchenhaltend laufen wir die Treppe nach unten. Dann klingeln wir an Maries Tür, die auch sofort aufgeht.

„Da seid`s ja endlich", knurrt Nick ungehalten. Eine steile Falte hat sich zwischen seinen Augen breitgemacht, die gestern ganz bestimmt noch nicht da war.

Also so richtig glücklich klingt das jetzt nicht. Marie stapft auf gefährlich aussehenden Pfennigabsätzen hinter ihm her und auch ihr Gesichtsausdruck sieht so aus, als ob sie etwas treten möchte. Hoffentlich nicht mit diesen Schuhen, denn die möchte wohl niemand bei einem Tritt abkriegen.

Schweigend sitzen wir diesmal in meinem Auto, weil der Sportwagen zu eng wäre für vier Erwachsene. Ich frage mich immer noch, wie wir das ganze Gepäck im Sommer hineinbekommen haben. Die dicke Luft zwischen den beiden ist allerdings ebenfalls sehr raumfüllend.

„Wir sind da!", versuche ich so enthusiastisch wie möglich zu rufen. Leo schnappt sich meine Hand und küsst sie.

„Lass uns schnell verschwinden. Die beiden Miesepeter versauen ja die ganze Weihnachtsstimmung", flüstert er mir zu. Ich muss bei dieser Wortwahl auch prompt grinsen. Marie hat in der Zwischenzeit geklingelt.

„Frohe Weihnachten!", ruft ihr Vater freudestrahlend und drückt sein einziges Kind an sich. Dann schüttelt er Nick die Hand.

„Und du musst Nick sein", sagt er mit tiefer ernster Stimme und taxiert Nick mit durchdringendem Blick. Seinen Tonfall kann ich nicht ohne weiteres deuten. Er kann einmal bedeuten: Verzieh dich, Junge, der mir meine einzige Tochter wegnimmt oder Ich verstehe gar nicht, was meine einzige Tochter an dir überhaupt findet. Auf alle Fälle klingt es nicht sonderlich einladend und macht die gespannte Stimmung zwischen den beiden auch nicht besser.

„Hallo und Frohe Weihnachten!", rufe ich übertrieben laut und umarme erst Werner und dann meinen Vater, der sich in den Hintergrund gedrückt hat. Zum Glück kennt mein Vater Leo bereits, er hat uns längst einmal zu sich eingeladen und es war wirklich nett. Wieso Marie das bisher nicht mit Nick gemacht hat, weiß ich nicht.

„Guten Tag, Herr Dr. Zahnbrecher", sagt jetzt meine Mutter förmlich und natürlich ist nicht klar, wen sie damit meint. Sie weiß ja nicht, dass Leo noch keinen Titel hat. Nick und Leo lachen und die Situation entspannt sich, einzig meine Mutter blickt jetzt irritiert. Das hat sie bestimmt nicht im Sinn gehabt.

„Du trägst ein sehr hübsches Kleid, Darie", sagt meine Mutter anerkennend und tätschelt mir leicht die Schulter.

„Danke Mama", strahle ich und bin sofort geschmeichelt.

„Frohe Weihnachten, gnädige Frau", lächelt jetzt Leo meine Mutter an. Mit dieser Anrede hat er natürlich sofort bei meiner Mutter gewonnen. Sie streckt ihm ihre Hand entgegen, die er sanft drückt.

„Schön, dass wir uns endlich kennenlernen", lächelt Leo sie charmant an.

Dann legt er seinen Arm um mich und gemeinsam laufen wir ins Wohnzimmer. Eine riesige unechte Tanne steht wie jedes Jahr prächtig geschmückt an ihrem angestammten Platz neben dem Kamin. Man braucht sie bloß zusammenzustecken und kann sie immer wieder verwenden, hat Werner das Ding damals vor fünf Jahren angepriesen. Wobei aber weder Marie noch mir aufgefallen war, dass es sich um keine echte Tanne handelt. Wir haben natürlich trotzdem erstmal gemotzt, schon aus Prinzip.

Wie aufs Stichwort legen wir alle unsere mitgebrachten Geschenke unter dem Baum ab, unter dem bereits ein paar Päckchen in rot und gold liegen. Als Marie sich neben mir nach unten bückt, flüstere ich:

„Was ist denn los bei euch?" Marie schnaubt, ihr Gesicht kann ich nicht sehen, kann mir aber gut die sich verdrehenden Augen dazu vorstellen.

„Nick will gar nicht, dass ich zu ihm nach Salzburg ziehe!", sagt sie empört und nicht sehr leise, so dass alle es hören können und die Gespräche schlagartig verstummen.

„Du willst nach Salzburg umziehen, Marie?", kommt es prompt von ihrem Vater aus der einen Ecke.

„Das habe ich so gar nicht gesagt!", donnert es aus der anderen Ecke aus Nicks Mund.

„Wieso Salzburg? Was willst du denn in Salzburg, Marie?", fragt meine Mutter, mit der ich natürlich nicht über solche Dinge geredet habe und weswegen sie auch am wenigsten versteht, was hier los ist.

„Nick hat mir mitgeteilt, dass es doch gut so ist wie es aktuell läuft", zischt Marie und ihre grauen Augen lodern förmlich. „Und dass ich doch besser darüber nachdenken soll, bevor ich hier alles abbreche!", fährt sie erbost fort.

Beunruhigt werfe ich einen Blick in Richtung Nick, der etwas blass aussieht und Leo, der versucht, ein Pokerface aufzusetzen, aber irgendwie eher so aussieht, als ob er…lachen muss? Ich verstehe hier wirklich nur Bahnhof.

„Das verstehe ich jetzt, ehrlich gestanden, auch nicht", muss ich zugeben. So traurig ich darüber sein werde, dass Marie wahrscheinlich für immer in Österreich leben wird, habe ich doch mit Nicks Zustimmung dabei gerechnet.

„Also Nick. Ich denke, wir sollten jetzt mit Erklärungen anfangen", beginnt Leo und alle Augen richten sich schlagartig auf meinen Freund. Der angesprochene Nick räuspert sich und wird sogar leicht rot.

„Also", beginnt Nick. „Damit das mal klar ist, Marie. Ich finde es toll, dass du für mich bereit bist, nach Österreich zu ziehen. Aber wenn du mal mit mir darüber geredet hättest, dann hätte ich dir vielleicht eher sagen können, dass das gar nicht nötig sein wird." Er räuspert sich erneut.

„Was meinst du damit, Nick?", fragt Marie mit zittriger Stimme. Das Lodern ist schlagartig verschwunden, stattdessen glänzen ihre Augen plötzlich ganz feucht. Ich bin mir auch nicht so sicher, ob ich die Erklärung dazu wirklich hören möchte.

„Weil ich doch schon hierherziehe", sagt er und beinah muss ich lachen über seinen verzweifelten Gesichtsausdruck. Maries Gesichtsausdruck ist auch zum Schießen. Allerdings nicht lange, denn jetzt schaut sie wieder so sauer aus, dass man lieber in Deckung gehen sollte.

„Du planst hierherzuziehen und hast nicht mit mir darüber geredet! Ich hätte mir also den ganzen Aufwand schenken können!", brüllt sie ihn an. In Zeichentrickfilmen würde man jetzt seinen Kopf festhalten müssen, so ein Sturm kommt aus dieser Stimme und aus Maries Kopf würde wahrscheinlich Dampf entweichen.

„Aber du hast doch auch nicht weiter über dein Jobangebot geredet, Marie", versucht jetzt Leo seinen Bruder zu verteidigen. „Und Nick und ich mussten erstmal viele Dinge klären und wollten bei dir nicht unnötige Hoffnungen wecken."

„Sehr viele Dinge", seufzt Nick und verdreht die Augen.

„Was sagen denn eure Eltern dazu?", frage ich verwundert.

„Genau. Was ist aus „Wir sind dann alleine" geworden?", ätzt Marie spöttisch.

„Glaubt uns. Das waren keine leichten Verhandlungen. Aber letztendlich haben unsere Tanten uns sehr dabei unterstützt. Nick wird seine Praxis in Salzburg untervermieten. Und die Räumlichkeiten hier mussten wir auch erstmal finden", stöhnt Leo. Mir schwirrt der Kopf.

„Eure Eltern haben also zugestimmt, dass ihr nicht die Praxis in Nußdorf übernehmt?", frage ich erstaunt.

„Gleiches Recht für alle", sagt jetzt Nick trocken. „Leo ist bereits in Hamburg und ich habe gesagt, dass ich nicht einsehe, mir mein Leben bestimmen zu lassen. Also meine Tanten haben das gesagt", verbessert er sich schnell, nachdem ihn Leo angestupst hat.

„Du wirst also nach Hamburg ziehen?", fragt Marie nach. Ihre Augen leuchten, ihre Wangen sind gerötet.

„Nein", erwidern Nick und Leo gleichzeitig.

„Aber wo wird denn deine Praxis sein, Nick?", frage ich jetzt ungeduldig. Der Spannungsbogen hier ist definitiv überspannt. Für Bücher mag das noch angehen, ist aber im wahren Leben wirklich überflüssig, weil viel zu nervenaufreibend!

„Na ja, das war wirklich Zufall", holt Nick jetzt aus. „Aber tatsächlich hat sich für uns ein günstiges Angebot ergeben. Ich wollte erst in Leos Praxis einsteigen, aber das geben die Räumlichkeiten nicht her", schwafelt er weiter. Doch Marie unterbricht ihn nicht, sondern blickt ihn weiterhin sprachlos und mit diesen glänzenden, aber jetzt irgendwie glücklich aussehenden Augen an. Meine Eltern und Maries Vater sitzen bereits im Esszimmer, wahrscheinlich wollen sie uns erstmal unsere Dinge klären lassen. War bestimmt Wernes Idee.

„Uff, Bruderherz. Hör auf zu schwafeln. Ich habe Hunger!", stöhnt Leo auf und hält sich den nicht vorhandenen Bauch.

„Also haben Leo und ich beschlossen, zu zugreifen", schließt Nick. Hä, was?

„Wieso Leo und du?", frage ich argwöhnisch.

„Wieso?", fragt Nick spöttisch die Augenbrauen anhebend. „Hat er etwa nicht mit dir darüber geredet, Darie?" Jetzt blicken wir alle strafend in Leos Richtung, mir inklusive selbstverständlich.

„Worüber hast du nicht mit mir gesprochen, Leo?", frage ich schneidend. Dieses ganze Gespräch ist viel zu langatmig für meinen Geschmack. Und überhaupt: Gibt es da nicht ein Weihnachtsfest, für das wir eigentlich gekommen sind?

„Nick und ich machen die neue Praxis gemeinsam auf", haut Leo jetzt raus. „Siehst du, Nick. Ich kann mich kurzfassen. Deshalb ist meine Doktorarbeit auch nur 200 Seiten lang und deine beinah 400!", ruft er triumphierend aus, als ob er noch im Kindergarten wäre. Nick verdreht auch direkt die Augen.

„Verdammt noch Mal!", ruft Marie jetzt unwirsch. „Wo ist denn diese neue Praxis!"

„Na, in Pinneberg natürlich", antworten die beiden. „Wo sonst?"

Gefühlte fünf Minuten später sind Marie und ich endlich damit fertig, entgeistert zu starren.

„Ihr macht eine gemeinsame Praxis auf?", frage ich zum hundertsten Mal.

„In Pinneberg?", fragt Marie leise und hält Nicks Hand.

Mittlerweile sitzen wir sogar endlich am Tisch auf dem sich ein riesiger Truthahn, Klöße und Rotkohl türmen. Plötzlich haben wir alle Hunger und können gar nicht schnell genug beginnen, alles auf unsere Teller zu häufen.

„Darie. Denk an deine Linie!", ruft meine Mutter empört, als ich mir drei Klöße auf den Teller schaufele. Es reicht.

„Was genau interessiert dich denn so daran?", schnappe ich zurück und versuche, seelenruhig zu essen. Aber meine Kehle schnürt sich mal wieder zu. Muss mir meine Mutter wirklich andauernd ein schlechtes Gewissen einreden?

„Ach Darie, ich meine es doch nur gut", seufzt sie.

„Nein, meinst du nicht", sage ich kühl. „Du willst dich einfach nur wichtigmachen." Meine Mutter schnaubt empört.

„Was für eine Unverschämtheit. Wie kannst du denn mit mir so reden, während Gäste da sind!", ruft sie fassungslos.

„Wie kannst du so mit mir reden, während mein Freund direkt danebensitzt", meckere ich zurück. Irgendwie fühlt es sich gut an, sich nicht ständig herunterbuttern zu lassen. „Wenn du nichts Nettes zu sagen hast, Mutter", betone ich jedes Wort, „dann sag eben nichts." Schweigen.

Dann räuspert sich mein Vater.

„Vielen Dank, dass du dir so viel Mühe für uns gemacht hast, Werner."

„Na klar. Ich musste mich doch hervortun, wenn so wichtige Leute vorbeischauen", grinst er und zwinkert Leo und Nick zu.

„Vielen Dank, Herr Ebert", lächelt Nick Werner zu.

„Herr Dr. Ebert", korrigiert meine Mutter sofort.

„Doktoren unter sich titulieren sich nicht mit ihren Titeln", verbessert Werner meine Mutter.

„Wann werden Sie denn die Praxis eröffnen? Und was geschieht mit deiner Praxis in Hamburg, Leo?", fragt mein Vater interessiert. „Ich bin immer froh, wenn ich einen guten Zahnarzt finde. Ich habe nämlich furchtbar schlechte Zähne", verrät er. Wir lachen und irgendwie entspannen wir uns. Amüsiert sehe ich zu, wie Werner das Glass meiner Mutter mit Rotwein füllt, meinem Vater ein eiskaltes Bier hinstellt und dann in die Runde fragt:

„Wein oder Bier?"

„Wein bitte", sagt Leo eifrig und schiebt seinem Bruder direkt eine Flasche Bier zu. „Dann freue ich mich jetzt schon auf deinen Besuch, Ludger", strahlt er und reibt sich die Hände. Wir müssen alle lachen.

„Na, hoffentlich kriege ich einen Familienrabatt", stöhnt er.

„Das wird sich eventuell einrichten lassen", meint Nick. „Leo, wir könnten ja einen Mengenrabatt einrichten. So eine Art Zehnerkarte für Vielbesucher." Wir lachen und die Stimmung ist auf einmal völlig ausgelassen.

Gut gesättigt stehen wir zwei Stunden später auf und gehen sehr langsam ins Wohnzimmer. Das angefutterte Extragewicht ist wirklich enorm.

„Also ich packe jetzt meine Geschenke aus", ruft Marie.

„Wer sagt denn, dass du welche bekommst?", kontert ihr Vater. Marie zieht einen Flunsch und Werner grinst und zieht ein kleines Kärtchen unter dem Baum hervor.

„Na gut. Hier ein Gutschein. Ich weiß doch, dass dir das am liebsten ist."

Wir grinsen, denn wir kennen alle Maries Vorliebe für Gutscheine. Klar, wer will denn ständig Socken oder Bücher, die einen nicht interessieren, geschenkt bekommen? Trotzdem schätze ich es eigentlich schon, wenn sich Leute mit mir und meinen Wünschen auseinandersetzen, aber bei Marie besteht der Wunsch eben in einem Gutschein.

„Hier. Ich habe dir auch einen gekauft", grinse ich und drücke ihr eine Karte für eine Parfümerie in die Hand.

„Ich hoffe, du magst mein Geschenk, Marie", sagt jetzt Nick und blickt reichlich nervös in die Runde. Er reicht ihr ein kleines Paket. Zum Vorschein kommt eine Flasche mit einem personalisierten Autoduft, das Bild darauf zeigt ihren roten Sportwagen samt Kennzeichen. Marie wird leicht rot.

„Das perfekte Geschenk!", sage ich anerkennend zu Nick. Keine Ahnung, ob ihr peinlich ist, dass ihr Freund bereits gemerkt hat, wie sehr ihr ihr Auto am Herzen liegt, aber das Geschenk ist auf alle Fälle sehr kreativ.

„Hätte ich gewusst, dass du Gutscheine magst, wäre es sehr viel leichter gewesen", mosert Nick und packt Maries Geschenk aus. Ein witziges Buch über Patientenführung, in dem er sofort anfängt zu blättern und dabei lacht. Dann öffne ich einen Umschlag von Leo:

„Ein Gutschein für Schnee", lese ich und drehe die Karte um. Darauf steht die Adresse für ein Literaturhotel in Österreich.

„Ich habe gedacht, wir verbinden einfach Schnee und Literatur miteinander, wenn du Lust hast", lächelt er sein umwerfendes Lächeln. Stürmisch küsse ich ihn.

„Was für eine tolle Idee!" Dann reiche ich ihm mein Geschenk. Ein witziges Buch über Patientenführung.

„Tut mir leid. Marie und ich hatten anscheinend denselben Gedanken", sage ich schuldbewusst. Marie grinst.

„Nachmacher", singt sie.

„Ts", mache ich. „Wir sind doch keine drei mehr. Übrigens habe ich das Buch schon vor Wochen gekauft. Und du?" Marie sieht geflissentlich beiseite und widmet sich ganz Nick. Entspannt setze ich mich neben Leo auf die Couch.

Meine Eltern und Werner scheinen angeregt in ein Gespräch vertieft zu sein. Wahnsinn, wie lange sich die drei bereits kennen und anscheinend immer noch was zu sagen haben. Schade, dass Maries Mutter nicht dabei sein kann, aber vielleicht ist sie es ja auf eine andere Art. Ich kuschele mich dicht an Leo und hoffe, dass wir bald fahren, um diesen herrlichen Weihnachtsabend auf unsere Weise ausklingen zu lassen.

SIEBENUNDZWANZIG

Letzter Tag des Jahres, mal wieder und doch völlig anders als sonst!

Natürlich hat Marie wieder den üblichen Kreis an Freunden eingeladen, doch bereits um ein Uhr morgens sind wir nur noch der harte Kern: Marie, Madeleine und ich. Und unsere Männer.

Lasse ich dieses Jahr Revue passieren, kann ich es gar nicht fassen, wie sich alles gefügt hat:

Marie wird in Pinneberg bleiben.

Nur-Leo-Nick werden eine gemeinsame Praxis aufmachen und zu uns ziehen, wobei sie letzteres beinah schon gemacht haben.

Madeleine lebt ja bereits in unserer Nähe und irgendwie tut Alexander das mittlerweile auch, weil er, so meinte er, sich in Madeleines Wohnung wohler fühlt als in seiner schickimicki (Madeleines Ausdruck) Wohnung in Hamburg.

„Prost Neujahr!", ruft Marie, die, gemessen an der gestiegenen Anzahl der Leute, zehn zusätzliche Flaschen Prosecco für heute besorgt hat. Allerdings trinken sowohl Alexander als auch Nick lieber Bier, aber ich bin mir sicher, dass wir noch Verwendung für die übrigen Flaschen finden werden.

„Auf uns!", rufen wir alle und klirren unsere Sektgläser bzw. Bierflaschen aneinander.

„Wie bist du eigentlich mit deiner Mutter verblieben, Madeleine?", frage ich, während ich es mir neben Leo auf Maries Sofa gemütlich mache.

„Deine Mutter hat mit meiner Mutter gesprochen und jetzt ist sie mit allem einverstanden. Der neue Hochzeitsplaner ist so süß!", schwärmt sie.

„Hey", sagt Alexander empört und fängt an, Madeleines Hals zu küssen, wahrscheinlich, um Besitzansprüche geltend zu machen.

„Er ist schwul", informiert sie uns und damit anscheinend auch Alexander, der überrascht aufblickt und von ihrem Hals ablässt. „Aber wir sind total auf derselben Wellenlänge! Ich bin deiner Mutter so dankbar, Darie!", ruft sie überschwänglich.

„Das verstehe ich nicht", sage ich stirnrunzelnd. „Was hat denn meine Mutter damit zu tun?"

„Hat sie dir gar nichts davon erzählt?", fragt Madeleine verblüfft.

„Nein", sage ich trocken. „Anscheinend nicht."

„Nun, sie hat meiner Mutter gesagt, dass das doch unsere Hochzeit ist. Sie meinte, dass sie damals aus Geldmangel quasi nur eine Blitzhochzeit hatte. Sie hätte sich immer eine Traumhochzeit in Weiß gewünscht. Auch die zweite Eheschließung war wohl völlig unspektakulär, oder?", fragt sie und schaut mich zustimmend an.

„Dazu kann ich nichts sagen", sage ich spitz. „Ich war nicht eingeladen." Madeleines braune Augen werden tellergroß.

„Oh", sagt sie nach einer kurzen Pause. „Das wusste ich nicht. Na ja, sie hat erzählt, dass sie sich wünscht, dass irgendjemand sie bei ihren Träumen unterstützt hätte, als sie jung war. Das hat wohl einen Nerv bei meiner Mutter getroffen. Ich glaube, ihre Schwiegereltern haben damals alles an sich gerissen, weil doch mein Opa Generalkonsul war. Auf alle Fälle hat sie mich noch abends angerufen und mir mitgeteilt, dass ich mich gefälligst selbst um alles kümmern soll. Sie würde sich nicht mehr einmischen."

„Uff, so richtig nett klingt das ja nicht", merkt Marie an. Madeleine zuckt die Schultern.

„Ach, das ist so ihre Art", grinst sie. „Ich dachte, dass ihr einfach viel telefoniert, deine Mutter und du. Schließlich hat sie doch die letzten Jahre in Hannover gelebt. Seitdem ich ausgezogen bin, läuft es tatsächlich besser mit meinen Eltern. Wir telefonieren mindestens dreimal die Woche", erzählt sie.

„Irgendwie ist unser Verhältnis auch besser geworden", sage ich nachdenklich. „Vor allen Dingen, seit sie von ihrem Chefarztsnob weg ist. Ich würde unser Verhältnis jetzt nicht als innig bezeichnen, aber wir telefonieren bestimmt einmal die Woche, was wir davor nie getan haben."

Es stimmt und allmählich lässt auch der Zorn in mir nach, wenn ich an meine Mutter denke. Sie hatte ihre Gründe, uns zu verlassen. Und das ist lange her. Ich bin erwachsen und vor allen Dingen muss ich lernen, über ihren Kommentaren zu stehen!

„Das freut mich, Darie! Deine Mutter hat sich immer mit mir unterhalten, wenn sie uns besucht hat und wollte wissen, was ich gerade mache. Sie hat mich auch in meinem Studienwunsch unterstützt gegen meine Eltern, die eigentlich wollten, dass ich Lehrerin werde", erzählt sie.

„Ich habe mit meinen Eltern da gar nicht großartig drüber gesprochen", erinnere ich mich.

„Nö, ich auch nicht", sagt Marie stirnrunzelnd.

„Seid froh. Meine Eltern mischen sich überall ein. Ich glaube, mit meiner Hochzeit habe ich endlich den ersten Schritt ins Erwachsenwerden geschafft", strahlt sie zufrieden.

„Sei froh, Madeleine", sage ich herzlich. „Ich fange jetzt erst an, meiner Mutter Kontra zu geben. Dadurch habe ich immerhin aufgehört, ständig sauer auf sie zu sein."

„Sehr gut, Darie!", lobt mich Marie überschwänglich.

Na ja, das habe ich jetzt nicht damit beabsichtigen wollen. So die Leistung ist das doch nicht. Wobei für mich wohl schon, schließlich habe ich ganze 35 Jahre dafür gebraucht, um mal den ersten Schritt zu machen! Aber gerade dieses über den Kommentaren meiner Mutter stehen, hat mir auch dabei geholfen, über den Rezensionen zu stehen. Offensichtlich bin ich doch ein wenig über mich hinausgewachsen!

Verwundert blicke ich mich um.

„Wo ist denn der Rest?", frage ich erstaunt. Die beiden lachen.

„Hat sich in der Küche zusammengerottet", grinst Marie und schenkt sich großzügig Prosecco nach. Sofort halten Madeleine und ich ihr unsere Gläser hin.

„Hast du denn noch Kontakt zu den beiden Kindern von Wandas Exmann? Schließlich können die ja nichts für sein Verhalten", fragt mich jetzt Madeleine, doch ich winke ab.

„Wir hatten, ehrlich gestanden, nie so das Verhältnis zueinander. Valentina und Georg haben das gar nicht zugelassen", sage ich kopfschüttelnd. „Auf der Geburtstagsfeier ihres Vaters haben sie mir mehr als deutlich zu verstehen gegeben, was sie von meiner Familie halten." Madeleine hebt fragend die Augenbrauen.

„Na ja, Georg meinte zu mir, dass er den Begriff Studium der Geisteswissenschaften etwas überinterpretiert findet. Schließlich würde man lediglich ein paar kleine Hausarbeiten schreiben und dafür dann einen akademischen Grad geschenkt bekommen", versuche ich die nasale arrogante Betonung von Georg nachzuahmen. Marie lacht und Madeleine schmunzelt zumindest.

„Also seid ihr gar nicht zu einer großen Familie zusammengewachsen? Schade, denn dann hättest du noch zwei Geschwister gehabt. Ich wollte immer Geschwister haben, um aus dem Fokus meiner Eltern zu rücken", sagt sie achselzuckend und wirkt beinah entschuldigend.

„Schlecht wäre das nicht gewesen", stimme ich ihr zu. „Aber selbst meine Mutter hat endlich festgestellt, wie arrogant und herablassend diese Familie auf uns heruntergeschaut hat. Sie ist etwas offener mir gegenüber geworden. Zumindest habe ich das Gefühl. Vielleicht ist das auch der gute Einfluss deines Vaters", sage ich grinsend zu Marie.

„Das könnte sein. Mein Vater ist einfach sehr relaxt im Umgang mit Menschen. Die beiden gehen viel aus, dein Vater kommt sogar manchmal mit", erzählt sie. Ich nicke.

„Ich weiß, hat er mir erzählt, als ich ihn letzte Woche besucht habe."

„Und? Läuft da was zwischen den beiden?", fragt Madeleine sofort. Marie wird rot.

„Ich glaube nicht. Die beiden kennen sich schon ewig. Aber genau wissen tue ich es nicht. Ich kann meinen Papa so etwas schließlich nicht fragen!", schnaubt sie empört.

„Und deine Eltern, Darie?" Verblüfft schaue ich sie an.

„Ich glaube, der Zug war bereits abgefahren, als sie noch verheiratet waren", sage ich trocken.

„Schade", sagt sie verträumt.

„Na ja", sagen Marie und ich beinah gleichzeitig und ähnlich skeptisch. Sinnierend blicken wir in unsere vollen Gläser.

„Ihr könnt wiederkommen. Unsere Weibergespräche sind fertig!", rufe ich in Richtung Küche. Gelächter ertönt und gemeinsam spaziert unser „Rest" zurück ins Wohnzimmer.

„Puh. Die Hochzeit vorzubereiten, birgt doch mehr Arbeit, als ich gedacht habe", stöhnt Madeleine auf einmal.

„Vielleicht solltet ihr doch durchbrennen", schlage ich vor.

„Als Madeleine mir das vorgeschlagen hat, wollte ich sie sofort heiraten", verrät Alexander uns und Madeleine strahlt ihn an.

„Das hat er wirklich gesagt", grinst sie. Mir fällt erst jetzt auf, dass Alexander sie ebenfalls bei ihrem Pseudonym nennt. Klingt wirklich besser.

„Wenn es uns zu bunt wird, dann hauen wir einfach ab. Es ist schön, dass wir diese Option haben", sagt er und blickt sie liebevoll dabei an.

„Und ihr?", fragt Madeleine jetzt in die Runde.

„Wir kennen uns doch noch nicht so lange", antwortet Marie erstaunt.

„Wieso?", frage ich argwöhnisch.

„Vielleicht?", antworten nur-Leo-Nick synchron. Marie und ich blicken verwirrt in ihre Richtung.

„Das hat doch Zeit", tut Marie das Ganze ab.

„Wirklich?", frage ich erstaunt. Leo schnappt sich meine Hand.

„Wieso nicht?", fragt er und blickt mich an. So zärtlich und irgendwie durchdringend. In mir prickelt es sehr angenehm.

„Es muss ja nicht morgen sein, aber zehn Jahre warten wollte ich jetzt auch nicht", flüstert er mir ins Ohr und irgendwie erfüllt mich das mit einer gewissen Vorfreude.

„Es gibt bestimmt etwas dazwischen", flüstere ich zurück.

Stille senkt sich auf einmal herab, weil wir irgendwie alle mit Knutschen beschäftigt sind.

Ja, das Jahr hat mir wirklich einiges beschert:

nur-Leo und meine erfolgreiche Auseinandersetzung mit meiner Schreibblockade, was sicherlich auch damit zu tun hat, dass ich endlich meiner Mutter forscher gegenüber auftrete. Und wir wissen endlich, wieso Maries Mutter sich umgebracht hat.

Meine Ziele für das nächste Jahr sollten also klar sein:

Das Beenden meines Thrillers, dessen Schreiben mir übrigens total viel Spaß macht und mich höchstens ein wenig gruselt, wenn ich jemandem den Gar ausmache.

Dann der Weihnachtsroman, der mich erst so viel Überwindung gekostet hat und mir dann quasi aus den Fingern geflossen ist. Ich bin wirklich gespannt, ob er meinen üblichen Lesern gefallen wird, doch falls nicht, ist das doch egal. Ich bin überzeugt von der Geschichte und das sollte doch die Hauptsache sein.

Vielleicht schaffen Madeleine und ich es sogar, gemeinsam ein Buch zu schreiben. Nach einem Abend mit mindestens drei Caipis sind wir auf diese Idee gekommen, doch auch nüchtern betrachtet waren wir uns einig: Wieso eigentlich nicht?

Allerdings weiß ich auch, dass sie mit dem neuen Job, Alexander und der Planung ihrer Traumhochzeit erstmal genug zu tun hat.

Hochzeit. Mit nur-Leo. Könnte ich mir das vorstellen? Also ich in einem weißen Tüllrock? Na ja, eine Hochzeit besteht ja Gottseidank aus sehr viel mehr als nur aus einem Kleid im Sahnebaiser-Stil. Aber schön wäre es schon, also das mit Leo und mir.

Ich bin wirklich gespannt auf das neue Jahr!

ENDE

AUTORENBIOGRAFIE

Die Autorin, die unter dem Pseudonym Lily Winter schreibt, wurde in Indien geboren und wuchs zunächst in einem Waisenhaus auf. Glücklicherweise wurde sie irgendwann nach Deutschland adoptiert, wo sie nach wie vor mit ihrer Familie lebt. Sie liest gerne Liebesromane oder auch Fantasy und natürlich auch den ganzen Vampirkram. Die meisten Buchideen kommen ihr im Schlaf oder im Urlaub, vorzugsweise beides. Die Idee zu ihrem ersten Buch und dem Auftakt der Sommertrilogie „Gestern, Morgen, für immer?" kam ihr wie ein Tagtraum vor. Im Geiste sah sie zwei Personen sich küssen und dann in verschiedene Züge steigen. Da sie dringend wissen wollte, wie es weiter geht, fing sie an, das Ganze aufzuschreiben.

Das Pseudonym Lily Winter wurde ihr übrigens von ihrer Freundin vorgeschlagen, die ihr versicherte, dass sie Bücher unter solch einem Namen ganz bestimmt eher kaufen würde.

Lily Winter

Liebe geht durch dick und dünn

Band 1

Liebesroman

Job, Mann, Familie?

Wo ist bitte mein Komplettangebot, fragt sich Mila verzweifelt, als sie schon wieder ohne Freund und ohne Job dasteht, während ihrer besten Freundin Maya alles, aber auch alles nur so zu zufliegen scheint? Ein bisschen so wie Maya sein, denkt sich Mila und beginnt abzunehmen. Doch schnell findet sie heraus, dass mit weniger Pfunden die Dinge immer noch nicht leichter werden.

Lily Winter

Leben geht durch dick und dünn

Band 2

Liebesroman

Arbeit, Erfolg und ganz viel Geld!

Milas Freundin Maya hat das alles. Als erfolgreiche Rechtsanwältin hat sie alles erreicht und sie hat es sich hart erarbeitet. Wer braucht denn da bitte noch eine Familie?

Doch ein One-Night-Stand mit Aleks lässt sie sämtliche Wertvorstellungen ihres Lebens überdenken.

Im zweiten Band der „Alles geht durch dick und dünn" Reihe geht es um Maya, die Freundin von Mila, die im ersten Buch „Liebe geht durch dick und dünn" ihren Auftritt hatte.

Lily Winter

Zur Liebe geht`s dort entlang

Roman

Ein altes Auto, drei Menschen und eine Reise, die alle(s) verändert

Julia ist fassungslos. Ihr Vater befindet sich auf einmal auf Kos! Und sie soll ihm jetzt sein uraltes Auto dorthin fahren! Da kann man schon mal anfangen, in Ausrufezeichen zu denken!

Aber vielleicht sollte sie ja mehr Risiken eingehen, wie ihr ihre Freunde ständig raten.

Julia beschließt, das Wagnis der Reise. Doch plötzlich hat sie nicht nur die Sachen ihres Vaters im Auto, sondern auch ihre beiden Chefs, von denen einer auf keinen Fall herausfinden darf, dass sie in ihn verliebt ist.

Lily Winter

Die Sommertrilogie

Alle drei Bände in einem Buch

Roman

Drei Bücher – Ein Buch!

Lerne Anna und Ralf im ersten Teil **„Gestern, Morgen, für immer?"** kennen, die sich nach 18 Jahren wiedertreffen. Doch gibt es eine Verjährung für Liebe?

Fiebere mit ihren Kindern Ari und Max im zweiten Band **„Lieb mich lieber morgen"** mit, wie sie ihre große Liebe finden.

Und fühle mit Katja im dritten Band **„Liebe braucht kein Morgen"**, wie sie Stückweit wieder ins Leben zurückfindet, nachdem sie ein Menschenleben auf dem Gewissen hat.

Lily Winter

Verschwundene Liebe

Roman

Wie groß ist die Wahrscheinlichkeit, deiner großen Liebe zweimal zufällig zu begegnen?

Laura und Matthias verlieben sich während des ersten Semesters ihres Medizinstudiums ineinander.

Doch plötzlich verschwindet Matthias spurlos.

Acht Jahre später treffen sie sich zufällig wieder und es kommt ein Geheimnis ans Licht, das sie beide betrifft.